우아한 새벽 2

우아한 새벽 2

초판 1쇄 찍은 날 | 2018년 11월 1일
초판 1쇄 펴낸 날 | 2018년 11월 16일

지은이 | 예거
펴낸이 | 예경원

편집 | 박수희 · 주승아

펴낸곳 | 예원북스
등록번호 | 제396-2012-000132호
등록일자 | 2012. 7. 25
YRN | 제1-0238호

주소 | 경기도 고양시 일산동구 호수로 646-24 위너스 21-Ⅱ 206A호 (우) 10401
전화 | 031-819-9431 팩스 | 031-817-9432
http://cafe.naver.com/yewonromance
E-mail | yewonbooks@naver.com

ISBN 979-11-89564-21-6 04810
ISBN 979-11-89564-19-3 (세트)

※ 이 도서의 국립중앙도서관 출판시도서목록(CIP)은 서지정보유통지원시스템 홈페이지(http://seoji.nl.go.kr)와 국가자료공동목록시스템(http://www.nl.go.kr/kolisnet)에서 이용하실 수 있습니다.

Goldline
Romance
Story

우아한 새벽

예거 장편 소설

2

LINE GOLD

C • O • N • T • E • N • T • S

제5장

당신이 좋아요(下)

또래의 평범한 아이들과는 달리, 미래의 경영자로서 교육받고 자라던 진건에게 새로운 가족이 생겼다.

그보다 두 살이 적은 남동생 이건과 일곱 살이 적은 여동생 지혜, 그리고 어머니가 돌아가시기 직전까지 '세영 아줌마.' 라고 부르며 따랐던 옥 여사가 바로 그들이었다.

그들 세 사람은 너무도 자연스럽게 진건이 살고 있던 집으로 스며들었다. 진건이 사용하던 '책방' 은 지혜의 방이 되었고, '게임방' 은 이건의 방이 되었다. 어머니의 침실은 옥 여사가 사용하게 되었고, 어머니가 입었던 옷들과 액세서리, 그리고 심지어 보석 역시 마찬가지였다.

어머니의 죽음으로 인해 정신을 차리지 못하던 진건이 뒤늦게 상황을 파악했을 때는 모든 것이 끝난 뒤였다. 눈 깜짝할 사이에 그들은 진건의 가족이 되었고, 그것은 당시의 진건이 막지 못한 일이었다. 그는 스스로 무엇도 할 수 없을 정도로 어린 열한 살의 소년이었으니까.

어머니께서 돌아가신 이후, 분명 집안의 식구들은 늘어났지만 어찌 된 셈인지 본가가 낯설다는 생각을 떨칠 수 없었다. 그들을 가족이라고 부르고 싶지도 않았으며, 불러서는 안 된다는 생각이 들었다.

그렇게 3년이 지났다.

진건은 눈 깜짝할 사이에 열네 살, 중학생이 되었다. 여가 생활이 비교적 많았던 초등학생 때와 달리 중학생 때는 집에서보다 학교에서의, 그리고 학원에서의 생활이 길었다.

집으로 돌아가지 않는다는 것은 진건에게 많은 안정을 가져다주었고, 방황하려던 진건을 겨우 올바른 길로 인도했다.

그러던 어느 날.

"엄마. 아빠는 왜 큰오빠한테는 뽀뽀를 안 해?"

학원을 마치고 돌아왔던 진건은 지혜가 새어머니인 옥 여사에게 건네는 말을 우연히 듣게 되었다. 겨우 일곱 살에 불과했던 지혜는 아무것도 모르고 옥 여사에게 물었을 거다.

진건은 쓰게 웃었다. 당시 지혜는 진건을 '큰오빠!' 하고 살갑게 불러대며, 졸졸 따라다니던 상황이었으니까.

옥 여사가 에둘러 말하겠지, 하고 생각하며 제 갈 길을 가려던 진건은 이윽고 들려오는 말에 돌처럼 굳어 버렸다.

"사랑하지 않는 여자가 낳은 자식이라 그래."

"사랑? 사랑이 뭔데?"

"사랑이란 말이지, 엄마가 지혜와 이건이를 아끼는 것처럼 그리고 아빠가 지혜와 이건이를 아끼는 것처럼, 너희들에게 보내는 마음과도 같은 거야."

“흐응. 그럼 엄마랑 아빠는 큰오빠를 사랑하지 않는 거야?”
“글쎄. 사랑이라기보다는 적의에 가깝겠지.”
“적의?”
“지혜야.”
“응, 엄마!”
“명심하도록 해. 큰오빠는 네가 따라야 할 사람이 아닌, 적이야.”
“적?”
“그래. 그러니 큰오빠와 너무 가까워지지 말렴. 큰오빠는 아마도 네 앞길을 망칠 거야. 너뿐 아니라 작은오빠까지. 그 아이는 품에 독을 숨기고 있단다.”
“……!”
“그러니까 큰오빠를 계속 경계해. 알았지? 그 아이는 네가 가져야 할 것을 빼앗아 갈지도 모르니까.”
어머니는 착했다. 지독하게 착했다. 저렇게 못되고 사악한 여자의 존재를 알고 있으면서도 묵인했다. 어쩌면 바보였다. 그래, 그 말이 더 어울릴지도 모른다. 그녀는 바보였다.
고작 일곱 살짜리 어린아이를 향해 이복 오빠와 친하게 지내지 말라는 말을 하는 새어머니라니. 쓴웃음이 흘러나왔다.
그러고 보니 근래 들어 진건이 이건에게 살갑게 말을 걸려 할 때마다 이건이 당황해하는 것이 느껴졌다. 돌이켜보면 이건은 진건의 접근을 명백하게 부담스러워하고 있었다. 아마도 그것 역시, 그녀가 지시한 일의 결과인지도.
“그게 무슨 소리냐? 독립……이라고?”
미웠다. 어머니의 죽음 따위는 아무렇지도 않게 생각하는 아버지라는 작자가.

증오스러웠다. 어머니를 죽음으로 몰아세워, 결국에는 그녀의 자리를 차지해 버린 그 악랄한 여자가.

이른 아침, 함께 식사를 하기 위해 식탁 앞에 둘러앉아 있을 때는 구역질이 치밀어 올랐고, 진건의 어머니라며 학교 행사에 참여하는 것을 보면 주먹이 쥐어졌다.

더럽고, 지긋지긋한 가족들.

열여섯 살의 겨울, 진건은 오랫동안 참았던 일을 실행하기로 했다. 그는 한남동의 본가를 나가기로 했다.

"안 된다."

"회장님!"

"회장님이 아니라, 할아비다!"

고등학교 입학과 동시에 본가를 나가겠다는 선언을 했다. 하지만 장태달 회장의 반응은 냉담했다. 장 회장은 인상을 쓰며 진건에게 말했다.

"너는 이 집의 장자다. 네가 인정하든, 인정하지 않든 너는 장차 유단을 이끌어 나갈 녀석이란 말이다. 그런 네가 집을 나간다고? 말도 안 되는 소리. 내가 살아 있는 동안은 그 누구도 멋대로 행동할 수 없다. 그러니 못 나가."

"……."

"그런 눈으로 바라보지 마라. 나 역시 마음이 편한 건 아니니까."

장 회장 역시 똑같은 사람이라고 여겼다. 진건은 이를 악물며 그를 노려봤다.

만약 장 회장이 옥 여사 가족을 받아들이지 않았다면, 자신은 그 더러운 꼴을 보지 않고 자랄 수 있었을 텐데.

어머니를 여의었을지 몰라도, 자신이 철저하게 외롭다는 것을 인정하지 않을 수 있었을 텐데.

그를 향한 원망이 가슴 밑바닥에서부터 치솟았다. 그런 진건의 마음을 아는지, 장 회장은 부들부들 떨며 저를 응시하고만 있는 진건에게 말했다.

"화가 나니?"

진건은 대답하지 않았다.

화가 났으니까. 정말로 화가 났으니까.

"그럼 견디거라."

"……!"

"견뎌야 해. 네가 무슨 마음을 품든, 티를 내지 않으려 애쓰면서 견뎌. 그래야 이길 수 있다. 빼앗기지 않을 수 있어. 새아가처럼…… 네 어미처럼, 잃지 않을 수 있단다."

장 회장은 굵은 눈물방울을 뚝뚝 떨어뜨리는 진건을 향해 말했다. 진건은 입을 열지 못했다.

견디라는 말은 진건에게 있어 지옥으로 떨어지라는 말과도 같았다.

더는 그곳에서 살고 싶지 않았는데. 저만 빼고 모두가 행복한 그 속에서 외롭게 살고 싶지 않았는데.

진건의 간절한 열망에도 불구하고 장 회장은 놓아주지 않았다. 고작 장자라는 이유 하나만으로.

유단이 지금과 같이 성장할 수 있도록 뒷받침이 되어 주었던 어머니의 집안을 거론하며, 진건에게 전부는 아니지만 가장 많은 것을 물려주겠다고 약조했다.

그깟 돈은 사실 필요 없었다. 돈이 많아서 좋은 적은 단 한 번도 없었으니까.

오히려 괴로웠다. 그로 인해 어머니를 잃고, 저도 외톨이가 되어 버렸으니.

그렇지만 상대는 저와 반대였다. 옥 여사는 돈을 좋아했고, 돈을 좇아 진건의 집에까지 입성했다. 어머니가 누려야 할 것을 누리며, 어머니가 받아야 할 사랑을 받았다.

진건은 행복해하는 옥 여사를 보며 결심했다.

좋아.

'그렇다면…… 빼앗아 주지.'

진건은 마음을 달리 먹었다. 티끌만큼도 존재하지 않았던 그의 행복을 전부 앗아 가 버린 옥 여사의 가족들에게 철저한 복수를 하기로. 참으라고 하면 참고, 기라고 하면 기면서 그들의 모든 것을 빼앗아 줄 테다.

진건은 새로운 의지를 다졌다.

그 후, 진건은 달라졌다.

옥 여사가 어머니의 자리를 차지했던 열한 살의 가을 이후 단 한 번도 부르지 않던 '어머니.' 라는 말을 그녀에게 건넸다. 옥 여사가 눈을 동그랗게 뜨며 그를 바라본 것은 당연했다. 내심 진건의 행동을 탐탁잖게 여기던 장 부회장이 피식 웃을 정도로, 진건은 옥 여사에게 살갑게 굴려 노력했다.

"너도 가고 싶다고?"

"예. 할아버지."

그리고 더 이상 숨지 않기로 했다.

열아홉 살. 슬슬 미래를 생각해야 할 시점에서, 진건은 장 회장에게 자신의 의지를 피력했다. 장 회장은 깜짝 놀란 표정을 지으면서도 은근히

기쁜 눈빛을 보냈다. 진건은 말했다.

"할아버지의 뒤를 이어, 유단을 이끌어 나가고 싶습니다. 그럼 지금부터라도 준비해야 하지 않을까요?"

"……틀린 말은 아니지."

"그러니 저도 함께 가겠습니다. 다른 분들께 겸사겸사 인사도 드리고요."

자신의 의도를 숨기고 미소를 보일 줄도 아는 진건의 행동에 장 회장은 짙은 미소를 그렸다. 진건의 말을 듣고 있던 장 부회장이 '진건인 아직 너무 어립니다!' 하고 외쳤지만, 장 회장의 귀에 들릴 리 없었다.

"성인이 되면 선보이려 했었는데, 네가 원한다면야. 하지만 실수는 하지 않아야 할 거다."

"아버지!"

"걱정 마십시오, 할아버지. 실망시켜 드리지 않겠습니다."

진건은 소리치는 장 부회장의 말을 무시하며 장 회장에게 머리를 숙였다. 당시 장 부회장의 눈빛을 잊지 않는다.

믿었던 자에게 뒨통 배신을 당한 눈빛.

지난 2년 동안 숨죽이고 살았던 보람이 있었다. 진건은 성인이 되기 직전, 내내 갈고 닦기만 했던 칼을 뽑아 들었다.

장 회장에게 제 의지를 드러냈던 날 이후, 진건은 장 회장을 따라 수많은 정재계 파티를 다녔다. 장 부회장, 그리고 옥 여사가 못마땅해할 만큼 수도 없이.

전국 석차에도 들 만큼 성적도 좋고, 미래에 대한 열의도 가진 진건이 뿌듯했던 건지 장 회장은 입이 마를 정도로 사람들에게 진건을 칭찬했다. 진건은 부드러운 미소를 지으며 그들에게 인사를 건네고 하나둘씩 인맥을 쌓아 나갔다. 이 세계에서 인맥이라는 것은 훗날 엄청난 힘이 되는 것이었으므로, 초석부터 다지는 것이 중요하다고 생각했으니까.

"어라? 아저씨, 낯익어!"

그런 진건이 그의 '유리 구두'를 다시 만난 것은 스무 살, 초봄의 어느 날이었다.

장 회장을 따라갔던 A 통신사의 창립 기념 파티에서, 진건은 저를 가리키며 밝게 웃는 단발머리의 여자아이와 재회했다.

이제 초등학교 고학년일까? 아니면, 중학생이 되었을까.

교복이 잘 어울릴 법한 검은 단발머리의 소녀는 수많은 사람들과 인사를 나누었던 터라 손목을 만지작거리던 진건을 향해 손짓했다. 심장이 철렁거리는 것을 느꼈다.

"우리 만난 적 있어요, 아저씨?"

동그란 두 눈을 제게 고정시키며 묻는 그녀에게 대답하지 못했다.

있었다고. 수 년 전, 제 어머니의 장례식장에서, 그리고 자신의 동네 근처에서 몇 번 너와 만난 적이 있었다고. 그때 네가 불러 주었던 노래들이, 힘이 들 때면 귓가에 아른거려 미칠 지경이었다고. 그 노래들이 네가 했던 말대로 정말 만화 주제곡이었다는 사실을 알게 된 후 꽤 허탈했었다고…… 그는 말하고 싶었다.

그 이후로도 그녀를 만나기 위해 그녀를 찾았다는 것도, 전부.

전부 말하고 싶었다.

"아니."

하지만 입술 밖으로 흘러나온 말은 끓어오르는 충동과는 달랐다. 진건은 눈을 반짝이는 그녀를 향해 싸늘하게 대답했다. 그러자 멈칫하던 단발머리 소녀가 입술을 씰룩였다.

“흐응. 그래요?”

“…….”

“알겠어요. 수고하세요!”

인사성도 바르게 꾸벅 인사를 하는 그녀의 뒷모습을 멍하게 바라보고 서 있었다.

“진건아. 뭘 보고 서 있…… 아! 저 아이, 귀엽지?”

넋을 놓고 그녀가 움직이는 행동 하나하나를 좇고 있던 진건에게 다가온 장 회장이 껄껄 웃으며 말했다.

“우화 건설의 우 회장, 기억나느냐?”

“……예.”

“그 집의 금지옥엽이라더군. 늘그막에 얻은 아이라 그런지, 아주 애지중지한다는 이야기를 들었다. 밝고 착한 아이라서 사내아이를 가진 녀석들이 탐낸다는 이야기도 있더군.”

장 회장 역시 흐뭇한 표정을 지으며 진건에게 말했다. 진건은 또래의 친구와 함께 무언가 대화를 주고받고 있는 소녀를 응시하며 붉은 입술을 달싹였다.

“……름.”

“응?”

“이름이 뭔가요?”

“저 아이?”

진건은 대꾸하지 않았다. 여전히 그녀에게 시선을 꽂고 있던 장 회장은 부드럽게 웃으며 말했다.

“새벽.”

……새벽.

"우새벽이라고 하더구나."

그녀의 이름이 그의 머릿속에 각인되는 순간이었다. 그리고 그것이 사랑으로 번지기까지는 오래 걸리지 않았다.

"병신 같은 놈."

동아리 선배인 승원이 뱉어 낸 말에 진건은 부정하지 못했다. 그저 쓰게 웃기만 할 뿐.

승원은 그런 진건이 답답하다는 듯 얼굴을 구겼다.

"고자인 줄 알았더니, 순 미련한 곰 같은 놈이었네. 고작 그런 이유로 여자 친구를 한 명도 안 사귄다고?"

쯧쯧, 혀를 차는 승원은 진건을 어이없이 여기면서도 안타까워하고 있었다. 진건은 옅은 미소만 지어 보였다.

"네 얼굴에, 집안에, 능력이면 웬만한 여자는 다 넘어온다는 거 몰라?"

"형."

"왜 인마."

"우리 새벽이, 오늘 고등학생 됐대."

"……뭐?"

승원이 제 귀를 의심하며 진건을 쳐다보았지만, 진건은 멈추지 않았다. 그는 흐리게 웃으며 말을 이었다.

"중학교 교복도 잘 어울렸는데 말이야. 분명…… 고등학교 교복도 잘 어울릴 거야. 그렇지?"

"이거 완전 미친놈 아냐? 이 정도면 스토커인데?"

"그러게. 차라리 스토커라도 될까."

"하?"

"보러…… 가고 싶다."

"그래! 차라리 보러 가서 그냥 확 저질러 버려!"

"뭘?"

"고백!"

"아."

"아, 는 무슨! 인마. 입은 뒤서 뭐 하냐? 그 잘난 입술로 고백을 해. 고백!"

막 제대를 한 진건이 애인을 만들지 않는 이유가 다름 아닌 '첫사랑' 때문이라는 것을 승원이 알게 된 직후였다. 고백 한 번 해 보지 않고, 끙끙 앓기만 하는 진건이 안타까워 말을 꺼냈건만 진건은 멋쩍은 웃음만 흘릴 뿐이었다.

승원은 이대로는 안 된다며 진건을 계속해서 부추겼다. 그러나,

"안 돼."

진건은 단호하게 고개를 가로저었다.

"왜!"

승원이 이해가 가지 않는다는 눈으로 외쳤지만, 진건은 차분하게 대꾸했다.

"갑자기 나타나면…… 당황할 거 아냐."

"만난 적 있다고 하지 않았어?"

"만났지. 하지만 나만 기억하는 만남이야."

"……."

"게다가 아직 어리잖아."

"어려?"

"미성년자한테는 함부로 다가가는 거 아니라고. 그건 범죄야."

“……이 미친놈아. 그런 놈이 어릴 적부터 그 애를 마음에 담냐?”

담은 게 아니라…….

‘피할 수 없었던 거야.’

진건은 ‘미친놈.’을 반복하는 승원을 흘겨보며 중얼거렸다.

“시간이 빨리 흘렀으면 좋겠다.”

째깍째깍.

빠르게. 눈 깜짝할 사이에.

내가.

네게,

다가갈 수 있게.

“어딜 갔나 했더니…… 여기 있었냐.”

그러나 불행히도 진건의 바람은 이루어지지 않았다.

시간은 너무도 느리게만 흘러갔다. 진건이 어릴 때는 그렇게도 빠르게 흘러가던 시간이, 어쩜 그리 느릿느릿한지.

3년은 금방 지나갈 것이라 여기며 마냥 기다리기만 하던 진건은 청천벽력과 같은 소식을 접하게 됐다. 새벽에게 남자 친구가 생겼다는 소식이었다.

“멍청한 새끼. 죽 쒀서 개 줘 버렸네. 하긴. 죽이라고 할 것도 없나. 넌 노력도 안 했잖아. 그 꼬맹이, 너라는 존재를 알기는 하냐?”

신랄한 승원의 말에 대답할 수 없었다. 사실이었으니까.

그저 기다리기만 할 뿐, 그는 그녀에게 가까이 다가갈 생각 따위는 하지 못했다. 감히…… 그럴 생각을 품을 수 없었다. 승원은 입을 굳게 닫고 있는 진건에게 외쳤다.

“그러니까 내가 진작 접근해 보라고 했잖아!”

승원은 진심으로 안타까워했다.

한창 인턴 생활을 하며 바쁠 시기에 진건의 연락을 받자마자 달려온 것을 보면.

진탕 취해 있었던 진건의 입꼬리가, 그런 승원의 목소리에 스르륵 올라갔다. 그는 흐리게 웃으며 입꼬리를 꿈틀거렸다.

“형…… 왔어?”

“이 멍청이를 진짜 어떡하냐. 젠장.”

그의 옆 좌석에 자리 잡은 승원은 마침 눈앞에 놓여 있던 진건의 술잔에 술을 콸콸 들이부었다. 이내 술을 힘껏 입안으로 쏟아 낸 승원은 진건을 응시했다. 승원의 얼굴이 어쩐지 흐려지는 것 같다고 생각하며, 진건은 중얼거렸다.

“형.”

“왜.”

“아무래도 나는…… 사랑을 하면 안 되나 봐.”

“뭐?”

“아니. 하고 싶어도 할 수 없나 봐. 하면 안 되나 봐. 하하.”

“미친 새끼. 대체 뭐라는 건지.”

씁쓸한 말은 목구멍을 타고 삼켜졌다. 진건은 연거푸 술을 들이켰다. 제가 마시는 것이 술인지, 아니면 차가운 물인지 가늠하지 못할 만큼.

가만히 그 모습을 지켜보던 승원이 인상을 쓰며 그에게서 술잔을 빼앗아 들었다.

“타이밍이 나빴던 거야.”

“…….”

"그리고 겨우 스물이잖아. 정 못 견디겠으면, 지금이라도 다가가 보든가."

"안 돼."

"왜!"

"안 돼. 그러면 그 아이의 행복을 망치는 거잖아."

"하?"

"웃고 있더라. 활짝."

진건은 중얼거렸다.

"너무 예쁘게 웃어서…… 다가갈 수 없었어. 그 남자의 곁에서 웃는 그 아이가 예뻐서, 다가가지…… 못했어."

"답답한 새끼."

"형."

"왜 인마!"

"나, 포기할까?"

진건의 물음에 승원이 되물었다.

"포기한다고 말하면, 정말 포기할 수나 있는 거야?"

"아니."

"그럼 왜 물어?"

진건은 하하 웃었다. 승원은 한참 동안 웃고 있는 진건을 바라보더니 말했다.

"그런데 한 가지 궁금한 게 있다."

"응."

"왜 '유리 구두'냐?"

진건은 고개를 들어 승원을 응시했다. 승원은 아무리 생각해도 알아낼 수 없었다며 미간을 좁히더니 말했다.

"이해가 안 가서 그래. 구두를 벗고 네 앞에서 사라진 것도 아닌데, 왜 그 애의 별명이 '유리 구두'가 된 건데?"

진건보다 훨씬 똑똑한 승원은 그에 대한 해답을 찾지 못하고 있었다. 몇 년이고 그의 곁에서 진건의 짝사랑을 지켜봤음에도 불구하고.

진건은 인상을 쓰는 승원에게 설명해 주었다.

"노래만 부르고 사라졌거든."

이름은 알려 주지 않고.

"그래서 유리 구두가 된 거야. 마침 그 아이가 불렀던 만화 영화의 제목이 신데렐라이기도 했고."

기분이 좋아질 거라며 수십 분 동안 그의 옆에 앉아 노래를 불러 주었던 작은 아이.

성인이 될 때까지 기다렸던 그 아이에게 고백 한 번 해 보지 못하고, 그 아이의 연인에 대한 소식을 접했던 진건은 나지막하게 중얼거렸다. '병신 새끼.' 하고, 그런 그를 지켜보던 승원이 타박하는 소리가 들려왔으나 진건은 대꾸하지 않았다.

사치였다.

만날 수 없을 거라 여겼던 그 아이와 재회해 버리는 바람에, 남몰래 무럭무럭 키워 왔던 그 마음은 그에게 있어 사치였다.

"됐어."

진건은 고개를 떨구며 스스로에게 말하듯 입을 열었다. 어차피 이루어질 수 없는 마음이었다. 그에게 있어 사랑이란 사치다. 돌아오지 않는 대답과도 같았다.

그들에게 복수를 하기도 모자랄 판에, 누군가를 향한 사랑이라니.

저로 인해 그녀가 불행해지기 전에 끊어 버리는 것이 나았다. 진건은 길게 숨을 내쉬며 마지막 잔을 채웠다.

"이제…… 그만할래."

만약 네가 아프지 않다면. 그 남자의 곁에서 행복하다면. 내 존재를 모르는 네가 지금의 기쁨을 누리는 걸 지켜보는 것도 나쁘진 않겠지.

쯧쯧, 혀를 차는 승원의 소리를 들으며 진건은 마지막 잔을 입안으로 털어 넣었다.

어느 시점부터 진건의 귀에도 위태로운 우화 건설의 소식이 들리기 시작했다.

무시하려 했지만 그럴 수 없었다. 다름 아닌 그녀의 집안일이었으니까.

소문으로만 돌리는 그 이야기들이 모두 사실임을 확인한 이후, 진건은 멀리서 지켜보자던 계획을 전면 수정해야 했다. 그녀에게, 새벽에게 다가가지 않기로 했던 결심은 철저하게 무너져 내렸다.

일단은 새벽의 환한 미소가 그 작은 얼굴에서 사라지지 않도록 도와야 했다. 그녀를 향한 제 마음은 감추고 다가갔다. 말도 안 되는 계약을 제안했고, 그녀를 위기에서 끌어 올렸다. 공중으로 흩어지려던 그녀의 미소는 다행히 온전하게 자리 잡았다. 그래서 마음을 놓아 버렸다.

너는 이제 괜찮은 거구나. 내가 조금이라도 네게 도움이 된 거구나. 그렇다면 다행이야. 정말 다행이다. 남은 건 적절한 시기에 너를 놓아주는 것뿐.

"당신이 좋아요."

그러나 너무…… 안일하게 생각했던 걸까.

"당신이, 정말 좋아요."

숨이 막혔다.

호흡이 거칠어졌고, 심장이 멋대로 뛰었다.

진건은 믿을 수 없는 그 말에 멍하니 그녀를 내려다봤다.

이 여자가 무슨 소리를 하고 있는 걸까.

너는, 네가 무슨 소리를 하고 있는 건지 알고 있는 거야?

이해하지 못했다.

이해할 수…… 없었다.

귀를 얼얼하게 만드는 심장 소리에 미간이 좁아진다.

"나만 봐요."

명령하듯 말하는 그녀의 음성에 시선을 돌릴 수가 없다. 착각이라고 여기고 싶었다. 그녀의 착각이라고.

그녀가 제게 다가와서는 안 됐다. 이는 그녀에게 계약을 제안했을 때 전혀 생각하지 못한 일이었고, 일어나지도 않을 일이라고 확신했다. 저와는 달리 그녀는 '목적'에 의해 그와 한배를 타게 된 사이였으니까.

언제고 놓아주어야 할 사람이었으며, 자유롭게 해 주어야 할 사람이었다. 그녀가 안정을 되찾을 때까지만 그의 '목적'을 핑계 삼아 안식을 취할 수 있게 하려는 것이 그의 목표였다. 함께하는 기간이 길어진다면 그녀에게도 위험했으니까.

호시탐탐 그의 자리를 노리고 있는, 그래서 적대적인 관계를 유지하고 있는 사람들에게서 그녀를 멀리 떨어뜨려야 했다.

"나를 봐 줘요."

하지만 그가 의식하지 못하는 사이, 그녀는 다가왔다.

눈 깜짝할 사이에.

성큼, 성큼.

제게로 다가오는 그녀의 발걸음이 빠르다는 것을 인지하지 못했다. 알아차렸을 때는 그녀의 두 손이 제 뺨에 닿아 버린 시점이었다. 진건은 거칠게 뛰는 가슴의 박동 소리를 느꼈다.

미칠…… 것 같다.

"난 지금, 당신한테 키스할 거야."

떨리는 그의 눈동자를 응시하며 그녀가 말했다. 당당한 그 말에 머릿속이 하얗게 물들었다. 진건은 대답할 수 없었다.

"거부는 접수 안 해."

보드라운 입술이 그의 입술 위에 닿았다. 말랑하고 촉촉한 입술이 그의 입술을 훑었다. 온몸에 찌릿한 전율이 일고, 거친 숨결이 얽혔다. 코끝을 간질이는 새벽의 호흡이 벌어진 입안으로 스며들었다.

전신을 흐르던 피가 돌처럼 굳어 버린다. 심장이 미친 듯이 날뛴다는 것도 자각하지 못할 만큼 진건은 정신을 차리지 못했다.

'언젠가…….'

너를 향한 갈증으로, 한 번쯤 상상해 보곤 했다. 너와 통성명을 하고, 대화를 나누는 일부터 시작하여 사랑을 고백하고, 입을 맞추는 일에……대해.

새벽아. 너는 어떤 눈으로 나를 바라보고, 어떤 목소리로 사랑을 속삭일까. 아마도 특유의 밝음으로 내 정신을 쏙 빼앗아 버리겠지. 그런 너를 보며 나는 아마도 마냥 좋아하지도 못하고, 그저 어쩔 줄 몰라 할 거다.

그럼 그런 내게 너는 말하겠지.

'바보 같아.'

깔깔 웃으며 그런 내 입술 위에 입술을 맞추는 네 모습은, 그저…… 상상만 해 보던 모습이었다.

"하아."

굳어 버린 그의 안으로 깊숙이 들어갔다 나온 새벽이 천천히 뒤로 물러났다. 두 볼을 빨갛게 붉힌 그녀가 말없이 무릎을 꿇고 있는 진건을 쳐다봤다.

"바보."

픽, 실소를 터트리는 그녀의 말에 머릿속의 무언가가 펑 터져 버렸다. 마지막 이성의 끈을 가까스로 붙들며 진건은 억지로 소리를 흘렸다.

"안…… 돼."

저를 밀치려는 진건의 손길에 새벽이 쿡쿡 웃으며 속삭였다.

"당신이 한 말 중 가장 이해가 안 되는 말이네요."

"……."

"몸이 거부했다면 조금은 믿어 줬을지도 모르겠지만, 애석하게도 당신 입술은 그렇게 말하고 있지 않아."

번들거리는 입술을 기다란 검지로 부드럽게 쓸며 새벽은 낮게 웃었다. 그러고는 요동치는 그의 검은 눈을 응시하며 말했다.

"돼요."

새벽의 확신에 찬 목소리가 머리를 울린다.

짙은 어둠에서 그를 끌어 올리는 그 목소리에 진건은 일렁이는 시선을 돌릴 수 없었다. 손을 내밀면 안 된다고 생각했다.

나는 너를 불행하게 만들지 모르니까. 어머니가 그랬고, 할아버지가 그랬으며, 승원이 그랬으니까. 그래서 네게 스스로 벽을 쳤다. 당연히 쳐야 할 벽이었다.

그런 내가…… 네게 손을 내밀어도 될까.

새벽은 그를 향해 입꼬리를 올리며 속삭였다.
"된다고요."
감히 내가.
내가…….
"아니다. 이미 우린 법적으로 부부 사이니까, 되고 말고 할 것도 없겠네요. 그러니 진건 씨, 우리 앞선 단계는 다 뛰어넘고 바로…… 읍!"

순식간에 다가온 진건의 부드러운 입술에 새벽의 속눈썹이 파르르 떨렸다. 뜨거운 것이 닿자마자 몸이 먼저 반응을 한 것이다. 특히나 진건을 유혹하기 위해 입을 벌리고 있었던 터라, 그 틈을 비집고 들어온 진건을 인지하는 데는 오랜 시간이 걸리지 않았다.
몰아치는 혀끝.
수줍은 것 같으면서도 다급한 혀끝의 움직임이 꼭 진건의 마음을 나타내는 것 같아서 괜히 웃음이 났다.
'서툴러.'
초조한 그의 심정이 고스란히 전해진다.
가슴이 두근두근, 요동쳤다. 내내 숨겨 온 그의 진실된 마음이 제게 닿는다. 어떻게든 감추어 보려 애썼지만, 결국엔 투항한 그가 사랑스럽기만 하다.
새벽은 천천히 고개를 들어 진건을 응시했다. 진건은 미소와 함께 제 입술 위로 자신의 입술을 한 번 더 포개는 새벽의 행동이 움찔하더니, 이내 그녀보다 훨씬 더 열렬하게 호응했다.
"장진건 씨."
눈앞이 아득해질 정도로 정신없이 입속을 헤집던 진건이 천천히 떨어져 나가자 새벽은 그를 불렀다. 달콤한 타액이 얽혀 들고 난 후, 거칠게 숨을 몰아쉬고 있던 진건의 흔들리던 눈동자가 새벽에게 꽂힌다. 새벽은 맑게 웃었다.

"이 키스의 의미는 뭐예요?"

이미 알고 있어. 당신의 마음이 무엇인지는.

그럼에도 불구하고 들어 보고 싶다. 당신이 무슨 생각을 하고 있는지. 어떤 마음으로, 내게 키스를 한 건지.

새벽의 물음에 진건이 동요한 것처럼 멈칫했다. 주저하던 그는 조심스럽게 되묻는다.

"뭐……일 것 같아?"

"글쎄. 당신 입으로 직접 말해 주지 않으면 난 도무지 모를 것 같은데."

새벽은 일부러 어깨를 으쓱이며 대답을 회피했다. 그 말을 들은 진건의 콧김이 거세지는 것을 똑똑히 인지하며 새벽은 한 번 더 질문했다.

"나는 당신 입으로 듣고 싶어요."

"……"

"장진건 씨. 대체 이 키스는 어떤 의미를 담고 있죠?"

질문을 건네는 제 목소리가 떨리지 않았으면 했지만, 아마도 그는 눈치챘으리라. 진건의 검은 눈동자가 파도처럼 일렁이고 있었다. 새벽은 미소를 잃지 않았다. 차분하게 그의 대답을 기다렸다.

얼마나 흘렀을까.

"……졌어."

그 입술이 움직이기만을 기다리던 새벽에게 진건이 소리를 냈다.

"나는 우새벽 씨를…… 너를, 이길 수 없어."

새벽은 가장 원하던, 그리고 듣고 싶었던 답변을 들었다.

"우새벽."

누군가 제 이름을 불러 주는 행위는 고요했던 가슴을 들썩이게 만든다.

두근두근. 평소보다 훨씬 빠른 박자에 맞추어 뛰고 있는 심장의 박동소리가 귀를 울렸다. 새벽은 고개를 들어 눈앞의 남자를 응시했다. 벌어진 그녀의 입안을 파고들어 강렬하게 휘저은 남자는 왠지 모르게 잔뜩 긴장하고 있다.

이윽고 그는 숨을 토해 내듯 얼굴을 찌푸리더니 중얼거렸다.

"너 때문에…… 엉망진창이야."

미친 듯이 두근거리는 그의 가슴 소리가 귓가로 흘러 들어왔다.

'그렇게 보여.'

새벽은 제게 닿았던 그의 입술을 떠올리며 옅은 미소를 그렸다.

지금 현재 새벽의 눈앞에 있는 그는, 평소 새벽이 알고 있던 남자가 아니었다. 온몸에 바리케이드를 두르고 저와 일정한 거리를 두고 있던 사람. 서늘한 눈을 빛내며 그녀의 접근을 원천 봉쇄하던 그 남자가 아니었다.

엉망진창. 그의 표현은 정확했다. 그녀의 앞에 있는 진건은 엉망진창이었다. 톡 건드리면 터져 버릴 사람처럼 위태로워 보인다. 언제 폭발할지 모르는 폭탄과도 같은 얼굴이다.

위험했다. 그는 굶주린 짐승과도 같은 눈빛으로 저를 응시하고 있었다. 그럼에도 불구하고, 두렵지 않다. 검고 깊은 그의 두 눈은 오롯이 제게만 꽂혀 있었으니까.

"느껴져."

당신의 생각이.

마음이.

눈빛이.

무슨 생각을 하는지 도통 알 수 없었던 그의 검은 눈동자가 이제는 읽힌다. 거칠어진 그의 호흡이 무엇을 의미하는지, 굳이 입술 밖으로 목소리를 흘리지 않아도 짐작 가능했다.

제게 입을 맞추었음에도 불구하고 잔뜩 얼굴을 구기고 있는 그가, 충동과 열망을 억누르기 위해 노력하는 모습이 훤히 보였다.

"……!"

그래서 새벽은 손을 들어 올렸다. 제 손길이 닿자 파르르 떨리는 그의 뺨을 쓸며 그가 핥았던 입술을 달싹였다.

"당신이 날 어떻게 바라보고 있는지."

그는 대답하지 않았다. 그저 많은 것을 담은 눈으로 새벽을 바라보고만 있을 뿐이었다. 새벽은 그런 그를 향해 양팔을 벌렸다.

"안아 줘요."

언제까지고 이곳에 있을 순 없잖아.

조금 전까지는 레스토랑 앞 복도를 지나다니는 사람이 존재하지 않았지만, 묘한 낌새를 알아차린 몇몇 이들이 복도에 주저앉아 있는 두 남녀를 발견하고 수군거리는 소리가 들렸다.

용납할 수 없다. 그의 시선을 받는 건, 그의 마음을 느끼는 건, 그리고 그를 바라볼 수 있는 사람은…… 오직 나, 우새벽뿐이어야 했다.

새벽은 옅은 미소를 그리며 그를 향해 손짓했다. 검은 눈으로 새벽을 바라보던 진건은 결국 웃고 있는 그녀를 안아 들었다.

'아.'

진건에 의해 공중으로 들린 새벽은 매우 자연스럽게 그의 목에 팔을 걸었다. 진건은 굳은 얼굴로 새벽을 든 채 성큼성큼, 어딘가로 걸어갔다.

"우리 어디 가요?"

마침 도착한 엘리베이터에 올라타 버튼을 누르려 하는 진건을 향해 새벽이 물었다. 은근한 기대가 담겨 있는 그녀의 말에 진건은 입술을 살짝 짓눌렀다 다시 떼며 엘리베이터 버튼 중 가장 높은 곳에 위치한 버튼을 눌렀다.

새벽의 눈이 동그래졌다.

"거긴……."

진건이 누른 층은 크리스탈 호텔의 최상층, 펜트하우스가 존재하는 층이었다. 진건은 올라가는 엘리베이터 안에서 큰 눈으로 저를 올려다보고 있는 새벽에게로 시선을 내렸다.

그의 검은 눈에 서린 짙은 욕망이 느껴져, 새벽은 숨을 삼켰다.

"왜."

응?

"먼저 유혹해 놓고, 이제 와 발을 빼려고?"

짓궂은 그의 낮은 음성이 귀를 울렸다. 열정과 냉정이 공존해 있는 눈동자에 새벽은 말없이 미소 지었다. 진건은 중얼거렸다.

"되돌리기엔 늦었어."

제게 말한 것이라고는 느껴지지 않는, 마치 스스로에게 건네는 듯한 그 말에 새벽은 가만히 그만을 쳐다봤다. 진건은 여전히 새벽을 안아 든 채 엘리베이터 안에 우뚝 서 있었다.

두근두근두근두근!

급격하게 뛰는 그의 심장 소리가 멎지를 않는다. 그의 박동에 전염이 되었는지, 제 심장 역시 미친 듯이 들썩이는 게 느껴졌다. 진건은 이윽고 드르륵 열리는 엘리베이터 밖으로 나와 자연스럽게 펜트하우스로 향하는 문 앞에 섰다.

천천히 새벽을 바닥에 내려 주고는, 지갑을 꺼내 카드키를 문 앞에 댔다. 전자음을 내며 도어락이 열렸다. 움찔하던 새벽을 향해 다가온 진건은 콩콩 뛰는 심장을 진정시키려는 새벽을 다시금 안아 들었다.

새벽이 말릴 사이도 없이 그녀는 그의 품에 쏟아졌고, 진건은 안으로 들어갔다.

새벽은 멈추지 않고 걸어온 진건이 자신을 침대 위로 내려 주는 것을 멍하니 지켜봤다.

"잠깐 기다려."

진건은 놀라는 새벽에게 말한 뒤, 침대 옆에 놓인 인터폰을 들어 올렸다.

"장진건입니다. 말하지 않고 올라와서 미안한데, 오늘 밤 여기 내가 사용할 거니까 그렇게 알고 계세요. 그리고 미안하지만……."

「네가 무슨 생각을 하는지 모르겠어.」

이곳, 펜트하우스 안으로 들어오기 전 진건은 새벽을 바라보며 말했다. 고운 미간까지 일그러뜨리며. 새벽은 그런 그에게 웃으며 대답했었다.

「간단하게 생각해요. 우리가 무슨 사이인지 잊고. 그냥 단순히 당신의 감정만 생각하라고요.」

「우새벽.」

「더 다정하게 불러 줘요.」

「…….」

「그럴 수 있잖아.」

진건은 들어 올린 얼굴을 내리지 않는 새벽을 복잡한 눈으로 응시했다. 그러다 붉은 입술 사이로 그 말을 내뱉었다.

「새벽아.」

가슴이 떨렸다.

호흡이 가빠졌다.

목이, 메었다.

언제나 그랬지만 듣기가 좋았다. 진건이 불러 주는 제 이름은. 특히나 성을 붙이지 않는, 다정하고도 상냥한 음성이란.

'나도 참…….'

웃음이 났다. 배시시 웃는 새벽을 향해 답하지 못한 그는 와르르 무너져 내렸다. 내내 벽을 세우고 있던 남자가 제 앞에서 녹아내리는 모습을 보는 것은 이상하게 즐거웠다.

"새벽아."

제 이름을 부르는 그의 음성이 떨렸다. 새벽은 고개를 들어 어느새 앞으로 다가온 진건에게 물었다.

"통화는 끝났어요?"

그가 말없이 고개를 끄덕이자 새벽은 미소 지었다.

"그럼 먼저 씻고 올게요."

새벽은 차분하게 일어났다. 그녀가 움직일 때까지 그 자리에 멈춰 서 있던 진건은 그녀가 스쳐 지나가자 눈꺼풀을 떨었다. 변화가 똑똑히 느껴졌지만 새벽은 멈추지 않는다. 그녀가 욕실 안으로 들어가는 것을 확인하고, 진건이 '하아.' 길게 한숨을 내쉬는 것이 들렸으나 역시 모르는 척했다.

쏴아아, 쏟아지는 물줄기로 몸을 씻고 난 후.

새벽은 뚝뚝 물방울이 흘러내리는 머리카락을 털털 털며 거울 앞에 섰다. 그 누구에게도 보여 준 적이 없었던, 알몸으로 서 있는 제 모습이 낯설었다. 갓 샤워를 마치고 나와 뽀송뽀송한 하얀 얼굴에 두 볼을 빨갛게 붉히고 있는 여자가 거울을 바라보고 있다.

새벽은 한참이나 거울 속에 비친 자신을 응시하며 픽 웃었다.

"우새벽. 너 은근히…… 대담한 구석이 있다?"

대담한 정도가 아니다.

만일 평소의 새벽이었다면 아마도 행하지 못했을지도 모르는 일.

다른 사람들이 지나다닐지 모르는 복도에서 그에게 입을 맞추었고, 진건의 품에 안겨 호텔의 룸 안까지 들어와 버렸다. 크리스탈 호텔이 유단의 계열사라는 것은 펜트하우스에서 프런트로 전화를 하는 진건을 보고서야 인지했지만, 후회하지는 않는다.

"준비됐니?"

그를 알게 된 시간은 짧다. 짧아도 너무 짧았다. 하지만 놀랍게도, 지금 이 순간이 두렵지는 않다.

원하고 있었으니까.

그를.

너무도 간절하게.

저를 피하는 진건을 보면 볼수록 자신이 그를 얼마나 원하는지 알 수 있었다. 만약 지금 피해 버린다면, 가까스로 무너뜨린 그의 벽이 더욱더 굳건해질지도 모른다. 새벽은 주먹을 불끈 쥐고 목욕 가운을 걸쳤다. 그러고는 욕실의 문을 열고 나갔다.

“진건…… 읏!”

“새벽아!”

성큼성큼, 힘차게 앞으로 뻗어 나가려던 새벽은 왼쪽 발목이 휘어지는 것을 느끼며 비틀거렸다. 새벽이 나오기만을 기다리고 있었는지, 욕실 앞에서 안절부절못하던 진건이 주저앉으려는 그녀를 겨우 부여잡았다.

새벽은 저를 부축한 진건을 올려다보며 방긋 웃었다. 진건의 미간이 좁아졌다.

“괜찮아요.”

“…….”

“정말 괜찮다니까? 어, 그거 찜질팩이에요?”

“…….”

“이리 줘요. 진건 씨 샤워하고 올 동안 찜질하고 있을 테니까.”

“…….”

“어서요! 그리고 빨리 샤워하고 나와요. 나 오래 기다리기는 싫으니까.”

입꼬리를 살짝 올리는 새벽의 속삭임에 진건의 눈동자가 흔들렸다. 새벽은 툭툭, 그의 등을 두드려 주고선 오른쪽 다리에 힘을 줬다. 그의 손에 들린 냉찜질 팩을 빼앗고는 콩콩, 침대를 향해 한 발로 뛴 그녀는 침대에 털썩 엉덩이를 붙였다.

“계속 그렇게 서 있을 거예요?”

그러고는 저를 멀뚱히 바라보고만 있는 진건을 타박했다. 진건은 미묘한 눈으로 그녀를 쳐다보더니 몸을 일으켜 욕실로 들어갔다.

'으으.'

돌아간 왼쪽 발목이 확실히 부어 있었다. 새벽은 부기를 빼기 위해 발목 위로 팩을 얹은 후 숨을 골랐다. 욱신거리는 발목의 통증이 지속됐지만, 그보다 심장의 들썩임이 더욱 가빴다.

고통과 기쁨이 공존한 순간.

새벽은 쿡쿡 웃었다.

'나만의 감정이 아니야.'

입술과 입술. 그 사이에서 느껴지던 따뜻한 온기를, 새벽은 진건과 주고받았었다. 고요하던 가슴이 뛰어 참을 수 없는 환희가 밀려온다.

착각이 아니었다. 제게 꽂히던 진건의 그 뜨거운 시선은. 저를 배려하던 진건의 마음은. 어쩌면 그 역시, 저와 같은 마음일지도 모른다고 여겼던 새벽의 의심은 결코 헛된 망상이 아니었다.

'그도 나를 좋아해.'

좋아한다. 자신을 바라보던 그 눈빛이 결코 거짓일 리 없다. 탐하고 싶은 욕망이 느껴지는 그 시선은 꾸며 낸 것이 아니다. 새벽은 복도에서 진건이 보내던 눈빛을 떠올리며 옅은 미소를 지었다.

'그 사람도 나를 좋아한다고!'

헉!

새벽이 히죽거리던 입꼬리를 황급히 내린 것은, 어느새 제 앞에 드리워진 검은 그림자 때문이었다. 새벽은 화들짝 놀라 고개를 들었다.

그녀의 시야로 금세 샤워를 마치고 나온 남자가 들어왔다.

두근두근. 가슴이 세차게 요동쳤다. 눈을 어디로 고정해야 할지 모르겠다. 그녀는 저도 모르게 얼굴을 붉혔다.

'흠흠!'

목욕 가운 사이로 비치는 그의 탄탄한 가슴이 보인다.

진정해.

진정하라고, 우새벽.

분명 한집에서 함께 살고 있는 남자의 가슴이건만, 왜 이리도 심장이 들썩이는 건지.

새벽은 침을 꼴깍 삼키며 그를 멍하니 올려다봤다.

뚝뚝. 그의 머리카락 끝으로 굵은 물방울이 흘러내리고 있었다. 고요하게, 하지만 어쩐지 뜨겁게 느껴지는 진건의 눈동자가 그녀를 향한다. 당장이라도 새벽을 집어삼켜 버릴 것 같은 강렬한 눈빛. 열망에 휩싸인 그의 강한 욕구가 느껴져 갈증이 일었다.

그런데…….

'왜 저렇게 떨어져 있는 거야?'

새벽은 욕실을 나온 후에도 자신과의 일정한 간격을 유지하고 있는 그를 발견했다. 아마도 다섯 발자국. 진건은 마치 경계라도 하듯 그녀와의 다섯 발자국을 유지했다.

그를 향한 감정의 소용돌이에 빠져 허우적대던 새벽은, 진건이 그저 자신을 바라보기만 할 뿐 다가오지 않자 피식 웃어 버렸다.

"진건 씨."

진건이 새벽을 응시했다. 새벽은 짓궂게 물었다.

"내가 그렇게 두려워요?"

턱을 괴며 말하는 새벽의 직설적인 질문에 진건의 어깨가 움찔거린다. 주저하던 그는 이내 탐스러운 입술을 움직였다.

"……응."

그녀의 고백을 들은 뒤에도. 제게 입을 맞추고 난 뒤에도.

저와 함께 룸 안으로 들어온 뒤에도…….

진건은 여전히 두려워하고 있다.

'몸은 그렇지 않으면서.'

나를 눕히고 싶을 정도로 달아올랐으면서.

새벽은 눈꼬리를 휘었다. 그녀는 다시금 물어야 했다.

"뭐가 또 두려운데요?"

진건은 미소를 잃지 않는 그녀를 직시했다. 그의 눈빛에서 채워지지 않는 갈증이 느껴진다. 새벽은 잠자코 대답을 기다렸다. 촉촉한 입술을 열던 그가 낮은 목소리를 흘렸다.

"너를…… 놓아주지 못할까 봐."

……뭐?

놀라는 새벽을 향해 진건은 말을 이어 갔다.

"너를 너무 가지고 싶은 나를, 제어하지…… 못할까 봐. 이후로도 계속 너를 가두어 둘까 봐. 내게서 벗어나지 못하게 붙들고 있을까 봐."

그게 두려워.

다음 말은 들려오지 않았지만 진건이 무슨 말을 하고 싶은 건지는 충분히 인지했다. 새벽은 나지막하게 중얼거렸다.

"두려운 것도 많다, 진건 씨는."

진건은 대답하지 않는다. 새벽은 후우, 짧게 숨을 흘린 후 그를 쳐다봤다. 그러고는 말했다.

"하지만 나는 두렵지 않아요."

"……!"

"하나도 두렵지 않아."

새벽은 그에게 제 마음을 표현했다. 솔직한 것은 그녀의 장점이었다. 가끔은 지나친 솔직함이 단점이 되기도 했으나, 진건의 앞에서까지 제 마음을 숨기고 싶지는 않았다.

그는 상처를 받았던 그녀를 보듬어 준 사람이었다. 비록 그것을 그가 의도했는지, 하지 않았는지는 크게 중요하지 않다. 새벽은 그로 인해 많은 위안을 받았다. 늪에서 빠져나올 수 있었으며, 기뻤다. 즐거웠고, 행복했다. 와르르 무너지지 않았으며, 오뚝이처럼 벌떡 일어날 수 있었다.

그러니까 이제…….

'이제 내가 해 줄 차례야.'

새벽은 힘이 실린 목소리를 뱉어 냈다.

"나는 당신과 함께하는 게 두렵지 않아요."

진건이 어떤 것을 두려워하는 건지 대충은 짐작한다. 아마도 그의 앞날은 결코 평탄하지 않겠지. 그의 주변에 도사리고 있는 '독사' 들을 생각하면 충분히 예상 가능한 일이다.

그러나 지금은 미래를 걱정하는 일 따위는 하지 않겠다. 자신이 그의 곁에 있을 거니까. 많은 것들을 두려워하고, 무서워하는 그의 곁에 나, 우새벽이 있을 거니까.

"나 오늘만큼은 우아한 새벽이 되고 싶지 않아."

"……."

"오늘은, 오늘 하루는…… 뜨거운 새벽이 돼서 당신을 안아 주고 싶어요."

"……."

"그러니 진건 씨."

새벽은 진건에게 기다란 팔을 뻗었다. 그러고는 웃으며 말했다.

"내게 안길 건가요?"

❖

"하아."

오뚝 솟은 돌기가 기다란 손가락 사이로 고개를 내밀었다.

새벽은 가슴을 쥐어짜듯 감싸고 있는 진건의 품에서 가쁜 숨을 내쉬었다. 진건의 이마에 송골송골 맺혀 있는 땀방울이 그의 날카로운 턱 끝으로 떨어지는 모습이 보였다.

새벽은 고개를 아래로 숙이며 그를 내려다보았다.

"진…… 흣!"

그의 이름을 입술 밖으로 꺼냄과 동시에 귓가를 간질이는 교성이 입 밖으로 새어 나왔다. 제가 뱉어 낸 탄성이지만 스스로 믿어지지 않았다. 왠지 놀랍기도 하고, 떨리기도 해서 새벽은 미간을 좁히고 있는 그를 향해 시선을 고정시켰다.

진건은 차마 자신을 제대로 바라보지 못하고 있었다. 그의 배 위에 올라타 한참 동안 입을 맞추고, 천천히 아래로 내려와 불룩 솟아 있는 그의 남성을 제 다리 사이로 밀어 넣어 버린 새벽이 위태로워 보였던 모양이다. 어떻게 해야 할지를 몰라, 그저 부드러운 침대의 매트리스 위에 등을 댄 채 눈을 내리감고 있는 그가 사랑스러웠다.

새벽은 부르르 떨리는 그의 눈두덩에 부드러운 입술을 가져다 댄 후 떨어져 나왔다. 촉 소리와 함께 고개를 든 새벽을, 겨우 눈꺼풀을 올린 진건이 쳐다보는 것이 보였다. 새벽은 젖어 있는 제 여성을 파고드는 그의 기둥이 점점 딱딱해지는 것을 느끼며 말했다.
"나를…… 봐 줘요."
그렇게 눈을 감지 말고.
내가 마치 부서질 것처럼, 두려워하지 말고.
"나를 보세요, 진건 씨."
흥건하게 젖은 그녀의 여성에 제 것이 밀려들어 가는 것을 느끼면서도 진건은 섣불리 몸을 움직이지 못했다. 그것이 이 모든 행위가 처음인 새벽을 배려하기 위해서라는 걸 모르는 것은 아니다.
조그마한 움직임에도 살 끝이 스쳐 듣기 좋은 소리가 났다. 새벽은 들끓는 욕구를 애써 제어하는 진건의 품으로 쏟아지며 속삭였다.
"괜찮아요."
그가 후우, 숨을 흘리자 새벽은 웃었다.
"당신 정도는 충분히 받아들일 수 있다고요. 그러니까 주저하지 마."
새벽은 유리가 아니다. 그의 몸짓 하나에 와장창 깨져 버리기 쉬운 그런 유리가 아니었다.
그녀는 우새벽이다. 장진건이란 남자를, 언제든 받아들일 수 있는 강인한 여자다.
새벽은 그의 두 뺨에 손을 가져다 대며 붉은 입술을 그의 입술 위로 스쳤다. 새벽의 여성 안에 겨우 들어와 소극적인 움직임을 이어 오던 진건의 남성이 요동쳤다.
"하아."
아래위로, 빽빽한 안으로 그의 것을 밀어 넣기 위해 움직이던 새벽이 얕은 신음을 흘렸다.
새벽은 눈을 동그랗게 떴다. 내내 새벽의 행동을 내버려 두던 진건이 홱 몸을 돌려 그녀를 아래로 뉘었기 때문이다. 투득. 새벽은 그의 얼굴을 타고 흘러내린 땀방울이 제 뺨 위로 떨어지자 큰 눈을 깜빡였다.

"시작하면…… 멈출 수 없어."

이미 하나가 된 상황임에도 불구하고 진건이 그녀에게 경고했다.

다리 사이가 아릿하고, 저려 왔다. 자신이 아무리 그의 위에서 용을 써도 좁은 입구 사이로 전부 들어가지 않던 굵은 기둥이 꿈틀거리는 게 느껴졌다. 왼쪽 발목이 콕콕, 욱신거렸지만 새벽은 내색하지 않았다. 그러고는 제게 마지막 경고를 하고 있는 그에게 반달처럼 눈꼬리를 휘어 보였다.

"멈추라고 한 적은 없어요."

"새벽아."

"나는 준비됐다고요. 그러니까……!"

그녀의 대답이 끝나기도 전에 새벽의 벌어진 두 다리를 잡고 있던 진건이 허리를 움직였다. 살짝 떨어져 있던 그의 하복부가 엉덩이에 닿는 느낌이 들더니 무언가 강한 것이 새벽의 여성 안으로 침범했다.

"읏, 지, 진…… 흐읍!"

교태로운 숨소리가 입 밖으로 터져 나왔다. 새벽은 뿌리를 관통하듯 제 안을 파고드는 진건의 남성에 미간을 좁혔다.

제 힘으로 직접 그의 몸 위에서 허리를 돌렸던 터라 방심한 것이 문제였다. 그의 위에서 진건을 받아들일 때와는 달리, 누워 있던 그녀를 꿰뚫는 진건의 행동에 찌릿한 전율이 일었다. 새벽은 내벽에 닿을 정도로 스며드는 진건의 정열적인 움직임에 손끝을 파르르 떨었다.

"우새벽."

"하아."

"새벽아."

"……으읏!"

그의 경고는 사실이었다. 정말로 시작하면 멈출 수 없다고 했던 것처럼, 진건은 불타올랐다. 진건의 아래에서 하아, 하아 거친 신음을 흘리는 새벽은 온몸으로 퍼져 가는 전율에 휩싸였다. 말로써는 표현할 수 없는 쾌감이 새벽의 정신을 장악해 갔다. 녹아내릴 것처럼 뜨거운 그의 온기가 제 몸을 덮쳐 가는 기분은 그저 상상했던 것 이상이었다.

"우새벽."

그가 불러 주는 이름이 귓가를 두드린다.

조금 더 불러줘. 아무 생각도 하지 않게. 오롯이 당신만을 생각할 수 있게.

한 번 더, 내 이름을 불러줘요.

새벽은 커다란 진건의 등 위로 손가락을 얹으며 전신을 파르르 떨었다. 철퍽철퍽 살과 살이 맞닿아 발생하는 소리가 펜트하우스 내의 침실을 울린다.

"새벽아. 우새벽. 새벽아……."

"진건, 씨, 하아. 진건 씨."

그는 그녀의 이름을 불렀고, 새벽 역시 그의 이름을 부른다. 반사적으로 흘러나오는 신음 소리만큼이나 반복적으로 되뇌는 서로의 이름은 듣기가 좋다.

가까워지는 느낌. 당신과 내가, 하나가 되어 가는 느낌.

호흡이 섞여 눈앞이 어지럽다. 숨이 가빠 왔지만 멈추지는 않는다. 아래위로 움직이는 진건의 반동은 계속되었고, 새벽은 그의 숨결을 느끼며 함께 몸을 들썩였다.

새벽이 진건을 안았고, 진건은 새벽을 받아들였다.

다른 생각 따위는 하지 않고, 그들 서로에게만 눈길을 둔 채.

깊어 가는 밤을 함께 맞이하는 시간.

곧 다가올 새벽을 기다리며 서로에게만 매진하는 시간.

당신을 온전히 느낄 수 있는 시간.

당신과 내 마음이 만나서 교감을 나누는 시간.

그리고 당신과 내가, 하나가 되는 시간.

'당신과 함께하는 이 시간이…….'

좋아.

❖

새벽이 지켜봤던 그는, 진건은 생각 이상으로 상처가 많은 사람이었다. 하여 제게 다가가는 새벽을 믿지 않았다. 오히려 그녀의 마음을 인정하지 않으며 부정하려 했다. 짝사랑을 하는 것에 두려움이 없었던 새벽이었지만, 조금 섭섭하기도 했다.

그러나 포기할 수는 없었다. 무서워하는, 그리고 두려워하는 그를 이해하기로 했다.

진건은 새벽과는 다른 환경에서 자랐다. 그녀를 사랑하고 아껴 주었던 우 회장과 우 사장, 그리고 채 여사처럼 다정한 가족들이 아닌, 언제 저를 잡아먹을지 모르는 사람들의 눈초리를 받으며 숨을 죽이고 살아야 했다.

당연히 사랑이란 믿지 않았으며, 감히 제게 그것은 허락되지 않는다고 믿는 듯했다.

그랬기에…… 내버려 둘 수 없었다.

그러지 못했다. 본심을 숨기는 가면을 두른 채 스스로를 가리고 있으면서, 연약하기 그지없는 그를 가만히 둘 수가 없었다. 위로를 하고 싶었다. 손을 뻗고 싶었고, 안아 주고 싶어졌다.

그의 입으로 담담하게 뱉어 내는 가정사에 대해 들었던 그날부터 내내, 새벽은 그런 생각을 했다. 겉으로는 태연한 척하면서 속은 너덜너덜해진 그의 마음을 보듬어 주고 싶다고.

「사랑해, 새벽아.」

진건의 입술 사이로 흘러나오는 그 말이 가슴을 울렸다. 왠지 모르게 눈물이 왈칵 쏟아져 버릴 것 같기도 했다.

'좋아한다'를 뛰어넘어 사랑한다고 말해 주는 그의 말이 기뻤다. 저를 안기 위해 하는 빈말이 아니었으면 했다. 진심이기를 간절히 바랐다. 그의 두근거리는 마음이, 그것이 결코 거짓이 아님을 증명하고 있기는 했지만, 만에 하나 아니라면 너무 실망해 버릴 것 같았으니까.

그의 온기를 느끼고, 그의 숨결을 느꼈다. 그와 몸을 겹치고, 그의 모든 것을 받아 냈다. 그의 아래에서 가쁜 호흡을 흘리며 그의 떨리는 눈동자와 허공에서 조우했다.

긴 밤.

서로를 바라보던 새벽과 그는, 하나가 되었다.

'기분이…… 이상하네.'

입꼬리가 간질거려 미치겠다. 아침이 오는 소리에 눈을 뜬 새벽은 깜빡깜빡 눈꺼풀을 아래로 내렸다 올리기를 반복하며 피식 웃었다. 감개무량이라는 말이 불현듯 떠오른다.

새벽은 자꾸만 번져 가는 미소를 지우지 못했다.

「당신은 내가 필요하고, 나는 당신이 필요합니다. 그런 의미에서 우리 두 사람이 이 결혼을 진행해야 할, 더할 나위 없이 완벽한 조건이 형성된 것 같은데. 그렇게 생각하지 않습니까?」

지금으로부터 대략 한 달 전.

그의 말도 안 되는 계약 제안을 듣고, 새벽은 단단히 화를 내며 몸을 돌렸었다. 그러나 다시금 그를 찾아갔고 무릎을 꿇어 가면서까지 그에게 부탁했을 때까지만 하더라도 이런 날이 올 거라고는 생각해 본 적이 없었다.

그와 사랑을 나누게 되리라고는, 전혀.

와르르 무너져 내릴 것만 같았던 새벽의 세상은 그대로였다. 아니, 새롭게 재건됐다. 그것도 이전의 세상보다 훨씬 밝고, 아름답게. 그 모든 것은 제 곁에서 묵묵히 서 있어 주었던 진건 덕분이었다.

시작은 당황스러웠지만, 지금 이 순간은 행복하다. 사랑은 사랑으로 잊는다는 말이 있다. 과거의 새벽은 그 말을 믿지 않았지만, 현재는 그 말을 믿는다. 사랑은 더 큰 사랑으로 채워진다. 순식간에 빠져들어 헤어 나오기도 힘든, 진건의 깊은 늪으로 새벽은 속절없이 끌려가고 있다.

「너를 실망하게 만들까 봐…… 무서워.」

열락의 시간을 보낸 후, 잠시 찾아온 침묵을 깨뜨린 건 진건이었다.

실오라기 하나 걸치지 않고 따뜻한 진건의 품에 안겨 있던 새벽이 고개를 들었다. 그렇게 속삭여도, 사랑을 말해 주어도 아직 불안한 건지.

진건은 검은 눈으로 새벽을 내려다보며 입을 다물었다. 새벽은 어둠 속에서도 환하게 빛나는 눈동자로 그를 올려다보며 미소 지었었다.

「예전엔 몰랐는데, 우리 진건 씨, 완전 겁쟁이네?」

「…….」

「좋아. 앞으로 그런 두려움은 모두 나한테 맡겨요. 내가 지켜 줄게요.」

「네가?」

「응. 내가. 이 우새벽이 당신을 지켜 줄게요. 장진건 씨, 당신이…… 나를 구원해 준 것처럼.」

가슴을 탕탕 두드리며 씩 웃는 새벽을 진건은 물끄러미 응시했다. 그러다 피식 실소를 터뜨리며 커다란 손으로 그녀의 앞머리를 흐트러뜨렸다.

앗, 하고 새벽이 신음을 흘렸지만 그런 그녀의 소리를 막아 버릴 만큼 빠르게, 그가 새벽을 세게 끌어안았다.

「새벽아.」

「……네?」

「사랑한다.」

그가 전하는 그 말이 왠지 모르게 아프게만 느껴졌다. 코끝이 찡해져 새벽은 말없이 그의 가슴을 파고들었다.

그는 언제부터 나를 좋아하게…… 아니, 사랑하게 되었을까?

그도 나처럼…… 스스로도 인식하지 못하는 사이, 나를 사랑하게 된 걸까?

내가 그를 사랑하는 만큼, 그도 나를 사랑하는 걸까?

그가 나를 평생 사랑해 줄까? 내가 평생 그를 사랑할 수 있을까?

너무도 빨리 사랑해 버린 남자를, 마지막까지 사랑할 수 있을까?

수많은 의문이 떠올랐지만 새벽은 입 밖으로 꺼내지 않았다.

두근두근.

진건의 가슴에 대고 있던 귀로 그의 심장이 뛰박질하는 소리를 듣고만 있을 뿐.

'아무래도 좋아.'

중요한 건 지금이니까.

그가 자신을 보고, 자신 역시 그를 보고 있다. 다른 것은 생각하지 않기로 했다. 오직 제 눈앞에 있는 그에게만 온 신경을 두기로 했다.

'으으!'

정수리를 간질이던 숨결이 느껴지지 않았다. 언제 해가 떴는지 모르겠지만, 이미 창밖엔 햇살이 가득하다. 아마도 저를 위해 커튼을 쳐 놓은 것이 분명한 진건의 배려를 느끼며 빙긋 웃던 새벽은 침대에서 벗어났다.

'아파…….'

정신없이 그를 받아들일 때는 느끼지 못했다. 제 안을 가득 채우는 그의 존재만을 인지하면서 가쁘게 숨을 헐떡일 뿐이었으니까. 하지만 잠에서 깨어나고 보니, 허리 아래의 통증이 상당하다.

지난밤 거칠게 호흡을 내쉬고 있는 새벽의 뒤처리를 진건이 해 주었음에도 불구하고, 지금까지 그 여운이 남아 있었다. 살짝 미간을 좁히던 새벽은 바닥에 널브러져 있던 목욕 가운을 집어 들었다.

몸 위로 대충 가운을 걸쳐 입은 새벽은 송골송골 맺히는 땀방울을 느끼며 한 걸음, 두 걸음, 앞으로 발을 내디뎠다. 움직이려고 마음을 먹으니 걸음을 걷는 것은 곧 적응됐다.

새벽은 후우, 길게 숨을 내쉰 뒤 그녀의 단잠을 위해 진건이 닫아 놓은 것이 분명한 문고리를 잡았다.

끼이익.

'어디에 있으려나?'

조심스레 문고리를 잡아 돌린 새벽은 주위를 두리번거렸다. 쥐 죽은 듯 고요한 주변이 괜히 신경 쓰였다. 새벽은 침을 꼴깍 삼켰다.

설마 그가 없는 건…… 아니겠지?

"예. 접니다."

……!

두근두근 박동하는 가슴을 진정시키며 살금살금 움직이던 새벽이 멈칫했다. 역시나 진건이 새벽을 두고 펜트하우스를 나갈 리는 없었다. 슬쩍 쳐다봤던 탁상시계의 시간이 오전 10시를 가리키고 있었으니, 아마도 거실에서 일을 보고 있는 걸 거다.

그리고 그녀의 예상대로 그가 거실의 소파에 앉아 핸드폰을 들고 있는 것이 보였다. 새벽은 웃으며 그에게로 다가가려 했다.

"오늘…… 말입니까? ……알겠습니다. 일단 오후 중으로 들르겠습니다. 예. 그럼."

새벽이 상상했던 진건의 모습은 부드러운 미소를 지으며 저를 반기는 장면이었다. 그러나 핸드폰을 든 채 앉아 있는 진건은 그간 새벽이 보았던, 아니 새벽이 한 번도 마주한 적이 없었던 차갑고 싸늘한 모습이다.

가슴이 덜컥, 내려앉을 뻔했다. 전화를 끊자마자 인상을 찌푸렸던 그가 새벽의 인기척에 고개를 들어 그녀를 바라보기 전까지.

그가 지난밤을 후회하고 있는가 싶어서.

'아.'

다행스럽게도 그것은 새벽의 기우였다. 슬며시 얼굴을 든 진건의 시야로 새벽이 담기기가 무섭게 그의 얼굴에서 시린 냉기가 사라졌다.

"일어났어?"

새벽은 비로소 안심했다. 서늘하게 일렁이던 그의 눈이 부드럽게 휘어지는 것을 발견하고서.

진건은 소파와 거리를 둔 채 벽을 짚고 서 있는 새벽에게 다가왔다. 새벽이 옅은 미소와 함께 고개를 끄덕이자, 어느새 그녀의 코앞에 도착한 진건이 손을 뻗었다.

"엇!"

"부르지 그랬어."

"네?"

"걷기 힘들 텐데. 혼자 나오지 말고."

눈 깜짝할 사이에 그녀를 번쩍 안아 든 그가 부드러운 콧김을 흘렸다. 새벽은 언제 냉기를 풍겼냐는 듯 다정하기 그지없는 그를 바라보며 픽 웃었다. 새벽을 데리고 소파 쪽으로 성큼성큼 걸어가던 진건이 의아한 표정을 지었다.

"왜…… 웃어?"

새벽은 세로줄이 새겨진 진건의 미간을 뚫어져라 응시하며 중얼거렸다.

"장진…… 아니, 진건 씨가 그렇게 다정하게 말해 주니까…… 왠지 어색해서."

"……."

"당신, 원래 이렇게 상냥한 사람이 아니잖아요."

새벽이 큭큭거렸다. 눈썹을 꿈틀거리던 진건은 흥, 하고 콧방귀를 뀌며 말했다.

"……그럼 이전대로 할까?"

뭐?

"어쩔 수 없군. 우새벽 씨가 딱딱한 내게 더 끌린다면……."

"아뇨! 싫어요!"

"……."

"싫어. 싸늘한 건 싫어."

새벽은 고개를 도리도리 저었다. 진건이 가느다래진 눈으로 그녀를 내려다봤다.

"나한테 웃어 줘요. 딱딱한 표정 말고, 웃어 줘."

입을 쭉 내민 새벽이 요구하자 눈을 일렁이던 그가 하는 수 없다는 듯 조심스레 그녀를 소파에 내려 주었다. 그러고는 새벽의 앞에 무릎을 꿇고 앉아 그녀를 바라본다.

새벽은 진건의 경직된 입꼬리가 올라가는 것을 인지했다. 그의 입가에 파르르 경련이 일었다.

"풉."

결국 참고 있던 웃음이 터졌다. 진건은 깔깔 웃는 새벽을 바라봤다. 새벽은 그의 입매를 가리키며 말했다.

"그게 뭐야, 이상해."

"이상……해?"

"네! 너무 이상해요!"

"……미안."

진건은 씁쓸한 표정을 지으며 중얼거렸다.

"웃는 게 익숙하지 않아서 그래."

"……."

"앞으론 잘 웃을 수 있도록 노력할…… 웹?"

낮아진 그의 목소리를 들으며 얼굴에서 웃음을 지워 버린 새벽이 손을 뻗었다. 진건은 갑작스레 제 볼을 부여잡는 새벽을 보고 눈을 크게 떴다. 새벽은 진건의 입 주변 근육을 억지로 올려 주며 속삭였다.

"그거예요."

새벽은 황당한 표정을 짓는 그의 볼을 길게 늘어뜨리며 쿡쿡 웃다가 벌어진 그의 입술 위로 제 입술을 가져다 댔다.

촉, 소리와 함께 그의 입술과 새벽의 입술이 닿았다 떨어졌다. 새벽은 침을 꼴깍 삼키고 있는 남자를 향해 짙은 미소를 그렸다.

"앞으로 나한테는 그렇게 웃어 줘요."

음울하게 웃지 말고, 이렇게 환하게.

밝게.

그리고 맑게.

내 가슴이 두근거리게.

"당신은 웃는 게 예쁘니까."

적어도 내 눈엔 그 모습이 너무 보기 좋으니까.

그런 당신을 보고 있으면 나도 기분이 좋아지니까.

그러니까 진건 씨.

나는, 당신이 웃어 주면 좋겠어요.

❖

"데려다주려고 했었는데."

걱정스러운 눈으로 새벽을 바라보는 그를 향해 그녀는 고개를 휘휘 저었다.

"괜찮아요. 진건 씨가 바쁜 거 모르는 거 아니잖아요? 게다가 한 비서님이 태워 주신다면서요. 걱정 마세요! 주차장에서 집까지는 나 혼자서도 끄떡없어."

"하지만 발목이……."

"에이, 진건 씨도 참. 두 발목 다 못 쓰는 것도 아니고, 발목 하나는 멀쩡한데요, 뭘."

"……."

"게다가 집에 가서 다시 찜질하면 돼요. 그리고 하루 자고 나니 괜찮아졌어요! 진건 씨가 돌아올 때까지 집에 콕 박혀 있으면서 가만히 기다릴게요. 어때요, 이러면 되죠?"

"……."

"진건 씨?"

말없이 저를 내려다보고만 있는 진건의 눈동자를 읽을 수가 없었다.

혹시 실수한 거라도 있나?

새벽은 가슴이 콩닥거리는 것을 느끼며 그의 입술이 열리길 기다렸다.

"……!"

눈을 깜빡거리던 그녀는 제 뺨을 살포시 덮는 진건의 손길을 느꼈다. 놀란 새벽이 뭐라 말을 잇기도 전에, 진건이 말했다.

"예쁘다."

사소한 한 마디였다. 다른 사람이 들으면 별거 아닌 것으로 치부할 수도 있는.

그러나 이상하게도 진건의 입술 사이로 흘러나오자 그 말은 마법이 되어 새벽의 귓가에 내려앉았다.

살랑살랑. 어디선가 불어오는 바람이 귓가를 간질였다. 그 떨림은 점점 아래로 전해졌고, 왼쪽 가슴 아래에 자리 잡고 있던 심장의 문을 똑똑, 두드렸다.

"새벽아."

고작 말 한 마디에 이렇게 갈대처럼 흔들리는 여자였던가, 나는.

새벽이 요동치는 눈으로 그를 바라보는 사이, 진건이 그녀의 이름을 불렀다. 새벽이 떨리는 눈빛으로 그를 올려다보자 진건이 부드러운 목소리를 흘렸다.

"아저씨……라고 불러 줄래?"

"네?"

새벽은 귀를 의심했다.

오빠도 아니고, 아저……씨라고?

'이상해!'

아저씨라니. 고작 저보다 여섯 살밖에 많지 않으면서!

울컥 치솟는 감정을 억누르는 듯, 진건이 뱉어 내는 음성은 특별했다. 새벽은 왠지 모르게 간절해 보이는 그의 부탁에 미묘한 미소를 그리며 그를 올려다봤다.

"다른 좋은 호칭도 많은데, 왜 하필 아저씨예요?"

"……."

"진건 씨?"

"그냥. ……그냥. 그 말이 듣고 싶네."

의미를 알 수 없는 그의 발언에 새벽은 흐응, 콧소리를 흘렸다. 진건이 꽤 간절한 시선을 보내고 있었으므로 새벽은 잠시 고민했다.

해 줘, 말아?

고심하던 그녀는 이내 씨익 웃으며 입술을 달싹였다.

"그럼 퇴근하고 돌아오면요."

"뭐?"

"진건 씨가 퇴근하고 돌아오면, 그때 실컷 불러 줄게요! 어때요?"

새벽이 짓궂은 미소를 지으며 외치자 진건이 아쉽다는 표정을 지었다. 그러나 곧 그는 눈을 빛내며 '질릴 만큼 불러 준다니까요?' 하고 덧붙이는 새벽을 향해 웃음을 터뜨렸다.

"사모님. 도착했습니다."

새벽이 잠실의 집으로 도착한 것은 오후 3시를 넘겼을 때였다. 1시간 전, 중요한 일이 있다며 종로의 유단 그룹 본사로 향한 진건을 배웅한 뒤에야 새벽은 영우가 가져온 차에 올라탔으니까.

"하암. 벌써요?"

길게 하품을 하며 소리를 흘리자 영우가 웃으며 답했다.

"사실 진작 도착했을 시간입니다. 중간에 사고가 나서 길을 돌아오느라 늦어 버렸어요. 죄송합니다."

명석하고 수완 좋고, 게다가 예의까지 바른 진건의 비서 영우는 그녀에게 머리를 숙였다. 새벽은 그럴 필요 없다고 손을 절레절레 젓고선 눈을 끔뻑거렸다.

"피곤하십니까?"

"네. 조금. 집에 들어가자마자 곯아떨어지겠어요."

"모셔다 드리겠습니다."

"아, 괜찮아요!"

"……예?"

"진건 씨한테 못 들었어요? 주차장에서 집까지는 엘리베이터만 타고 올라가면 돼요."

"하지만……."

"한 비서님은 얼른 진건 씨한테 가 보세요. 아까 보니 꽤 중요한 일이 일어난 것 같던데. 한 비서님, 한시도 떨어지면 안 되는 진건 씨의 비서 아닌가요?"

"사모님."

"어머, 한 비서님? 지금 뭐 하고 계시는 거죠? 제 말, 설마 못 들으신 건 아니죠?"

눈까지 가늘게 뜨며 타박하는 새벽의 닦달에 영우가 하하 웃으며 고개를 끄덕였다. '그럼 조심해서 들어가십시오!' 하고 제게 외치는 영우의 말을 듣고 나서야 새벽은 몸을 돌렸다. 그녀는 멀리 보이는 엘리베이터로 성큼성큼 걸어갔다.

'피곤하다.'

집에서도 아니고 낯선 호텔에서, 물론 진건의 회사 계열의 호텔이기는 했지만 그래도 제집이 아닌 곳에서 그와 몸을 섞었다. 온몸이 노곤한 것은 당연한 일인지도.

새벽은 연신 흘러나오는 하품을 제어하지 못한 채, 집으로 향하기 위해 버튼을 눌렀다.

"새벽아."

그때였다.

그 목소리를 그곳에서 듣게 될 줄은 몰랐다.

'……!'

쿵쾅쿵쾅.

심장이 밖으로 튀어나올 만큼 두근거렸다. 동요하지 않으려 했지만 본능적으로 모든 행동이 멈추었다. 불과 조금 전까지만 하더라도 행복에 젖어 있던 기분이 바닥을 찧는 것은 순식간.

왠지 모를 불길한 예감에, 새벽은 뒤를 돌아보고 싶지 않았다. 그녀의 머리가 뒤를 돌아봐서는 안 된다고 끊임없이 외치고 있었다. 그러나 무의식적으로, 새벽은 고개를 돌렸다. 반사적인 행동이었던지라 스스로도 제어가 불가능했다. 그러자 쿵 하고 잘 달려 있던 심장이 툭, 아래로 굴러 떨어졌다.

'저…… 저 자식이 여긴 어떻게!'

당혹감에 물든 새벽의 얼굴이 창백하게 굳었다. 눈앞이 아찔해졌다. 다시는 볼 일이 없을 거라 여겼고, 다시는 보고 싶지 않은 사람이었다. 더는 말을 섞고 싶지 않았고, 상대하고 싶지 않았다.

"새벽아……."

어떻게 이곳에서 저 남자를 만날 수 있을까.

새벽은 믿을 수 없는 상황에 입술을 파르르 떨었다. 나에 대해 조사라도 한 거야?

"우새벽."

한때는 그의 입술 사이로 흘러나온 제 이름이 예쁘다고 생각했다. 그 목소리가 감미롭다고 여겼고, 듣고 있으면 기분이 좋았다.

그러나 지금은.

‘소름 끼쳐!’

새벽은 이를 악물었다.

“새벽아. 나 좀 봐.”

저를 간절히 부르고 있는 남자.

새벽은 그 남자의 이름을 그 누구보다 잘 알고 있었다.

어찌 잊을 수 있겠어? 저 빌어먹을 남자의 이름을.

찢어 죽여도 시원찮을 저 재수 없는 남자의 이름을!

“우새벽!”

그는, 재혁이었다.

제6장

지금부터 우리

딸깍딸깍!

새벽은 서둘러 엘리베이터의 버튼을 눌렀다. 그러나 이제 막 7층을 지난 엘리베이터는 도통 내려오지를 않는다.

'제길!'

긴장했던 까닭인지, 슬리퍼를 신고 있던 왼쪽 발목에서 통증이 느껴졌다. 다른 이도 아닌 재혁이, 제집에, 그것도 진건과 함께 지내는 자신의 집을 어떻게 알고 찾아온 건지 모르겠다.

'정말 미행이라도 한 거야?'

새벽은 등 뒤에서 제게로 다가오는 것이 느껴지는 재혁의 인기척을 느끼며 얼굴을 굳혔다.

'괜찮아. 괜찮다고, 우새벽.'

창백하게 질린 얼굴에서 두려움을 감춰야 했다.

잘못한 것이 없으니까. 너는 꿀릴 것이 없으니까.

후우, 숨을 크게 고른 새벽은 흥분을 가라앉혔다. 그러고는 '나 좀 봐주면 안 되겠니, 새벽아?' 라고 말하고 있던 재혁을 향해 무심한 표정으로 고개를 돌렸다.

그녀는 차갑기 그지없는 음성을 뱉어 냈다.

"무슨 일인지는 모르겠지만, 당장 내 눈앞에서 사라져."

현재 그들이 있는 곳은 새벽의 집 앞도 아니고, 집 밑 주차장일 뿐이다. 수소문을 하면 자신이 현재 살고 있는 아파트가 대충 어디인지 정도는 알 수 있었겠지. 워낙 수완이 좋은 변호사니 그 정도는 충분히 알 수 있었을 거다. 그래, 단지 그랬던 것뿐이야.

새벽은 더는 저 남자와 같은 공간에 있고 싶지 않다는 것을 확실히 표현한 후, 애꿎은 엘리베이터 버튼만 꾹꾹 눌렀다.

"윽!"

"우리 대화 좀 하자."

그러나 재혁은 도통 사라질 생각을 하지 않았다.

몸 상태가 정상이라고는 할 수 없었던 새벽은 제 팔목을 강하게 부여잡은 그로 인해 비틀거렸다. 새벽이 휘청거리자, 재혁이 그녀를 부축하기 위해 손을 뻗으려 들었다.

철썩!

새벽은 그런 재혁의 손이 제게 닿기 직전, 그의 손등을 세게 내리친 후 커다란 눈을 부라렸다.

"야, 이 개자식아. 너 아직도 나랑 할 말이 남았어?"

고상하게 대응을 해 주려 했건만, 원치 않는 스킨십을 해 버리니 도통 참을 수가 없다. 새벽은 거친 비속어를 날리며 그를 노려봤다. 재혁이 쓴웃음을 머금었다.

"새벽아."

"너랑 나랑은 이미 끝났어. 완전히 끝났다고, 양재혁. 그러니 더 이상 나한테 질척거리지 말고, 네 잘난 애인한테 충성을 다해. 나는 네게 미련 한 톨도 남지 않았으니까 내 집 근처까지 찾아와서 그렇게 내 이름을 부르지도 말고!"

"……."

"왜 이렇게 안 오는 거야!"

신경질이 났다. 아직도 3층에 머물러 있는 엘리베이터에 화가 난다. 어째서 주차장에서 위층으로 향하는 엘리베이터는 하나뿐인 건지.

로비 쪽으로 가면 다섯 대나 있는 엘리베이터가 하필 이곳엔 하나밖에 존재하지 않는다는 것이 분노를 일게 만든다. 새벽은 씩씩거리며 이제 1층에서 멈추어 선 엘리베이터의 전광판을 바라봤다.

"어쩔 수…… 없었어."

같은 공기를 마시고 있다는 사실이 역겨워 미쳐 버릴 지경에 이르렀을 무렵. 새벽은 뒤편에서 들려오는 목소리에 행동을 멈추었다.

"나도 어쩔 수가 없었다고."

"……뭐?"

어쩔 수 없어? 대체 뭐가?

귀를 기울이려 하지 않았지만 저도 모르게 신경을 집중하게 된다. 새벽의 모든 청신경에 불이 들어왔다. 재혁은 긴 한숨을 내쉬며 말을 이었다.

"그땐…… 그때는 너무 급했어."

무슨 소리를 하는 건지 모르겠다. 재혁은 황당해하는 새벽을 향해 계속해서 말했다.

“알다시피, 나는 위로 올라가야 했다고. 하지만 너는…… 너는 내 힘으로 위로 서길 바랐지, 결코 도와주려 하지 않았잖아.”

“…….”

“그런 상황에서 은비가…… 은비가 제안을 했어. 파트너……가 되어 주면, 그렇게 해 주면 나를 더 높은 곳으로 데려가 주겠다고. 그래서…… 잘못됐다는 거 알면서도 나는…… 알고 있으면서 난…….”

짝!

“……!”

손바닥이 얼얼하다. 상대의 뺨을 내려친 손을, 새벽은 가만히 내려다봤다. 빨개진 손바닥이 시야로 들어왔다. 재혁이 커다래진 눈을 새벽에게 고정시키고 서 있었다.

새벽은 당황한 재혁을 바라보며 코웃음 쳤다.

“구차하다고 생각되지 않니?”

“…….”

“들으면 들을수록 네가 쓰레기 같다는 생각밖에 안 들어. 그러니 지난 일에 대한 변명 따윈 할 필요 없어.”

“……새벽아.”

“이미 나는 네게 정이라곤 남지 않았거든.”

눈앞의 남자를 향해 한때는 애교를 부려 대던 새벽의 말투는 달라져 있었다. 정말 우습게도, 그녀가 한 말은 사실이었다. 재혁의 변명을 들어도 가슴이 아프거나 하지는 않다. 그저 역겨울 뿐.

‘시간이 아까워.’

그녀의 모든 시간은 그녀 자신과 진건을 위해 사용되어야 했다. 고작 이런 남자와 마주하기 위해 사용되기에는 일분일초가 아까웠다.

마침 도착한 엘리베이터 문이 드르륵 열렸다. 새벽은 입술을 잘근 깨물고 있는 재혁을 무심하게 내려다보더니, 몸을 돌렸다. 그리고 그녀가 막 엘리베이터 안으로 발을 디뎠을 때.

“악!”

쾅!

“내 말, 아직 안 끝났어.”

새벽은 반쯤 들어갔던 제 몸을 누군가 끌어당기는 것을 인지하고선 비틀거렸다. 새벽의 어깨를 강하게 붙잡은 재혁이 그녀를 엘리베이터 안이 아닌, 옆 벽으로 밀쳐 버렸다. 그녀의 잇새로 신음이 터져 나왔다.

“나는 아직 할 말이 남았다고.”

거칠게 일렁이는 재혁의 눈동자가 이상했다. 새벽은 고뇌와 갈등을 담고 있는 그의 눈동자가 검게 물드는 것을 인지하고선 눈을 크게 떴다.

“좋든 싫든, 나는 네가 필요해. 우새벽.”

소름 끼치도록 기분 나쁜 목소리가 새벽의 귀로 흘러 들어왔다.

두근, 두근, 두근, 두근!

손목의 뼈가 으스러지도록 저를 붙잡고 있는 남자의 행동이 숨을 막히게 만들었다. 무서웠다. 단 한 번도 본 적이 없는 재혁의 시선. 그 끔찍한 눈길이 새벽을 당혹스럽게 만든다.

‘이, 이 자식이 대체 왜 이러는 거지?’

뭔가 이상했다. 이상해도 단단히 이상하다.

수상했다.

너무, 수상했다.

새벽은 다시 한 번 ‘새벽아.’ 하고 저를 부른 뒤, 고개를 제게로 들이미는 재혁의 행동에서 의문이 이는 것을 인지했다. 억지로 그녀에게 키스를 하려고 하는 듯 얼굴을 가져다 대고 있는 재혁이 자꾸만 등 뒤의 무언가를 흘긋거리고 있었던 것이다.

'……!'

그리고 그런 재혁의 시선이 향한 곳에서 새벽은 반짝거리는 것과 조우했다. 눈앞이 하얗게 물들었다.

'이 개자식이!'

새벽의 머리 뚜껑이 벌컥 열린 것은 그 순간이다.

"큭!"

새벽은 반짝거리는 것을 발견하자마자 재혁을 있는 힘껏 밀쳤다. 새벽의 목에 입을 맞추려던 재혁이 예상하지 못했던 그녀의 행동에 놀라 뒤로 물러났다. 새벽은 이를 부드득 갈며 눈앞의 남자를 향해 다가갔다.

"무슨 수작을 부리려는 거야!"

"자, 잠…… 아악!"

고막을 찢어 버릴 듯한 목소리가 새벽의 귀로 흘러 들어왔지만 새벽은 모른 척했다. 새벽이 딛기 힘든 왼쪽 다리를 억지로 들어 올려 재혁의 두 다리 사이를 타격했던 것이다. 재혁은 아아아악— 하고 바닥에 나뒹굴며 고통스러워하기 시작했다.

새벽은 울먹거리는 그의 말을 들으면서도 태연하게 뒤로 물러난 후, 바들바들 떨리는 손가락으로 주머니를 뒤졌다. 그러고는 주저하지 않고 어디론가 전화를 걸더니 입술을 움직였다.

"거, 거기 경찰서죠?"

❖

병환으로 인해 자리를 자주 비우게 된 장태달 회장을 대신한 것은 거의 진건이었지만, 진건의 아버지 장은석 부회장은 간혹 그런 진건을 호출하곤 했다. 장 회장을 대신하여 그룹의 전반적인 일을 관리한다는 차원에서였다.

이른 아침부터 제게 전화를 걸어 '부회장실로 와라.' 라는 말을 전한 은석을, 진건은 만나야 했다.

"사장단 인사이동…… 말씀이십니까?"

좋은 예감은 들지 않았기에 얼굴을 굳힌 채 부회장실의 문을 두드렸다. 진건을 기다렸음에도, 그가 들어올 때까지 눈길 한 번 주지 않던 은석은 무슨 일로 불렀냐는 진건의 말이 흘러나옴과 동시에 냉랭한 음성을 흘렸다.

"그래. 네 결혼식 전에 강행할 거다."

"부회장님!"

"회장님도 그렇고, 나도 그렇고. 이젠 일선에서 물러날 때가 됐어. 그러니 슬슬 너희들에게 유단을 맡겨야 할 때가 온 거라는 생각이 들더군."

진건은 대체 무슨 소리를 하는 건지 알 수 없는 은석을 황당하게 응시했다. 불쾌하리만큼 저와 똑같은 은석의 검은 눈동자가 진건을 향했다.

"그러니 잔말 말고 이번엔 내 의견에 따라. 너는 유단 건설의 사장으로, 이건인 유단 화학, 그리고 지혜는 리드&크리스탈 호텔의 부사장으로 이동시킬 거다. 이미 이사진들과는 이야기가 다 끝났어. 너도 유단 건설의 사장이면 만족할 만한 자리 아니냐?"

"……."

"내 말은 끝났으니 나가 보도록 해."

진건은 독단적으로 제 말을 끝낸 뒤 손을 내젓는 장 부회장을 말없이 응시했다. 그가 내린 명백한 축객령이 머릿속에 스며들지 않는다. 진건은 제가 있든 없든, 이젠 자신의 일에 열중하고 있는 은석을 응시하며 코웃음을 흘렸다.

유단 그룹의 구조조정본부장을 겸하고 있는 장은석 부회장은 장태달 회장이 잠시 다른 곳에 시선을 둔 사이, 멋대로 자신의 의견을 피력하며 사장단 인사이동을 강행하려 들었다.

'마지막까지…….'

그 자신도 정을 주지 않는 사람이었지만, 상대 역시 마찬가지다. 진건은 말이 통하지 않을 그를 무심하게 내려다보더니 자리에서 일어났다.

달칵, 부회장실의 문을 닫고 나오는 진건의 얼굴은 싸늘하게 굳어 있었다. 진건이 유단 그룹의 총 본사 역할을 하고 있는 유단 건설을 머지않은 시기에 물려받으리라는 것은, 대부분의 이들이 인식하고 있는 일이었다. 그 시기가 얼마나 짧고 기냐가 관건이었을 뿐.

만약 진건이 장 회장이 보유한 주식을 증여받게 된다면, 유단 건설은 물론이거니와 그 밑의 계열사들도 수월하게 흡수가 가능했다. 그러나 장 부회장 일가가 버티고 있는 한은, 그것이 쉽지 않았다. 그 때문에 적절한 시기를 노리고 있었던 건데…….

'제기랄.'

기회를 엿보던 사이, 은석은 그에게 선제공격을 가했다. 우스운 일이 아닐 수 없다.

이제 막 기획1, 2 팀의 팀장을 각각 맡고 있던 이건과 지혜에게 사장과 부사장직이라는 사다리를 내려 주다니. 진건처럼 일반 사원부터 시작하여 성과를 올리고, 그로 인해 전략기획본부장의 직위까지 오른 것이 아니라 3년 전, 그리고 2년 전 각각 팀장의 자리까지 낙하산을 태워 준 것으로도 모자랐던 걸까.

진건의 갑작스러운 혼인으로 인해 장 부회장도 위기를 느낀 게 분명했다. 진건은 냉랭한 눈으로 닫혀 있는 부회장실을 흘긋거린 후, 앞으로 걸어갔다.

'…….'

지금까지는 기회만 엿보고 있었다. 손에 쥔 것은 수도 없이 많았지만, 터뜨릴 생각을 하지 못한 이유가 존재했으니까. 장 회장이 살아 있을 때까지만, 어떻게든 버텨 보려고 했다. 그러나 상대는 계속해서 그를 자극하고 있었다. 만약 이것이 더 길어진다면 과연 버틸 수 있을지 모르겠다.

"어머."

상념에 빠져 있던 진건은 맞은편에서 들려오는 목소리에 걸음을 멈추었다. 검은 머리카락을 흩날리며 제게 사뿐사뿐 걸어오고 있는 붉은 정장 차림의 지혜가 짙은 미소를 그리며 다가오고 있었다. 진건의 안면은 더욱 굳어 갔다.

"아빠랑 약속 있었어?"

살갑기 그지없는 지혜의 목소리가 거슬렸다. 진건은 샐쭉 웃는 지혜를 무심하게 내려다봤다.

"나도야! 그런데 어쩐 일이지? 대체 어쩐 일로 아빠가 큰오빠를 여기까지 불렀대?"

진건은 비꼬는 그녀의 말에 대답하지 않았다. 그저 무시하고 지나쳐 제 갈 길을 가려 했을 뿐.

"아, 그렇지!"

차가운 눈으로 그녀를 내려다보던 진건이 지혜를 지나치려고 할 때였다. 진건은 씩 웃으며 저를 올려다보는 지혜의 시선에 미간을 꿈틀거렸다.

"안 그래도 오빠한테 할 말이 있었는데."

할 말?

"큰오빠."

"……."

"큰오빠는…… 새언니를 얼마나 믿어?"

지혜의 입 밖으로 흘러나온 새언니라는 단어가 마음에 들지 않는다. 가족의 정이라고는 존재하지 않으면서 어떻게든 새벽을 언급하려 드는 지혜는 답하지 않는 진건에게 웃음을 터뜨렸다.

"마침 도착했네!"

지혜는 그런 진건에게서 눈을 떼고는 지이잉, 울리는 핸드폰을 내려다보며 중얼거렸다. 그녀의 말을 무시하고 지나갈 수 있었지만, 진건이 다시 발을 떼려던 차에 지혜가 제 손에 들린 핸드폰을 그의 얼굴 앞으로 들이밀었다.

진건의 눈동자가 살짝 커졌다.

"큰오빠."

지혜의 핸드폰 속에는 불과 몇 시간 전, 진건과 헤어졌을 때의 옷차림을 한 새벽이 그의 집 주차장으로 보이는 곳에서 웬 남자와 입을 맞추는 모습이 들어가 있다. 그리고 자신의 핸드폰 속 사진을 뚫어져라 응시하는 진건을 향해, 지혜가 입꼬리를 호선으로 그리며 말했다.

"이래도, 새언니를 믿어?"

❖

「만나던 남자가 있었어요. 그리고 그 남자와 헤어지고 장진건 씨한테 붙은 거죠. 머리를 잘 굴린 거예요. 유단의 전략본부장이라면, 제 앞날에도 큰 도움이 될 거라고 믿어 의심치 않았을 테니까! 정말 약은 계집애 아니에요?」

생글생글 웃으며 말하던 여자는 친구라고 하기에는 거리가 있었다. 지혜는 '조금만 기다려 주세요, 더 도움이 될 만한 것들을 수집하는 중이니까!' 하고 웃는 은비에게 옅은 미소를 지어 보였다.

여자가 한을 품으면 오뉴월에도 서리가 내린다더니.

지혜는 그 이후로도 몇 번 더 제게 만남을 청한 은비가 건넨 몇 가지 자료들을 내려다보며 속으로 생각했었다.

모임의 회원들에게 들은 바로는 은비와 '그녀' 는 둘도 없는 친구 사이였다던데. 이렇게 칼을 숨기고 있던 여자가 제 곁에 있었다면 어땠을까.

'끔찍해.'

제 일이 아니라 다행이라고 여기며 지혜는 코웃음 쳤었다.

'어떤 반응이려나.'

일이야 어찌 되었든, '그녀' 의 속사정을 알게 된 것은 결론적으로 제게는 이득이다. 지혜에게는 제 말을 뒷받침할 만한 '자료' 들이 존재했고, 눈앞의 남자에게 충격을 가하는 일만 남았으니까.

그녀는 자신이 건네받았던 사진을 내려다보고 있는 남자의 얼굴을 들여다보았다.

'……'

'그녀' 와 그녀의 전 남자 친구인 남자가 입을 맞추고 있는 듯한 사진을 응시하고 있음에도 불구하고 검은 눈동자의 진건에게는 아무런 변화가 일지 않는다. 지혜는 뭔가 심상찮다는 것을 인지하며 미간을 좁혔다.

원체 제 마음을 겉으로 드러내지 않는 사람이라지만, 이번에는 충분히 화가 날 거라 여겼다. 그들 사이에 아주 미세하게나마 금을 가게 만드는 것이 제가 원했던 바였으니까.

그러나 1초, 2초, 10초, 그 이상을 기다려도 진건의 동공은 흔들리지 않았다. 지혜는 눈을 가늘게 떴다.

"큰오빠?"

지혜의 조심스러운 부름에, 서늘한 눈빛으로 핸드폰의 액정을 들여다보던 진건의 시선이 느릿하게 그녀에게 꽂혔다. 내내 다물고 있던 진건의 입술이 열렸다.

"지혜야."

"……!"

소름 끼칠 정도로 다정한 그 음성에 지혜는 흠칫거렸다. 눈은 결코 웃고 있지 않건만, 입 밖으로 흘러나온 목소리는 상냥했다. 지혜는 무의식적으로 긴장해 버렸다.

진건은 눈을 휘며 말을 덧붙였다.

"단 한 번도 네게 말을 한 적이 없었지."

뭘?

"그래도 피를 나눈 사이라 생각해서 말하지 않았어. 지금까지."

뭐, 뭐 하는 거야.

지혜는 후우, 숨을 길게 내쉬는 진건의 말이 예사롭지 않다고 생각했다. 그녀는 눈을 아래로 내리까는 그의 행동에 움찔했다.

'뭐, 뭐야!'

왠지 기분이 이상해졌다. 진건과 자신을 감싸는 공기가 딱딱해지는 게 느껴졌다. 그의 주변으로, 차갑고 섬뜩한 기운이 보이는 것만 같았다.

꼴깍. 지혜는 호흡이 가빠 오는 것을 느꼈다. 그녀는 말라 버린 목구멍 너머로 침을 삼켰다. 진건의 차가운 시선은 그녀에게서 떨어질 줄 몰랐다.

진건은 긴장하고 있던 지혜에게 말했다.

"그래도 나는, 네가 적어도 예의는 있다고 생각했다."

"무, 무슨…… 윽!"

진건의 접근에 저도 모르게 뒷걸음질 쳐 버렸다.

툭, 딱딱한 벽과 등이 닿자 신음이 흘러나왔다.

"하지만 이번엔 정도가 지나치군."

지혜는 금방이라도 저를 집어삼킬 것처럼 직시하고 있는 진건을 말리려다 인상을 썼다. 다가오지 말라는 말을 외치고 싶었지만, 소리가 나오지 않는다. 창백하게 질린 지혜가 그를 노려보는 사이, 진건이 뚝 걸음을 멈추었다.

심장이 밖으로 튀어나올 만큼 뛰어 지혜는 입술을 짓눌렀다. 이복 오빠의, 장진건의 이런 눈빛은 그를 알아 온 20년 넘는 시간 동안 처음 마주했다.

그래서인지…… 당혹스럽다.

진건은 제게 지지 않기 위해 눈에 힘을 주고 있는 지혜를 내려다보더니 말했다.

"마지막이다. 처음이자 마지막."

진건은 부드럽게 웃더니 다음 말을 흘렸다.

"새벽이, 건드리지 마라."

지혜는 깜짝 놀라 몸을 비틀거릴 뻔했다. 다행스럽게도, 다리에 힘을 주어 가까스로 버텨 냈다. 지혜가 그 말이 무슨 말인지 묻기 위해 고개를 들었을 땐, 이미 뒤를 돌아 저만치 멀어진 진건의 등만 보이고 있을 뿐이었다.

지혜는 순식간에 멀어져 버린 진건의 등을 한동안 쳐다봤다.

툭.

겨우겨우 손에 쥐고 있던 핸드폰이 바닥으로 떨어지는 소리가 났다. 시야 속에 존재하던 진건이 완벽하게 사라지자 지혜는 주르륵, 주저앉았다.

쿵쾅쿵쾅!

지금껏 단 한 번도 보지 못했던 큰오빠의 낯선 모습에 입술이 파르르 떨렸다. 지혜는 도통 흥분을 감추지 못하는 손끝을 내려다보았다. 그리고 몇 분의 시간이 더 흘렀다.

"빼……."

빼앗길 줄 알고?

바들바들 진동하는 손을 억지로 움켜쥐며 지혜는 이를 악물었다. 지혜는 사진 속에 존재하는 그 여자, 그러니까 자신의 새언니가 된 새벽과 그녀의 전 남자 친구의 모습을 응시하며 얼굴을 구겼다.

"안 뺏겨."

절대로.

절대로, 빼앗기지 않을 거다.

빼앗길 생각 따윈 없다. 어머니가 아버지의 후처였다는 것을 알게 된 후, 그리고 장 회장이 자신과 이건보다 진건을 더욱 아낀다는 것을 알아차린 시점부터.

지혜는 한번 태우기 시작한 적의의 불씨를 꺼뜨리지 않았다. 언제나 가슴을 졸이며 자라왔다. 어머니를 집에 들였음에도 불구하고 내심 그녀를 인정해 주지 않던 할아버지에 대한 적의는, 어느새 자살한 아버지의 전처의 아들인 진건에게 향했다.

그만 없었더라면. 이 집안의 장손이라며 할아버지의 사랑을 독차지하는 진건만 없었더라면 이건과 자신은 불안해하지 않고 행복하게 자랄 수 있었을 거다.

'장진건만 없었더라면.'

요동치던 지혜의 눈동자가 차분해졌다. 그녀는 짧게 심호흡을 한 뒤, 몸을 일으켰다. 저런 반응이 나올 거라 예상하지는 않았기에 당황해 버렸다. 그러나 멈추지는 않는다.

듣자 하니 이미 장 부회장도 진건에게 일격을 가한 바. 여기서 멈춘다면 모두 잃는 것은 아마도 자신이 될 것이 분명하니까.

지혜는 바닥으로 떨어뜨린 핸드폰을 집어 들었다. 그러고는 익숙하게 번호를 누른 뒤 빙긋 웃었다.

"저예요, 지혜! 지금 뭐 하고 계세요?"

❖

"본부장님!"

영우의 외침에 진건의 걸음이 멈췄다. 진건의 검은 눈동자가 헉헉, 뛰어오며 손을 흔들고 있는 영우에게 꽂혔다. 진건은 송골송골 맺힌 땀을 공중으로 흩뿌리는 영우가 제 앞에 서는 것을 지켜봤다.

거칠게 숨을 몰아쉰 영우가 어깨를 들썩이며 심호흡을 한다. 진건은 약간의 시간이 흐른 뒤, 머리를 드는 영우에게 입을 열었다.

"어떻게 된 거야."

높낮이 없는 일정한 목소리. 웃음기 따윈 존재하지 않는 진건의 음성을 듣고 영우가 움찔거렸다. 영우의 등 뒤로 식은땀이 주르륵 흘러내렸다. 차갑고 서늘한 이 목소리는 진건이 가장 화가 났을 때 들려오는 것이었다.

'죽었다.'

눈앞이 아찔해졌다. 영우는 심장이 벌렁거리는 것을 느끼며 입술을 깨물더니 이내 각오했다는 듯 표정을 달리했다. 결연에 찬 얼굴로 호흡을 고르던 영우는 이윽고 지금까지 자신이 파악한 상황의 모든 것을 읊기 시작했다.

"사모님의 전…… 그러니까, 양재혁 씨가 사모님을 찾아왔던 모양입니다."

보고를 듣고 있는 진건의 눈동자는 고요했다. 영우는 계속해서 그의 눈치를 살피며 말을 이었다.

"의도는 모르겠습니다. 사모님께 사과를 하기 위해 찾아온 건지, 아니면 누군가의 사주를 받고 찾아온 건지……."

"그래서."

"아, 예. 그, 그래서 사모님과 함께 있는 모습을 찍혀 버린 모양입니다. 하필 CCTV의 사각지대에 있었던지라 처음엔 당시 영상을 찾는 데 시간이 좀 걸리긴 했지만…… 엘리베이터 내의 CCTV로 대응할 증거는 충분히 모았습니다. 본부장님께서 염려하시는 일은 없었습니다! 다만."

"다만?"

"어…… 저기."

영우가 할 말을 주저하며 입을 다물고 있자, 진건의 미간이 좁아졌다.

영우가 어떻게 말해야 할지 모르겠다며 자꾸만 머뭇거리는 모습이 예사롭지 않았던 까닭이다.

진건은 눈을 가늘게 뜨며 입술을 움직였다.

"한영우."

"사, 사모님께서 양재혁 씨를 스토커라고 신고를 하, 하셨습니다. 그런데……."

그건 잘한 일이군.

진건은 고개를 끄덕였다. 영우는 그런 진건을 응시하며 말했다.

"사모님께서 양재혁 씨에게 대응하는 과정에서 급소 부위를 타격……하셨습니다만."

"또?"

심각하게 이야기를 듣고 있던 진건의 눈이 동그래졌다. 그는 '예.' 하고 어색하게 미소 짓는 영우에게 눈을 가늘게 떴다.

" '하셨습니다.' 도 아니고, '하셨습니다만.' 은 뭐지?"

"하하, 하…… 하하."

"한영우."

"제 말씀을 듣고 부디 놀라지 마십시오, 본부장님."

무슨 소리를 하려기에 이리도 뜸을 들이는 걸까.

진건은 아무도 없는 주변을 휘휘, 살피더니 제게로 다가와 뭔가를 속닥이는 영우를 지켜봤다. 그는 영우의 말을 듣고도, 한참을 서 있었다.

"사실……이야?"

떨리는 진건의 목소리에 영우가 길게 한숨을 흘렸다.

"풉!"

'어떡하죠?' 하고 중얼대는 영우를 보고서도 아무 말도 하지 않던 진건은, 끝내 웃음을 터트렸다.

"보, 본부장님! 웃을 일이 아닙니다! 이건 꽤 심각한 상황이라고요!"

"큭큭. 크크큭!"

하지만 한번 시작된 웃음은 도통 멈출 기미를 보이지 않는다. 영우가 빨개진 얼굴로 진건을 불렀다.

"본부장님!"

"큭큭큭."

미치겠다. 정말로 미쳐 버릴 것 같다. 이건 우아한 새벽이 아니라…….

'내 거친 새벽이군.'

진건은 '진짜 웃으시면 안 된다고요!' 하고 외치는 영우의 앞에서 몇 분을 더 큰 웃음을 터뜨리다 겨우 숨을 골랐다.

"미안. 미안해. 너무 화가 났는데…… 그 이야기를 들으니, 도통 진정이 안 돼서."

"본부장님. 이번 일은 정말로 가벼이 넘기면 안 되는 일입니다."

"흐음."

"생각을 해 보십시오! 만약 이 일이 밖으로 나가게 된다면, 본부장님의 명성에도 누가 될 거고, 또 계획하시는 일에도 차질이 생길 거라고요! 하, 큰일이네 정말."

영우는 불안해 죽겠다는 듯 발을 동동 굴렀다. 진건은 픽 웃으며 노심초사하는 영우를 내려다봤다.

"인과응보야."

"본부장님!"

"그래서 경찰서로 안 가고 응급실에 있다는 건가?"

영우는 얼굴을 아래위로 주억였다.

“……예. 일단 한국대학병원으로 갔다고 합니다. 주 선생님께서 미리 얘기를 듣고 연락 주고 계십니다.”

“형에게 또 빚을 지는군.”

진건은 씁쓸하게 웃었다. 그러다 닫혀 있는 현관문을 응시하며 입을 열었다.

“새벽인?”

“아. 사모님께선 몇 분 전에 겨우 잠이 드셨습니다. 안 그래도 몸이 안 좋은 상태셨는데, 좋지 않은 일이 연달아 일어나는 바람에 기진맥진하신 모양입니다. 발목 문제로 윤 박사님께서 한 번 왔다 가셨습니다. 천만다행으로 서너 일 쉬면 괜찮아지신다고 하더군요.”

영우의 답변에 진건은 대답하지 않았다. 진건은 가만히 현관문을 응시하고 있다 몸을 돌렸다.

“들어가지 않으십니까?”

“일단 먼저 해결해야 할 일이 있으니까.”

“예?”

“병원부터 가지.”

“아…… 넵!”

영우는 힘차게 대답하며 엘리베이터 쪽으로 향하려는 진건의 뒤를 따랐다.

“그런데 본부장님.”

드르륵 열리는 엘리베이터로 들어가자마자 영우는 진건의 눈치를 살폈다. 말을 해야 하나, 말아야 하나. 어떻게 해야 할지 몰라 고민하던 그에게 진건의 검은 눈이 꽂히자 그는 에라, 모르겠다 싶어 입을 열었다.

“이번 일 배후엔…….”

"알아."

"네?"

"알고 있어."

영우는 제 말을 끊는 진건을 멍하니 들여다봤다. 진건은 냉랭한 눈을 내리깔며 중얼거렸다.

"피라는 건 정말 지긋지긋하군."

"……."

"하지만 아직은 아니야."

"본부장님?"

"일단 그 남자부터 해결하고 보지."

더 이상의 질문은 허용하지 않겠다는 듯, 진건이 먼저 말을 뱉어 냈다. 영우는 뭔가 더 말을 하려다 말고선 아래로 내려가는 엘리베이터의 전광판만 들여다보았다.

❖

"양재혁 환자…… 되십니까?"

우새벽을 만나기 위해 찾아갔던 잠실의 한 아파트 주차장에서 그는 온몸이 끊어지는 고통을 느꼈다. 그렇게 참혹한 것은 난생처음이었다.

말로 다 표현할 수 없는 고통으로 인해 식은땀이 줄줄 흘러내렸다. 눈앞이 하얗게 물드는 현기증에 재혁은 바닥에 고꾸라졌다. 결국 모든 것을 놓아 버린 그가 스르륵 눈을 떴을 때는, 약 냄새가 가득한 웬 병실이었다.

재혁이 알고 있던 일반 병실과는 차원이 다른. 그것도, 중환자실의 소독 상태를 떠올리게 하는 병실의 모습에 의문을 품고 있는 사이, 수많은 의료진들이 그의 병상 쪽으로 다가왔다.

"그런……데요?"

뭔가 이상했다. 재혁은 애석함이 가득한 얼굴로 저를 내려다보고 있는 의사와 그런 의사 곁에서 꽤 난처해하는 간호사들을 발견하고선 조심스레 입을 열었다.

"흠흠!"

최대한 평정심을 유지하려 드는 의사는 크게 심호흡을 하고선 붉은 입술을 달싹였다.

"먼저 유감의 말씀 드립니다."

유감?

"죄송하지만 지금부터 저는 환자분께 좋지 않은 소식을 알려 드려야겠습니다."

"무슨…… 말이죠?"

의아해하는 재혁에게 의사는 말했다. 애통하다는 표정과 함께.

"환자분."

"……."

"환자분은 지난 6일, 오후 4시 12분경 저희 병원 응급실로 이송되어 오셨습니다. 오른쪽 고환이 파열된 상태로 도착하셨기에, 긴급 적출 수술을 강행해야만 했고, 그로 인해……."

분명 의사가 뭔가 길게 말을 했던 것 같은데, 그 뒤로는 아무 말도 기억나지 않는다.

'적출…… 수술?'

재혁은 신체적인 충격 이상으로, 정신적인 충격을 받아야 했다. 얼이 빠진 표정으로 눈앞의 구경꾼들과 자신의 두 다리 사이를 번갈아 바라보는 재혁을 의사가 불렀지만, 대답을 할 수가 없었다.

그러니까…… 내 것이 뭐 어떻게 됐다고?

처음엔 넋이 나갔고, 그다음에는 수치스러웠다. 그 후에는 절망했고, 그 뒤로는 분노가 차올랐다.

'우새벽!'

당장이라도 이 병실을 빠져나가야 했다. 저를 이런 꼴로 만든 여자의 이름을 되뇌며 재혁은 치를 떨었다. 복수를 하고 싶었다. 자신이 느끼는 이 비극적인 고통을 그 여자에게 맛보게 해 주고 싶었다.

그러나…….

"으윽!"

몸이 따라 주지 않았다.

"제기라알!"

재혁은 매 시간마다 병실 안을 크게 울리는 비명을 내지르며 울분을 터뜨렸다. 어찌나 요란스러운 비명인지, 병실 근처를 배회하는 간호사들의 낯빛이 어두워질 정도였다.

똑똑.

지독한 하루가 끝나 갈 때였다. 분명 오전에 잠실로 가기 위해 조퇴서를 내고 로펌을 나왔을 때까지만 하더라도 이런 끔찍한 일이 있을 줄은 상상도 하지 못했다.

병상 옆에 있던 핸드폰에선 은비가 거는 것이 분명한 전화가 끊이질 않고 울려 댔으나, 받을 생각도 하고 싶지 않았다.

"……."

그러던 차, 누군가 문 두드리는 소리를 들었다. 아무에게도 오늘의 일을 알린 적이 없었기에 재혁은 의심스러운 눈으로 병실의 문을 응시했다.

"들어…… 오십쇼."

머릿속이 텅 비어 버렸지만, 노크에 대한 답은 해야 할 것 같았다. 그에게 사형 선고나 마찬가지인 말을 건넸던 예의 의사일지도 몰랐으니까.

"……!"

흐린 눈으로 열리는 문을 쳐다보고 있던 재혁은 소독된 비닐 옷을 입고 들어온 남자 두 명을 발견했다. 키 큰 두 남자 중 한 명은 간혹 법정에 섰을 때 몇 번 마주치곤 했던 변호사 중 한 명이었고, 다른 한 명은…….

"양재혁 씨."

새벽의 남편이라는, 그 남자.

은비와 함께 마주한 적이 있었던 바로 그 남자.

잊을 수 없는 그 남자.

근래 재혁을 가장 신경 쓰게 만들고 있는 그 남자!

장진건이었다.

"다, 당신이 어떻게…… 윽!"

재혁의 얼굴이 새하얗게 질렸다. 진건은 심장이 쿵쿵 뛰어 입술이 파리하게 질린 재혁을 바라보면서도 다가오기를 멈추지 않았다.

빌어먹을!

다리 사이의 한 부분이 지독하게 욱신거렸다. 몇 시간 전 마쳤다던 수술의 통증이 더욱더 커 가는 것 같아 재혁은 인상을 썼다. 호출 벨을 눌러야 한다고, 그래야 한다고 손가락을 길게 뻗었지만 꾹꾹 벨을 눌러도 간호사는 달려오지 않았다.

모두…… 모두 한 패거리야!

재혁이 기겁하며, 다가오는 진건에게서 멀어지기 위해 억지로 몸을 움직이려 했지만 소용없었다.

터벅터벅.

진건은 멈추지 않았다. 진건은 그런 재혁이 무슨 짓을 벌이든 말든, 전혀 개의치 않으며 그의 침상 근처까지 다가왔다. 그러고는 붉은 입술을 움직였다.

"이렇게 대면하는 건 처음이군요. 제가 누군지는 이미 알고 계시리라 생각됩니다만, 그래도 소개를 하는 게 좋겠습니다. 유단의 장진건이라고 합니다."

"크윽!"

차마 입술 밖으로 터져 나오지 못하는 욕설이 목구멍을 타고 넘어갔다. 재혁은 동요를 제어하려 애쓰며 진건을 노려봤다.

진정해야 한다.

진정해야…… 망할!

참을 수 없는 분노를 견디지 못한 재혁은 무표정한 얼굴로 저를 내려다보고 있는 진건을 쳐다보더니 외쳤다.

"대체…… 대체 당신이 왜 여기 온 겁니까!"

부르르 이를 부딪치던 재혁의 외침에도 진건의 입술은 움직이지 않았다. 재혁은 비소를 흘렸다.

"아아. 사과라도 하려고 온 겁니까? 당신 와이프가…… 당신의 경솔한 그 '아내'가 나를 이렇게 비참하게 만들었다는 걸, 사과라도 하려고요?"

신경질적인 재혁의 반응에도 남자는 반응하지 않았다. 그 모습을 보고 있자니 어쩐지 더욱 화가 치밀어 올랐다. 재혁은 계속해서 소리쳤다.

"머리를 박고, 내 앞에서 쉬지 않고 잘못을 빌어도 사과 따윈 받아 주지 않을 겁니다! 그러니 돌아가십시오! 나는 당신도, 우새벽도 합의해 줄 생각 따위는 없다고! 두고 보라지. 내 것을 앗아 간 당신들에게 지옥 이상의 쓴맛을 보게 해 줄…… 큭! 아악!"

다른 것도 아닌, 그의 소중한 두 짝 중 하나를 앗아 간 여자의 남편이다. 물론 제게도 잘못이 없다고는 하지 않겠지만, 눈앞의 남자를 보니 성질이 차오른다. 해서인지 흥분을 가라앉히지 못하고 씩씩거리던 재혁은 침을 튀겨 가며 소리쳤다.

그러던 그의 말이 뚝 끊어진 것은, 제 옆에 무심한 표정으로 서 있던 남자가 손을 뻗어 그의 팔을 꾸욱 짓눌렀기 때문이다.

"으아악!"

하필 링거와 연결된 바늘이 꽂혀 있던 부위를 누르는 진건으로 인해 재혁은 소리쳤다.

"이 미친놈이 지금 뭐 하는 거야! 놔! 놓으라고!"

반창고 주변으로 붉은 선혈이 흘러나오려 하자 재혁은 바둥거렸다. 마음 같아서는 이 미친놈을 떼어 내고 싶지만, 다리가 움직여지질 않았다.

"간호사! 간호…… 컥!"

얼마나 힘껏 누르고 있는지 다리 사이의 통증만큼이나 팔의 고통이 짙어졌다. 탁탁, 침상을 내려치며 간호사를 부르던 재혁은 제 팔을 누르고 있던 남자의 커다란 손이 그의 목을 턱 움켜쥐자 컥컥거렸다.

"지옥의…… 쓴맛."

서늘한 눈으로 그를 내려다보고 있던 진건이 피식 웃으며 중얼거렸다. 숨이 막혀 와 인상을 쓰던 재혁의 귓가로 진건의 음산한 목소리가 흘러 들어왔다.

"그 맛은 내가 보여 줬어야 했는데."

뭐, 뭐라고?

"진작 떼어 놨어야 했어."

"컥, 커컥!"

"그래도 그 아이한테서 좋은 추억이 되어 준 것 같아서…… 아직은 건드릴 생각이 없었어. 최대한 늦게, 그 아이가 더 이상 신경을 안 쓰는 그 시점에 밟아 주려고 했었는데. 내가 너무 안일했군."

이 자식이 대체…….

"커억! 컥컥!"

눈앞이 아득해진다. 재혁은 무슨 소리를 하는 건지, 남자의 말을 이해하지 못했다. 그는 제 목을 움켜쥔 진건의 팔을 떼어 내려고 탁탁, 손을 내리쳤다. 그럼에도 불구하고 그의 손아귀엔 더욱 강한 힘이 들어갈 뿐이다.

"장 본. 그만해."

"……."

"그만하라고. 더 나가면 나도 방어 못해 줘."

"……."

"장진건."

툭!

"커헉, 하아, 하아!"

재혁의 목을 잡아챈 진건의 등 너머에서 그를 저지하는 말이 들려오지 않았더라면, 검은 눈을 한 진건이 무슨 일을 저질렀을지 모르겠다. 재혁은 진건에게서 풀려나자마자 거칠게 숨을 몰아쉬었다.

'빌어먹을. 빌어……먹을!'

안 그래도 얼마 전 들었던 일로 충격에서 헤어 나오지 못했던 재혁은 연약한 상태의 제 틈을 파고드는 진건을 죽일 듯 응시했다.

부드득, 이를 갈고 있는 재혁을 향해 후우 숨을 흘린 그가 입을 열었다.

"권 변."

진건이 제 뒤편의 남자를 부르자 쓴웃음을 흘리던 냉랭한 얼굴의 또 다른 남자가 스윽 앞으로 다가왔다.

"양 프로. 우리, 낯이 익죠? 올웨이즈의 권정록입니다."

재혁은 제게 명함을 건네는 동료 변호사를 발견하고선 인상을 썼다.

"예. 뭐, 권 프로를 알고는 있습니다만…… 대체 이게 무슨 무례한 짓입니까! 저 남자고, 저 남자의 와이프고! 둘 다 제게 뭐 하는 짓입니까!"

"하하. 양 프로. 너무 흥분하지 마십시오. 제가 찾아온 건 전부 양 프로를 위해서니까요."

……뭐?

"일단 먼저 불의의 사고를 당하신 양 프로에게 애도의 말씀 드립니다. 진심으로 안타깝습니다. 하지만 좋게 좋게 생각하십시오. 비록 양 프로께서, 소중한 하나의 보물을 잃으셨지만 남은 보물을 잘 관리하신다면 살아가시는 덴 무리가 없을 겁니다. 제가 알아본 바로는 불임까지는 아니라고 하더군요. 물론 앞으로 더 검사를 해 봐야 정확해지겠지만 말이죠. 게다가 요즘 세상이 얼마나 좋아졌습니까? 비어 버린 보물을 대처하기 위한 인공 보형물 시술도 가능하다고 하니, 너무 낙담하지만은 마십시오."

술술 흘러나오는 변호사의 말에 재혁은 황당한 표정을 지었다.

"이, 이봐요! 권 프로! 그걸 말이라고……."

"어쨌든 그것에 대한 건 여기까지 언급하도록 하고. 지금부터는 양 프로가 행한 일들에 대해 언급할 시기군요."

하하 웃던 권정록 변호사의 입가에서 미소가 사라졌다. 재혁은 아무 말도 하지 않고 있는 진건만큼이나 차가워진 정록의 얼굴을 발견하고선 멈칫했다.

두근두근.

갑자기 심장이 뛰었다.

"일단 먼저, 양 프로가 여기 계신 제 클라이언트의 아내분께 저지른 짓에 대한 것부터 언급해 보도록 하겠습니다."

"……예?"

"양 프로는 지금으로부터 10개월 전, 그러니까 올 1월의 일이군요. 우화 건설에서 추진 중이었던 제주도 리조트 건립 프로젝트의 세부 내용과 비밀 문건들을, 당시 우화 건설과 경합 중이었던 스카이 건설의 전략 팀에게 판매한 전적이 있지요?"

"……!"

그, 그걸 어떻게 알고 있지?

심장이 덜컥 내려앉았다. 눈앞의 남자에게서 들을 거라고는 상상하지 못했던 말들이 흘러나오자 재혁은 두 눈을 크게 떴다. 로펌 올웨이즈의 권정록 변호사는 말을 이어 나갔다.

"그것에 그치지 않고 그 외에도 지난 2년 동안, 우화에서 추진 중이었던 여러 프로젝트의 문건들을 유출한 적도 있군요. 흠. 그런데…… 정보를 팔아넘기고 받은 돈이 상당한데요? 이야. 보기보다 배짱은 있었던 모양입니다, 양 프로."

"무, 무슨 소립니까! 내가 언제…… 헉!"

정록은 손에 쥐고 있던 통장의 사본을 팔랑팔랑 흔들어 주며 빙긋 웃었다.

"발뺌하려 들지는 마십시오. 증거가 이리 있으니까. 뭐, 이것 말고도 당신이 우화를 빌미로 얻게 된 돈에 대한 증거 자료들이 캐비닛 하나를 꽉 채울 정도입니다. 하하, 대체 얼마나 해 처먹은 거야."

“다, 당신들……!”

“우화의 주식이 요 몇 년 동안 급격하게 요동친 까닭이 비록 당신에게만 있는 건 아니겠지만, 당신이 원인이 아니라고도 할 수 없겠습니다. 그나저나. 만일 이 사실이 세간에 밝혀진다면 양 프로, 입지가 위험해질 수도 있겠네요.”

“혀, 협박하는 겁니까! 지금…… 지금 당신들, 나한테 협박하는 거냐고!”

재혁은 소리쳤다. 어떻게 알게 됐는지 눈앞이 캄캄해졌다. 온몸이 바들바들 떨려 다리 사이의 충격을 잊어버릴 정도다. 새파랗게 질린 얼굴로 침을 튀기는 재혁을 보고도 변호사와 남자는 웃지 않았다.

“어떻게 할까?”

가만히 서 있는 남자를 향해 정록이 작게 중얼거렸다.

“내가 원하는 건 한 가집니다.”

그러자 묵묵히 정록의 말을 듣고 있던 진건이 입을 열었다. 재혁의 시선이 검은 눈의 진건에게 꽂혔다.

“다시는 새벽이 앞에 나타나지 마.”

“……!”

“당신이 그간 무엇을 했든, 더 이상 묻지 않겠어. 그렇게 원했던 돈이니 당신이 가져. 더러운 돈을 다시 취하고 싶을 생각 따윈 없으니. 대신 더 이상 그 아이 앞에 나타나 되도 않은 수작을 부릴 생각 따윈 하지 마. 만약 이런 내 경고를 무시하고, 그 아이 앞에 나타나서 오늘과 같은 일을 벌인다면…….”

재혁은 침을 꼴깍 삼켰다. 진건은 어쩔 줄 몰라 하는 재혁을 내려다보며 말을 이었다.

"남은 한쪽은 내가 없애 주지."

스윽 올라가는 진건의 입꼬리에 재혁이 이를 덜덜 떨었다. 싸늘한 냉기가 병실 안을 채워 가 숨이 막힌다. 재혁이 뭐라 말을 잇지 못하고 멍하게 앉아 있는 사이, 하하 웃음을 터뜨린 진건의 변호사가 나섰다.

"뭐…… 그렇답니다. 그러니 어떻게 하시겠습니까, 양 프로? 이쯤에서 이번 일에 대한 합의, 보시겠습니까?"

❖

"급하다길래 계약 해지 건인 줄 알았더니, 뜬금없이 비리 자료를 줘서 얼마나 놀랐는지."

병실을 나서자마자 들려온 정록의 말에 진건의 눈동자가 그를 향했다.

진건은 '너 이혼할 생각 아니었어?' 하고 묻는 정록에게 옅은 미소와 함께 대꾸했다.

"어쩌다 보니 그렇게 됐군."

"결국은 놓지 못한 건가."

"……."

"……그럴 줄 알았지."

진건의 요구에 의해 그와 새벽의 결혼 계약서를 작성해 준 사람은 다름 아닌 정록이었다. 그리고 훗날 있을 두 남녀의 결혼 계약에 대한 종말을 알릴 결혼 계약 해지서를 미리 작성한 사람 역시, 마찬가지.

이번 일에 대한 전반적인 상황을 아는 정록의 발언에 진건은 대답하지 않았다.

"그나저나 대응이 너답지 않군."

씁쓸한 발걸음을 앞으로 딛고 있던 진건을 흘긋 바라보던 정록이 중얼거렸다. 진건이 시선을 그에게 꽂자 정록은 입술을 열었다.

"너무 무른 것 같아서."

"……."

"보아하니 양 변은 장 본, 네 와이프의 뒤통수를 쳐도 아주 거하게 친 것 같던데……. 피해자는 너희 쪽인데 오히려 저쪽이 피해자가 된 모양새라, 영 별로다."

냉철한 정록의 말에 진건이 실소를 흘렸다.

"글쎄. 그건 두고 봐야 할 일이지."

나지막한 진건의 중얼거림에 정록의 미간이 꿈틀거린다. 속셈이라도 있는 건가? 의아한 표정을 지으며 제 뒤를 바라보는 정록에게 답변을 할 생각을 않던 진건은 계속 앞으로 걸으며 말을 이었다.

"만약 내 제안을 받아들이고 저대로 잠적해서 우리의 시야에서 사라진다면, 새벽일 생각해서라도 여기서 멈출 생각이야."

"거봐. 너 많이 물러졌……"

"하지만, 사람은 쉽게 변하지 않지."

"……!"

쯧, 혀를 차려던 정록의 눈이 동그래졌다. 진건은 빙긋 웃으며 말했다.

"지금은 내 눈치를 봐서라도 몸을 웅크리겠지만, 곧 다시 칼날을 세울 날이 올지도."

"그러니 마지막 경고를 한 거다?"

진건은 어깨를 으쓱였다.

"결국 저 녀석에게 최후의 일격을 가하는 사람은, 내가 아닌 새벽이어야 하니까."

“흐음.”
“게다가.”
“……?”
“새벽이가…… 큰일을 저지르긴 했잖아.”
굳게 닫힌 병실 문을 힐끔거리며 진건이 큭큭, 웃었다. ‘아!’ 하고 탄성을 터뜨린 정록이 한숨을 길게 내쉬었다. 웃음을 참지 못하며 어깨를 들썩이는 진건에게 정록은 진지하게 물었다.
“그게 그렇게 웃겨?”
“넌 안 웃겨?”
“나는…… 조금 무섭던데.”
뭐?
“네 유리 구두…… 아직 한 번도 본 적은 없지만, 보통내기는 아닌 듯싶어서.”
정록은 온몸을 파르르 떨며 중얼거렸다.
“내가 고환 파열에 대해 뉴스로 접한 적은 있어도, 실제로 보게 되리라고는 생각을 못했다.”
정록은 말없이 제 다리 아래를 내려다봤다. 무엇을 생각하는 건지 선명히 드러날 정도로 그가 얼굴을 일그러뜨리자 진건은 쿡쿡 웃었다.
“장 본.”
“어.”
“혹시나 해서 충고한다.”
뭘.
“조심……하도록 해.”
걱정이 된다는 표정을 지으며 정록이 진건의 허리 아래를 슥, 훑었다.

진건은 '인마!' 하고 정록의 가슴을 툭 치며 피식거렸다. 정록이 눈썹을 까딱이자 진건은 손목에 찬 시계를 흘긋거렸다.

어느새 밤이 깊어져 있었다.

"어쨌든 수고했어. 조만간 영우 편으로 양재혁 변호사와 관련된 모든 자료들을 보낼 테니, 기회 되면 유 검사한테 넘겨줘."

"이젠 내 친구까지 부려먹는 건가."

"친구의 친구면 내 친구이기도 하지. 안 그래?"

딱히 부정할 수는 없는 말이었던 터라, 정록은 대꾸하지 않았다. 진건은 늦은 시간임에도 불구하고 저를 위해 이곳까지 달려와 준 정록을 고맙게 응시했다.

권정록.

그런 이름을 지닌 남자는, 승원과 더불어 진건이 가장 신뢰하는 몇 안 되는 인물이었다.

대학교에 입학하여 처음 만났던 승원과는 달리, 정록은 진건의 세계에서 유일하게 친분을 나누었던 사람이기도 했다. 진건만큼이나 좋은 배경을 지니고 있음에도 불구하고 자신의 집안과는 거리를 둔 채, 자신이 하고 싶은 일을 하고 있는 친구.

그래서인지 많은 도움을 받는 친구였다. 저는 아직 한국대학병원에 볼일이 있어 그를 배웅해 주지 못한다는 것이 미안할 따름이다.

이쯤에서 헤어져야겠다며 말을 하려던 찰나였다.

"응?"

병원 정문으로 향하는 1층 로비로 함께 내려온 진건의 귓가로 수십 명의 사람들이 어딘가로 달려가는 것이 보였다. 진건을 비롯한 정록의 눈동자가 휘둥그레졌다.

이미 병원에는 방문객들에 대한 통제가 이루어진 상황이었던지라 사람이 있을 리 없건만. 꽤 늦은 시간임에도 불구하고, 어디서 나타난 건지 바쁘게 달려가고 있는 사람들의 얼굴에는 미소가 서려 있었다. 진건은 중얼거렸다.

"사고라도 났나?"

"글쎄."

진건과 정록의 눈동자가 아마도 응급실로 향하는 것이 분명한 사람들의 등에 꽂혔다. 곧 그들의 의문을 종식시켜 줄 사람들의 목소리가 이번엔 뒤편에서 들려왔다.

"오윤서 떴대!"

"촬영 왔어? 어디?"

"응급실이라던데. 저번 회차 제대로 못 찍고 갔잖아. 그래서 온 건가 봐!"

"그럼 뭐 하고 있어? 빨리 가야, 아, 좀 비켜 줘요!"

헉헉거리며 뒤에서 달려온 두 명의 남자들이 마침 로비 밖으로 나가는 문으로 걸어가던 진건과 정록에게 소리쳤다. 깜짝 놀라 그들을 위해 옆으로 살짝 비켜난 진건과 정록은 순식간에 사라져 버린 그들을 응시하며 허무한 표정을 지었다.

정록은 먼지바람을 일으킨 남자들의 뒷모습을 바라보며 중얼거렸다.

"오윤서가 누군데?"

진건은 어리둥절해하는 정록을 향해 옅은 미소를 그렸다.

"일도 좋지만, TV도 좀 보고 살아라. 저기 저 여자잖아."

마침 정록의 뒤편에 서 있는 한국대학병원의 홍보 입간판에서 [건강, 늦었다고 생각했을 때가 제일 늦어요!]라는 글귀와 함께 웃고 있는 여자를 가리키며 진건이 말했다.

정록의 미간이 좁아지는 것이 보인다. 진건은 슬슬 마무리를 지어야 할 때라는 것을 인식하며 한참이나 예의 입간판을 들여다보고 있는 정록에게 입을 열었다.

"조만간 로펌으로 갈게."

"직접?"

"회사 일로 부탁할 일이 있어서."

"……."

"왜."

"장 본. 넌 내가 이혼 전문변호사라는 건 알고 있는 거지?"

진건은 사뭇 진지한 표정을 짓는 정록의 물음에 그저 눈꼬리를 휘어 보였다.

❖

「나는 아직 할 말이 남았어.」

온 신경이 어깨로 쏠릴 만큼 서늘하게 저를 내려다보는 남자로 인해 숨이 막혔다. 단 한 번도 보여 준 적이 없던 모습이어서 더욱 낯설게만 느껴졌다. 생각나는 것은 단 한 사람뿐.

검은 안개와도 같은 남자에게서 벗어나 은은한 햇살 같은 그에게 달려가고 싶었다. 해서 있는 힘껏 그를 밀치며 제게 다가오려는 재혁에게 힘껏 다리를 들어 올렸다. 그때 제 다리가 하필이면 왼쪽이었다는 것을 인지하지 못했다. 어떻게 해서든 이 남자를 떼어 내야겠다는 생각을 할 뿐.

그리고, 그리고…….

"……헉헉!"

게슴츠레 뜬 눈으로 제게 팔을 뻗는 재혁의 검은 손이 몸에 닿기 전, 눈을 떴다. 가쁘게 숨을 몰아쉬며 눈꺼풀을 파르르 떨던 새벽은 자신이 몸을 일으킨 곳이 다름 아닌 진건의 침실이라는 걸 인지했다.

그녀의 방을 내버려 두고 비교적 넓은 그의 침대에 자신을 눕힐 사람은 단 한 사람뿐이다. 새벽은 얼른 고개를 돌렸다.

'아.'

시선을 왼쪽으로 돌린 것은 무의식적인 행동이었다. 그런 새벽의 시선을 느꼈던 건지, 의자에 앉아 머리를 숙이고 있던 남자가 얼굴을 들었다. 새벽은 '일어났어?' 하고 제게 희미한 미소를 지어 주고는 천천히 다가오는 진건의 움직임을 두 눈으로 좇았다.

"땀이 났네. 왜 이렇게 많이……!"

진건은 송골송골 맺혀 있는 새벽의 이마를 닦아 주기 위해 커다랗고 차가운 손을 뻗었다. 그의 손길이 그녀의 얼굴을 부드럽게 감싸자, 눈을 질끈 내리감던 새벽은 아래로 내렸던 팔을 들어 올려 진건의 목에 둘렀다.

"……."

쿵쿵, 뛰려던 마음이 제 목덜미에서 느껴지는 진건의 따뜻한 콧김으로 인해 안정을 되찾는다. 새벽은 갑자기 포옹을 하는 자신을 가만히 내버려 두고 있는 진건의 따스함을 느꼈다. 울컥하는 감정이 치솟는다.

"새벽아."

"……."

"울어?"

일어나자마자 제 품에 안긴 새벽의 등을 말없이 쓸어내리던 진건은 입을 꾹 다물고 있는 새벽을 향해 물었다. 새벽은 그를 더욱 세게 끌어안으며 고개를 휘휘 내저었다.

"아뇨."

우는 거 아니에요. 단지 내 20대의 절반을 그런 쓰레기 같은 놈에게 바쳤다는 것이 화가 나서, 그래서 감정이 복받치는 것뿐이야.

새벽은 이를 악물며 그의 어깨 위로 얼굴을 파묻었다. 진건은 그런 그녀에게 묻지 않았다.

만약, 정말 만약 내가 당신을 진작 알았더라면…… 그랬다면 나, 이렇게 스스로를 한심하게 생각하지 않을 수 있었을까.

"진건 씨."

적잖은 시간 동안 진건을 안고 있던 새벽은 그의 심장 박동 소리를 느끼다 시선을 올렸다. 말해야 했다. 재혁을 밀친 후 워낙 정신이 없어 정확하게 생각나지는 않지만, 그와 함께 있을 때 무언가 반짝이는 것을 봤다고. 그것이 플래시였다는 것은 부정할 수 없는 사실이다. 새벽은 다급한 마음으로 그에게 소리를 흘렸다.

"혹시 당신이 오해할까 봐 말하는 건데요, 나…… 나 그 남자랑 정말 아무런 짓도 안 했……."

"알아."

"……네?"

목소리가 덜덜 떨린다. 다시는 생각도 하고 싶지 않은 재혁과의 일을 제 입으로 꺼내야 한다는 사실이 싫었다. 고통스러워하던 재혁의 모습 따위는 떠오르지 않았다. 그저 진건에게 있는 그대로의 일을 말해야 한다는 생각뿐.

그가 오해하지 않았으면 했다. 그가 자신을 믿어 줬으면 했다. 그래서 진건의 옷깃을 간절하게 붙잡고 말을 했던 것이었는데.

"알고 있어."

제 말을 끊어 버린 진건이 부드럽게 미소 지으며 새벽의 머리를 쓰다듬어 주었다. 처음엔 진건이 무슨 말을 하는 건지 몰라 멍청하게 눈을 깜빡거리던 새벽은 주르륵, 눈물방울이 뺨을 타고 흘러내리는 것을 느꼈다.

"잘했어."

진건은 대꾸도 하지 못한 채, 그저 입을 꽉 누르고 있는 새벽에게 속삭였다. 상냥하고 다정한 목소리가 그녀의 귓가로 흘러 들어온다.

'아…….'

그의 말은 마치 마법과도 같다. 그가 불러 주는 제 이름은 더없이 달콤했으며, 진건이 꺼내는 말은 정신없이 뛰고 있던 가슴을 진정시켰다. 새벽은 방울방울 떨어지는 눈물을 닦지 못한 채 진건을 더 세게 끌어안았다.

진건은 쿡쿡 웃으며 말없이 새벽을 안아 주는 것으로 화답했다.

"어떻게 됐을지 모르겠어요."

약간의 시간이 더 흘렀다. 그녀를 토닥여 주던 진건은 어느새 새벽의 옆에 앉아 그녀와 함께 침대 헤드에 기대어 있었다. 그의 기다란 팔에 머리를 가져다 대고 있던 새벽은 진건의 허리를 팔로 두른 채 중얼거렸다.

진건이 고개를 숙이는 것이 느껴졌다.

"꽤…… 아파했던 것 같은데."

새벽의 다급한 전화에 경찰이 출동했던 것 같다. 아니, 물론 그 전에 아무래도 찝찝하다며 영우가 가던 길을 되돌아온 것이 먼저였지만.

재혁은 어떻게 된 셈인지 바닥에서 일어날 생각을 하지 못했고, 새벽은 떨어지지 않는 발을 억지로 떼기 위해 노력하려 했다. 그런 정신없는 상황에서 영우가 왔고, 경찰이 왔다. 그리고 구급차가 도착했으며, 재혁이 그 구급차에 실려 사라졌다.

그 후 머리가 하얗게 비어 버린 새벽을 누군가 치료했던 것 같기도 한데, 갑자기 밀려드는 잠으로 인해 눈꺼풀을 내려 버렸다.

기억은 그것이 끝이었다.

파노라마처럼 눈앞을 스쳐 지나가는 기억의 단편들을 정리할 수가 없었다. 인상을 쓰며 말을 하던 새벽은 진건이 자신을 내려다보고 있음을 발견했다. '진건 씨?' 하고 숨을 흘리자 진건은 그녀의 정수리 위에 턱을 얹으며 말했다.

"신경 쓰지 마."

"예?"

"그 남자에 대해서는."

"……."

"네가 신경 쓰지 않아도 될 일이야."

머리를 울리는 진건의 말에 새벽은 대꾸하지 않았다.

그래도 되는 걸까. 의문이 차올랐지만 새벽은 고개를 끄덕였다.

그가 한 말이니까.

진건이 신경 쓰지 말랬으니까.

"네."

새벽은 더 이상 묻지 않기로 했다.

❖

"넌 오지 않아도 된다니까."

진건이 쓰게 웃으며 말렸지만, 새벽은 단호하게 고개를 가로저었다.

"안 돼요. 본가로 가는데, 제가 없으면 할아버님께서 의심하시잖아요."

"……새벽아."

"걱정 마요. 아프긴 하지만, 아예 못 걷는 건 아니니까!"

끊이질 않는 발목의 통증으로 인해 스르륵 단잠에 빠졌던 새벽이 눈을 뜬 것은, 오후 4시가 지날 무렵이었다. 새벽은 제 볼에 입을 맞추며 그녀를 깨우는 진건의 행동으로 인해 고개를 갸웃거렸다.

온종일 그녀의 간호를 하겠다며 회사도 출근하지 않고 새벽의 곁을 지켰던 진건이 돌연 본가로 가야 한다는 이야기를 꺼낸 것이다. 새벽은 의아한 표정을 지으면서도 홀로 가려는 진건을 따라나섰다.

"그런데…… 할아버님께서 갑자기 무슨 일이실까요? 병실도 아니고, 본가로 오라는 명령을 다 하시고."

그간 새벽은 진건의 할아버지인 장 회장이 병원에 갔다는 이야기를 들을 때마다 그의 병실을 찾곤 했다. 진건의 화상 치료에 대한 이야기도 전하고, 진건에 대해 알고 싶었기 때문이다. 장 회장과 나누는 대화도 몹시 유익했기에 진건에게 말하지 않고 장 회장과 연락하여 몰래 찾아간 적도 있었다.

한남동의 본가에 도착하자마자 기이한 분위기를 느꼈다. 병실에서 보는 장 회장은 더할 나위 없이 친절한데, 이곳에서 마주치는 장 회장은 조금 무서운 인상이었던지라 새벽은 내심 긴장했다.

"괜찮아."

진건은 눈에 힘을 주고 있는 새벽의 손을 스윽 잡더니 미소와 함께 그녀를 내려다봤다.

"별일 없을 거야."

장 회장이 본가로 그들을 소집한 것으로 보아, 아마도 다른 식구들 역시 불렀을 것이 분명한데 진건은 뭐가 그리 자신만만한 건지.

새벽은 불안한 표정을 지으면서도 제 손을 꽉 움켜쥐는 진건을 믿으며 본가의 으리으리한 저택 안으로 걸음을 옮겼다.

"어? 마침 저기 주인공이 오네!"

대문을 지나 현관으로, 그리고 조금 더 안쪽으로 발을 내딛는 순간 거실의 소파 쪽에서 깔깔 웃는 소리가 들려 왔다. 눈길을 돌리니 보이는 것은 무엇이 그리 즐거운지 새벽과 진건을 향해 양손을 흔들고 있는 지혜였다.

'불길한데?'

예감이 좋지 않다. 새벽은 진건의 부축을 받아 절뚝거리는 다리를 억지로 뻗으며, 지혜를 비롯해 저와 진건을 냉랭하게 쏘아보고 있는 다른 가족들에게 머리를 숙였다.

"안녕하세……."

쨍그랑!

"……!"

인사를 하려던 새벽의 옆으로 무언가가 스쳐 지나갔다. 아마도 유리컵인 듯한 무언가가 새벽 뒤편에 있던 벽과 닿아 와장창 부서졌다. 새벽은 예상하지 못했던 상황에 화들짝 놀라 고개를 들었다.

"이게 무슨 짓입니까! 새벽아, 다친 데 없어?"

진건이 그런 새벽을 보호하기 위해 그녀를 제 품으로 끌어당겨 소리쳤다. 그러고는 혹시나 유리 파편이 그녀에게 튀었을까 싶어 새벽의 몸을 구석구석 살폈다.

"아, 저, 저는 괜……."

"웃기고 있네."

그때, 테이블 위의 유리컵을 그들에게로 던진 한 여자가 앙칼진 음성을 흘렸다. 새벽은 비웃음이 가득한 눈빛으로 진건과 저를 노려보고 있는 여자가 진건의 새어머니인 옥 여사임을 인지했다. 옥 여사를 비롯하여 장 부회장, 그리고 지혜의 눈에는 경멸이 서려 있었다.

가슴이 철렁 내려앉았다.

"진건이 너. 우리가 싫다, 싫다 해도…… 그렇게까지 해야 했니?"

진건은 신경질적으로 고개를 들었다.

"어머니, 무슨 소리를 하시는 건지 모르겠지만, 일단 새벽이에게 사과하십시오. 방금 그 행동은……."

"아버님의 재산이 그렇게 탐났어? 거짓 결혼까지 행할 만큼?"

……뭐?

새벽은 제 귀를 의심했다. 놀란 새벽이 뭐라 말을 하기도 전에, 옥 여사는 악에 받친 소리를 뱉어 냈다.

"그렇게 우리를 이 집에서 쫓아내고 싶었던 거야? 저런 여자에게 네 인생을 허락해 버릴 만큼, 우리가 미웠던 거냐고!"

"이건 어미, 그만해라."

"하지만 아버님! 아버님도 보셨잖아요!"

"……."

"저 발칙한 계집애가 우리 집안의 재산을 탐내고 들어왔어요! 진건이를 사랑하지도 않으면서, 우리 앞에서 진건이를 사랑하는 척을 하면서요! 그리고 진건이 저 녀석은, 아버님의 재산을 물려받기 위해 저 못된 계집애랑 같이 작당했다고요!"

“맞아요, 할아버지. 할아버지도 보셨잖아요. 저기 저 사진들.”

새벽은 일부러 저와 진건이 들으라는 듯, 큰 소리로 말한 지혜가 손끝으로 테이블 위의 사진들을 흔긋거리는 것을 발견하고선 눈을 크게 떴다. 새벽의 시야로 들어온 것들은 한때 새벽과 재혁이 데이트를 할 때 찍었던 사진들이었다.

새벽은 깜짝 놀라 곁에 있던 진건을 응시했다. 지혜는 달아오른 분위기를 더욱 고조시킬 생각이었는지, 기다란 손가락을 뻗어 새벽을 가리키며 소리쳤다.

“저 여자는 돈 때문에 큰오빠와 혼인 신고까지 한 여자라고요!”

……하?

헛웃음이 흘러나왔다.

‘이거……였구나.’

입술을 잘근 짓누르며 새벽은 주먹을 세게 움켜쥐었다.

기가 막힌 타이밍.

어떻게 재혁이 제 앞에 등장했고, 지혜의 손에 저 빌어먹을 사진들이 존재하게 된 건지 대충 짐작이 갔다. 새벽은 쓴웃음을 흘렸다. 세상엔 완벽한 거짓말은 없다. 진건과 계약을 할 때 저런 것들이 나올 것이라고 생각했어야 했는데.

아니, 분명히 준비는 완벽했다. 정이라곤 남아 있지 않은 재혁에게서 저를 연상하게 만드는 모든 것을 받아 냈다. 하지만 새벽은 제가 주었던 선물이며, 편지들, 문자, 메일, 사진들까지 담담하게 넘기는 재혁이 마지막 보루로 몇 가지를 남겨 놓을 것이라고 생각했어야 했다.

‘제기랄…….’

제 실수로 인해 진건의 입장이 난처해졌다. 노환이 깊어진 장 회장의 창백한 얼굴이 새벽을 지나 진건에게 꽂히는 것을 발견할 수 있었다. 장 회장은 입을 꾹 다물고 있는 새벽이 아닌, 태연한 얼굴의 진건에게 말했다.

"장 본부장."

장 회장은 진건을 이름이 아닌 직함으로 부르며 그를 응시했다.

"사실……인가?"

어쩐지 딱딱하게 느껴지는 말투. 새벽의 눈앞이 컴컴해졌다. 물론 한 달 전에는 아무런 감정이 없었다. 필요에 의해 만났고, 목적을 이루기 위해 계약을 했던 것은 사실이다.

하지만 지금은, 지금은…… 그렇지 않다. 새벽은 진건을 사랑하고 있었다. 어느 순간 그를 사랑하게 되어 버렸다. 재혁 따윈 생각도 나지 않을 만큼, 진건에게 제 시선이 닿은 상태.

그를 위해 무슨 짓이라도 할 수 있건만, 눈앞의 사람들은…… 그것을 믿어 줄 리 만무하다.

'그래도 부정해야 해.'

새벽은 거칠어진 호흡을 안정시킨 뒤 의지를 다졌다. 믿어 주지 않겠지만, 주장해야 했다. 고작 사진 가지고는 아무것도 증명할 수 없다. 새벽은 입을 열려 했다.

"네."

그러나 그런 새벽이 막 나서려고 할 때, 진건이 새벽의 손목을 잡았다. 이윽고 들려온 말은 새벽의 호흡을 떨리게 만든다.

'진건…… 씨?'

당연히 부정해야 하는 상황에서, 진건은 인정을 해 버렸다. 새벽은 믿어지지 않는 그의 행동에 기함하며 진건을 쳐다봤다. 진건은 새벽과 다른 이들의 반응에도 아랑곳하지 않으며 장 회장을 내려다봤다. 그의 붉은 입술은 멈추지 않았다.

"사실입니다."

심장이 철렁 내려앉았다. 진건이 왜 이런 반응을 보인 건지 이해가 되지 않는다. 눈앞이 아득해져 새벽은 몸을 비틀거렸다. 장 회장을 쳐다보던 진건이 그런 새벽을 다시 부축했지만, 새벽은 대꾸하지 못했다.

"그럴 줄 알았어!"

"어쩐지 처음부터 수상했다고!"

옥 여사와 지혜가 기다렸다는 듯 소리쳤다. 진건은 대체 무슨 생각에선지 그들의 말을 흘려 넘기고는, 제 품에 안겨 있는 새벽을 내려다보았다. 새벽이 눈을 크게 일렁이자 진건은 입을 열지 않던 장 회장을 쳐다봤다.

"처음 회장님께 인사를 드리러 왔을 땐, 그래요, 부정하지 않겠습니다. 분명 필요에 의한 계약 결혼이었습니다."

"계, 계약 결혼!"

"오빠! 그걸 지금 할아버지 앞에서 말이라고……."

"왜."

진건은 꼬리를 물고 늘어지는 지혜와 옥 여사를 향해 코웃음 쳤다.

"잘못됐나?"

뻔뻔스러운 진건의 태도에 지혜와 옥 여사가 황당한 표정을 지었다.

"당연히 잘못됐지!"

"진건이 너, 무슨 배짱으로 그런 말을 하는 거니!"

"반응이 이상하군요."

"뭐가!"

"이 세계에서는 각자의 필요에 의해 결혼으로 묶이는 건 흔한 일이지 않습니까."

"……!"

"정략혼이 아직도 남아 있는 곳이 제가 살고 있는 세계인데, 뭐가 그리 이상한지 통 알 수 없군요."

허를 찌르는 진건의 말에 옥 여사와 지혜가 눈을 동그랗게 떴다.

진건은 빙긋, 웃더니 새벽을 강하게 끌어당겼다.

"마침 우화의 힘이 필요했고, 새벽이가 싱글이라는 걸 알고 먼저 제안했습니다. 처음에는 계약이었다는 걸 굳이 부정하지는 않겠습니다. 하지만 회장님. 지금 당신 앞에 서 있는 이 여자는……."

응?

"회장님의 증손을 배고 있는 몸입니다."

"쿨럭!"

진건은 무슨 소리를 들었나 싶어 저를 멍하니 쳐다보는 새벽을 향해 옅은 미소를 그리며 말했다.

"그러니 일단 새벽이를 앉혀도 되겠습니까?"

❖

"단단히 벼른 모양이구나."

장 회장의 지시에 그와 독대를 하러 장 회장의 방으로 들어온 진건에게 장 회장이 쓴웃음을 흘렸다. 진건은 그런 장 회장을 서늘하게 바라보며 입술을 움직였다.

"솔직히 말씀드리겠습니다, 회장님. 제가…… 대체 언제까지 참을 수 있을지 모르겠습니다."

"진건아."

"저에게도 한계라는 게 있습니다."

만약 계획이 틀어져 새벽과의 일이 밝혀지게 되는 날이 온다면 조금 전과 같은 반응이 나올 것이라 예상하기는 했다. 그러나 생각 이상으로 어이가 없었다.

만약 옥 여사가 던진 컵에 새벽이 맞기라도 했다면…….

진건은 이를 악물며 미간을 좁혔다.

"회장님도 보지 않으셨습니까?"

"……."

"옥세영 씨가 새벽이에게 한 짓은 용납할 수 없습니다."

"하아."

"참을 만큼 참았습니다. 더는 두고 보지 않겠습니다. 그러니 회장님. 더 이상 말리지 마시고, 이제 마음의 준비를 해 주셨으면……."

"부탁이다."

음산한 목소리를 흘리는 진건의 손을, 장 회장이 감쌌다. 진건은 놀란 눈으로 장 회장을 응시했다.

"부탁이다, 진건아."

"……."

한때 호랑이 소리를 들으며 재계를 휘젓고 다녔던 유단의 총수는 죽음이 드리워진 얼굴을 한 채, 진건에게 간절히 말했다.

"이 늙은이가 눈을 감을 때까지만…… 그때까지만…… 둘 수 없겠니?"

진건의 얼굴이 일그러졌다. 장 회장은 그런 진건을 바라보면서도 말을 멈추지 않았다.

"내게 남은 시간이 얼마 남지 않았다는 거, 너도 잘 알고 있지 않느냐."

"……."

"할아비의 마지막 부탁이다. 부디…… 조금만 더 참아다오."

"……."

"얼마 남지…… 않았어."

진건은 이를 꽉 악물었다.

❖

"진건 씨!"

현관을 나서자마자 새벽의 목소리가 들렸다. 소리의 진원지 쪽으로 고개를 돌리니, 정원을 이리저리 돌아다니던 새벽이 그를 발견하고선 손짓하고 있었다. 아무래도 걱정이 된 건지 염려가 가득한 표정을 짓고 있던 그녀를 향해 진건은 다가갔다.

"왔어요?"

새벽은 진건이 자신의 앞에 설 때까지 불안함을 숨기지 못했다. 진건이 흐리게 웃자 슬며시 그의 눈치를 살피던 그녀가 물었다.

"할아버님이랑 무슨 얘기 하셨어요?"

콩닥콩닥 뛰는 그녀의 가슴 소리가 들리는 것 같다. 진건은 말없이 새벽을 내려다봤다.

"진건 씨?"

"사랑해."

"……네?"

그의 말 한 마디에 화악 붉어지는 새벽의 안색 변화가 재미있다. 그녀는 알고 있을까. 이 커다란 저택에서 그를 생각하는 사람은 오직 눈앞의 여자뿐이라는 것을.

"자, 장진건 씨도 참. 가, 갑자기 그런 말을 하면 당황……!"

빤히 저를 바라보기만 하는 진건의 시선에 새벽이 그의 눈을 피하며 중얼거렸다. 그러다 곧 자신을 와락 끌어안는 그의 행동에 입을 다물었다.

"진건…… 씨?"

쿵쿵. 새벽의 숨소리와 그의 심장 박동 소리가 섞였다. 말없이 그의 품에 안겨 있던 새벽은 잠깐의 침묵 끝에 그의 이름을 불렀다. 진건은 슬그머니 고개를 드는 새벽에게 빙긋 웃어 보였다.

"사랑해, 우새벽."

"네?"

"사랑해."

"아니. 그건 알고 있지만…… 그래도 여기는……."

"많이 사랑해."

"……하아. 대화가 안 되네."

같은 말만 반복하는 앵무새처럼 진건이 '사랑해.' 라는 말을 반복하자, 새벽이 한숨을 내쉬며 중얼거렸다. 진건은 결국 체념한 듯, 기다란 팔을 뻗어 제 허리를 감싸는 새벽에게 작게 웃어 주었다. 그의 품 안에서 작게 울리는 새벽의 숨소리가 그의 고동 소리와 섞였다.

진건은 제 아래서 호흡하는 새벽에게 중얼거렸다.

"그나저나…… 어쩌지?"

"응?"

"나 사고 쳤잖아."

그의 말을 듣기가 무섭게 새벽이 고개를 들었다.

"말이 나와서 그러는데, 진건 씨. 제가 아까 얼마나 놀랐는지 아세요? 설마 진건 씨가 그런 말을 할 줄은 몰랐다고요!"

"그러게. 나도 꽤 급했던 모양이야. 생각나는 변명이 그것뿐이던데?"

진건은 뻔뻔스럽게 대꾸했다. 새벽은 황당함을 담은 실소를 흘렸다.

"변명을 급조한 사람이…… 초음파 사진까지 준비해 온 거예요?"

아아. 그거.

진건은 눈을 가늘게 뜨는 새벽에게 굳이 대꾸하지 않았다. 새벽은 부정하지 않는 그에게 물었다.

"누구예요?"

"응?"

"누가 협력했냐고요."

"……."

"아니, 됐어. 어차피 뻔하죠. 주 선생님이죠?"

진건은 그저 웃기만 했다.

"사진은 어디서 났어요? 주 선생님이 환자 물건에 손을 댔을 린 없고……."

말을 해 줘야 할까.

조금 망설였지만 새벽에겐 굳이 숨길 이유가 없었다. 진건은 솔직히 답했다.

"형이랑 곧 결혼할 사람 거."

"겨, 결혼이요?"

"아마 몇 달 내로 청첩장 돌릴 거야. 지금 날짜 잡는 중이라던데."

"그럼 주 선생님…… 속도위반하신 거예요?"

깜짝 놀라는 새벽에게 진건은 의미심장한 미소를 지었다. 사정이 있어, 라고 대답하기만 할 뿐 자세한 설명을 하지 않는 그에게 새벽은 굳이 묻지 않았다.

그녀는 입술을 삐죽이며 말했다.

"그 귀중한 걸 주 선생님이 잘도 내주셨네요."

"내주기는. 빌린 거야. 그것도 대여료 엄청 주고."

"네?"

"그냥은 안 빌려주겠다더라고."

제게 협상을 시도하던 승원이 생각나 진건은 온몸을 부르르 떨었다. 말로만으로 임신을 했다고 말하면 그들이 믿어 주지 않을 것은 분명했다. 그래서 진건은 초음파 사진까지 들이밀었다. 그 사진을 보고 기겁하는 장부회장 일가의 모습이란.

진건은 쓰게 웃었다.

"이제 정말…… 어떡해요."

아무래도 걱정이 됐던 걸까. 새벽이 힘없는 목소리를 흘리며, 그의 품을 파고들었다.

글쎄.

진건은 아무렇지 않게 그녀의 등을 쓸며 새벽의 말을 따라 했다.

"어떡해야 하나."

걱정하는 새벽과는 달리, 진건의 낯빛은 어둡지 않다.

"새벽아."

'할아버님께서 정말 제가 임신했다고 믿으세요?' 라든가, '임산부들이 어떻게 행동하는지 봐 둘까요?' 등등의 말을 중얼대는 새벽을, 진건이 불렀다.

“네?”

“우리.”

“응?”

“우리 그냥…….”

진건은 어리둥절한 표정을 짓는 새벽에게, 음흉하고도 야릇하게 속삭였다.

“지금부터 애 만들까?”

장난 섞인 말이었지만 결코 농담으로 치부할 수는 없었다.

❖

‘하아.’

새벽은 제 안에서 요동치는 낯선 것으로 인해 고운 미간을 좁혔다. 좁디좁은 입구 사이를 파고들어 그녀의 따뜻한 속을 빨아 당길 듯 움직이고 있는 무언가는, 새벽의 이마에 송골송골 땀을 흘러내리게 만들었다. 살갗이 부딪쳐 야릇한 소리가 귀를 울렸다. 제게서 흘러나오는 것이라고는 믿어지지 않는 뜨거운 신음 소리가 입술 밖으로 터져 나왔다.

내벽 안에 닿아 버릴 만큼 깊숙이 그녀의 안을 파고든 진건으로 인해 호흡이 거칠어졌다. 그가 허리를 들어 천천히 반동을 주자 강한 압박이 새벽을 조여 왔다. 미끄러운 그것이 안쪽으로 들어왔다, 다시 나가기를 반복하면서 발끝에 힘이 들어갔다.

괜찮아.

고마워.

그리고…… 사랑해.

때로는 그녀의 아래에서, 때로는 그녀의 위에서 쉬지 않고 뱉어 내는 그의 말들이 너무도 사랑스러워, 새벽은 진건을 놓지 않았다.

"새벽아. 우새벽."

마셔도 마셔도 도저히 사라지지 않는 짙은 갈증처럼, 자신을 탐하는 그가 내뱉는 '새벽' 이라는 단어가 듣기 좋았다. 맑고 깨끗해서 정말 해가 뜨기 직전의 새벽이 느껴지는 듯했다.

코끝에서 느껴지는 그의 살 내음과 온기, 그리고 그녀의 입술 밖으로 흘러나온 숨결이 한데 섞여, 새벽의 눈앞을 흐리게 만들었다.

'당신이 좋아.'

좋다.

너무 좋다.

저를 안아 주는 그가.

제게 안겨 오는 그가…… 정말로 좋다.

꿈같은 시간이었다. 한남동에서 돌아와 진건이 말했던 '자녀 계획' 을 실천하기 위해 서로를 끌어안는 시간은.

조수석에 살포시 앉은 저를 끊임없이 힐긋거리던 진건은 그녀의 발을 씻겨 주겠다며 뜨거운 물을 세숫대야에서 들고 오더니, 결국 새벽을 침대에 눕혀 버렸다. 왼쪽 발목이 욱신거리긴 했지만 새벽은 거부하지 않았다.

그녀 역시 진건을 원했으니까.

바랐으니까.

하나가 되길 갈망했으니까.

"궁금한 것이 있어요."

처음엔 아프기만 했던 것이 한 번 경험을 한 후여서 조금 익숙해졌다.

제 발등에서 무릎, 허벅지, 그리고 은밀하고도 비밀스러운 곳까지 입을 맞추는 진건을 받아들이며 얕은 신음을 흘리던 새벽은 어느새 그의 가슴에 기대어 숨을 고르는 중이다.

진건은 하아, 하아 호흡을 내쉬던 새벽이 나지막하게 중얼거리자 그녀의 어깨를 살포시 감쌌다.

"뭔데?"

진건은 부드럽게 웃으며 물었다. 새벽은 잠시 주저하다 속에 든 말을 내뱉었다.

"대체 할아버님은 왜 어머…… 아니, 옥 여사님을 내버려 두시는 거예요?"

진건은 얼굴이 딱딱하게 굳어졌다. 새벽은 도무지 생각해도 이해가 되지 않는다는 표정으로 말을 이었다.

"물론 옥 여사님 입장에서 제가 걸림돌이 되는 건 맞지만, 그렇다고 할아버님의 앞에서까지 그렇게 행동해서는 안 됐어요."

"……."

"하마터면…… 그 유리컵, 당신이 맞을 수도 있었다고요."

제게로 날아오던 컵을 떠올리며 새벽은 얼굴을 찌푸렸다.

당시 진건은 새벽을 살폈었지만, 새벽은 제 안위를 살피기보다 진건의 다리에 온통 신경을 집중시켰다. 진건이 행여나 깨진 유리 조각들을 밟을까 싶어, 노심초사하며.

"역시 내게는 우새벽밖엔 없군. 날 걱정해 주는 사람은 너밖에 없어."

그는 미간을 좁히며 '그런 교양 없는 행동이라니.' 하고 중얼대는 새벽을 더욱 세게 끌어안았다.

'동요……하고 있네.'

저를 안고선 더는 말하지 않는 진건의 숨결이 조금 거칠다. 쿵쿵 불안한 마음이 일기 시작해, 새벽은 가만히 진건의 말을 기다렸다.

"그 이유를 설명하기에 앞서…… 우리 두 부자 사이에 대해 먼저 설명을 해야겠네."

"네?"

"우새벽 씨. 우새벽 씨는 내 아버지라는 작자의 형제에 대해 얼마나 알고 있지?"

새벽은 근래와는 달리 일부러 미간을 좁히면서 묻는 진건의 말에 풋웃음을 터뜨렸다. '글쎄요.' 하고 대답을 할까 하다가, 퀴즈를 맞히려는 학생처럼 눈을 반짝이며 대답했다.

"제 기억으로는 유단 오너가에는 총 네 명의 후계자들이 있었던 것 같아요! 어? 그런데 어째서……."

한 명밖에 없지?

한남동 본가 저택에 살고 있는 장 회장의 자식은 아들인 장 부회장뿐이었다. 곰곰이 생각해 보던 새벽이 '아!' 하고 낮은 탄성을 터뜨리며 진건을 흘긋거렸다. 진건은 쓰게 웃으며 중얼거렸다.

"괜찮아. 나 역시 한 번도 만난 적이 없으니."

"진건 씨……."

진건은 후우 숨을 고른 후 입술을 움직였다.

"새벽이 너도 알다시피 회장님은 오래전 세 명의 자식들을 잃었어. 아들 둘과 딸 하나였지. 그들이 어떻게 죽었는지는…… 아마 너도 알고 있겠지."

모를 리 없다. 대 유단 건설 그룹의 오너 일가와 관련된 비극에 대해서는 숱한 신문과 뉴스 보도, 그리고 재계에 떠도는 수많은 루머들이 나돌았으니까.

귀에 박힐 정도로 들어온 일들을 업계 사람이 모른다는 것은 말이 되지 않는다. 진건이 그에 대해 언급하는 것은 처음이었지만, 새벽 역시 간혹 우 회장과 우 사장이 대화를 나누던 것을 지켜봤던지라 굳이 부정하진 않았다.

'유단 건설의 오너가……라.'

새벽이 알고 있기로 현 유단 건설 그룹의 부회장직에 올라 있는 장은석 부회장에게는 위로 세 명의 형, 누나들이 있었다. 그러나 애석하게도 장 부회장의 형들과 누나는 모두 30대 중 · 후반의 나이로 요절을 했었는데, 하나같이 죽음의 원인이 기이했다.

언론으로 보도된 바로는 세 사람 다 건강이 좋지 않아 일찍이 운명했다고는 하나, 첫째인 장남은 교통사고로 인해, 둘째인 차남은 추락 사고로 인해, 그리고 셋째이자 장녀이기도 했던 유일한 딸은 마약 중독으로 인해 사망했다는 것이 재계 내에서 떠도는 정설이었다.

장남을 시작으로 요절 행렬을 이어 간 사건들은, 마치 연례행사처럼 일어났다고 했다. 그로 인해 유단 총수 일가의 안주인 역할을 하던 장 회장의 아내, 최 여사 역시 고통을 견디지 못한 채 병환으로 몸져누웠고, 5년이 지나지 않아 세상을 떠나 버렸다.

"그 사람이…… 그러니까, 자식들 중 유일하게 남은 그 남자가 회장님의 '아픈 손가락' 이 되어 버린 것은 말할 필요도 없는 일이었겠지."

비극적인 운명을 맞이한 유단 오너가의 후계자들 중 유일하게 살아남은 것은 진건의 친부인 은석이었다. 고작 몇 년 사이에 가족의 절반을 잃어버린 장태달 회장이 그런 은석을 애지중지한 것은 당연했고, 하나밖에 없는 아들이자 가족을 위해서라면 무엇이든 할 수 있다고 여겼다고 한다.

해서 당시 최고의 정치가 집안의 여식이던 진건의 어머니와 은석을 혼인시킨 것이고, 그로 인해 지금의 또 다른 비극을 낳게 된 것이다. 진건은 너무도 담담하게 새벽을 향해 현재까지 이르게 된 상황을 설명해 주었다.

"회장님은 비록 내게 말하지 않으셨지만…… 아마 옥세영과 그 남자의 관계를 알게 된 후에도 모른 척 묵인했던 건…… 그 남자가 그 여자가 아니면 죽을 것 같다고 말해서였던 게 분명해."

"진건 씨."

"정말 우습게도…… 그 빌어먹을 장면을, 하필이면 내가 목격을 했다는 건…… 예상하지 못하셨나 보더군."

……뭐?

❖

그날은 유독 코끝이 시렸다.

매캐한 향냄새.

죽은 이들의 원한을 달래기 위해 쉬지 않고 피워 대는 향을 진건은 묵묵히 응시했다.

"흐흑, 진건아. 진건아, 너 진짜 어떡해. 어떡하면 좋니! 그 바보 같은 것이, 어린 널 두고 그만…… 크흐흡!"

검은 상복을 입고 있던 진건의 팔을 잡으며 많은 이들이 눈물을 흩뿌렸다. 원래부터 알고 지내 온 사람들, 가끔 인사를 했던 사람들, 한 번 정도 통성명을 나눴던 사람들, 그리고 알지 못하는 낯선 사람들.

그러니까 '그녀'의 지인들부터 시작하여 그녀의 집안 식구들까지. 이름을 기억하기도 힘든 사람들이 진건을 위로하고 슬퍼해 줬다. 묵묵히 서 있던 진건에게 다가와 울먹이는 소리로 하나같이 말했다.

네가 불쌍하다고. 안타까워 미치겠다고. 정말로 안됐다고.

그런 그들의 말을 들으며 진건은 그저 무표정하게 서 있었다.

울어야…… 하는 걸까?

진건은 '불쌍한 아이' 라 저를 손가락질하고 수군거리는 그들을 바라보며 생각했다.

'그녀' 가 죽었다는 이야기를 듣고 난 뒤로, 놀랍게도 눈물 한 방울도 나오지 않았다.

그 후로도 몇 시간. 장례가 치러지는 시간 내내 울음 따위는 터지지 않았다. 그런 진건을 사람들이 이상한 시선으로 응시한 건, 어쩌면 당연한 일인 건지도.

"저 아이. 감정이 없는 거 아니야?"

"그러게 말이야. 어떻게 제 어미가 죽었는데도 저리 태연할 수 있지?"

"쉬. 피는 못 속이는 법이야. 아무리 그 아이의 아들이라지만, 따지고 보면 저 녀석은 유단 일가잖아. 그쪽 집안은 원래부터가 감정이 메말라 있다고!"

진건의 검은 눈에 서린 공허함을 그들은 이해하지 못했다. 그랬으니 인상을 썼고, 혀를 끌끌 찼다. 그들에게 저를 설득시키고픈 마음은 없었다. 진건은 자신을 두고 수군거리는 그들을 자각하면서도 굳이 말리진 않았다. 제 행동을 해명하지도 않았다. 오히려 더 냉랭하게, 더 서늘하게 얼굴을 굳히며 서 있었다.

열한 살의 진건에게 있어선 어머니의 죽음은 그렇게 다가왔다.

"잠시 나가 있거라."

"어디를…… 말입니까?"

"글쎄다. 요 앞, 아무 데나."

"……."

"저들의 시선이 없는 곳이라면 어디든 좋단다. 너도 좀…… 쉬어야지 않겠니."

새벽녘부터 시작된 조문 행렬은 끝없이 이어졌다. '유단'의 이름을 보고 찾아온 이들도 적지 않았지만 그녀, 어머니의 이름과 집안을 보고 찾아오는 이들도 있었다.

어머니가 유단에 시집온 이후, 그녀의 집안과의 왕래는 거의 끊어진 상태이긴 했지만 마지막 가는 길 정도는 배웅한다는 느낌이었다. 그 많은 사람들은 모두 진건을 둘러싸 펑펑 울어 대거나, 그에게 와닿지 않는 위로의 말을 전했다.

장 회장은 그런 그들의 앞에서 무표정한 얼굴로 서 있던 진건의 모습이 몹시 걸린 모양이었다. 진건은 무뚝뚝하게 말하기는 했으나 저를 염려하는 것이 분명한 장 회장의 명령을 듣고 가만히 서 있다, 겨우 고개를 끄덕였었다. 하지만 장 회장은 몰랐을 거다. 그의 제안이 진건에게 더욱 고통으로 다가오게 될 줄은.

터덜터덜. 평소와 다름없이 장례식장 건물을 벗어나 걸음을 옮기는 진건을 보며, 사람들은 미묘한 눈초리를 보냈다. 진건이 그들의 기분 나쁜 시선에서 겨우 벗어났을 땐, 장례식장과 조금 떨어진 건물 앞에 도착할 수 있었다.

……아.

아마도 장례 때 사용하는 비품들을 모아 두는 창고로 보이는 바로 그곳에서, 진건은 장례식장 안에서는 아무리 찾아도 볼 수 없었던 '그 남자'를 발견할 수 있었다.

"아버……."

"은석 씨!"

제게 미소 한 번 지어 준 적이 없는 사람임에도 괜히 반가운 마음이 들어 그에게 다가가려 할 때, 진건은 익숙한 목소리를 듣게 됐다.

'세영…… 아줌마?'

진건의 친부와 진건의 본가에서 도우미로 일하고 있는 세영의 조화는 어린 진건의 눈에도 이상하게 보였다. 물론 본가의 도우미들도 '그녀'의 조문을 하고, 또 일을 돕기 위해 잠시 나와 있는 상황이기는 했지만…….

'가깝네.'

진건은 은석과 세영의 거리가 무척 가깝다고 생각했다.

'…….'

아마도 본능……이었을까. 진건은 창고 뒤편으로 몸을 숨겼다.

"뭐 하는…… 거야."

"뭐 하기는! 오랜만에 같이 있으니까 기뻐서 그러지!"

"……옥세영."

"이렇게 얼굴 보니 좋다. 그렇지?"

오랜만?

죽음을 상징하는 검은 옷을 입고 있음에도 무엇이 그리 좋은지, 환한 달처럼 생글생글 미소 짓던 세영은 은석의 팔에 팔짱을 낀 상태였다. 은석은 진건이 그들을 주시하고 있다는 것을 알지 못한 채 세영을 향해 느릿하게 눈을 내렸다.

"너……."

"그나저나 자기 아내, 결국은 죽어 버렸네?"

세영은 미간을 좁힌 은석에게 입꼬리를 올리며 말했다.

"꽤 끈질겼어. 사실 난 그 여자가 우리의 관계를 알게 되면 그 집을 나갈 거라고 생각했었거든."

"……."

"그런데 집을 나가기는커녕 이런 극단적인 짓을 벌이다니……. 도도하다고 생각하기는 했지만, 생각 이상으로 에고가 높았네. 안 그래?"

무슨 소리를 하는 걸까.

진건은 제 귀로 듣고도 믿을 수 없는 세영의 발언에 눈꺼풀을 파르르 떨었다. 세영은 멈추지 않았다.

"어쨌든, 일이 이렇게 됐으니 자기도 나한테 확실히 말해 줘야겠어."

"뭘."

"이제 나…… 그 집에서 더 이상 도우미로 안 지내도 되는 거지?"

뭐?

"옥세영."

"왜! 내가 뭐 못할 말을 한 것도 아니잖아?"

그 전까지만 하더라도 세영, 즉 옥 여사와 은석이 무슨 사이였는지 전혀 알지 못했던 진건은 두 남녀의 대화를 이해하기 위해 노력해야 했다.

어째서 아버지는 세영 아줌마와 저리 가깝게 붙어 있는 것이고, 왜 세영 아줌마는 다른 아줌마들과는 달리 어머니의 죽음을 아무렇지 않게 언급하고 있는 걸까.

그녀는 왜 저렇게 헤픈 웃음을 아버지에게 흘리는 것이고, 아버지는 그것을 당연하게 받아들이는 걸까.

왜.

대체…… 왜.

"장례식장이야. 아무리 싫은 여자라지만, 너도 오늘만큼은 자제해."

"은석 씨이."

"걱정 마. 네 바람을 들어주기는 할 거야. 그러니 오늘만큼은 자제하라고. 보는 눈도 있으니."

은석은 제게 안겨 들려는 세영을 억지로 떼어 낸 후, 한숨 섞인 목소리로 경고했다. 진건은 '은석 씨!' 하고 그를 부르던 세영이 칫, 잇소리를 흘리는 것을 지켜보며 털썩 주저앉았다. 제가 들은 것이 모두 진실인지, 이것이 꿈이 아닌 현실인지 구분할 수 없었다.

덜덜. 손가락 끝은 물론이거니와 온몸이 파르르 떨려, 진건은 이를 악물었다.

"어머?"

어머니의 죽음에 대한 조문을 받던 지난 몇 시간 동안, 단 한 방울도 흐르지 않던 눈물이 주르륵 흘러내렸다. 화들짝 놀라 손등으로 뺨 위를 타고 내리는 눈물 자국을 슥슥 지우고 있을 때.

인기척을 들은 세영이 숨어 있던 진건을 발견했다.

"우리 진건이, 왜 여기 있어?"

"……!"

장례식장과 어울리지 않는 새빨간 립스틱을 칠한 세영이 진건의 코앞까지 다가와 빙긋 웃었다. 한때 그녀가 예쁘다며 졸졸 따랐던 자신이 죽고 싶을 만큼 싫어져, 진건은 대답할 수 없었다.

"어라, 우리 진건이…… 설마 우는 거야? 녀석, 참. 엄마가 죽은 게 그렇게 슬퍼? 그런 거……!"

세영은 덜덜 떨리는 이를 억지로 악물고 있던 진건의 눈을 내려다보며 중얼거렸다. 피식 웃던 그녀의 미소가 악마처럼 느껴져 진건은 말하지 않았다. 세영은 더욱 짙은 미소를 짓더니 진건의 머리를 쓰다듬기 위해 손을 뻗었다.

하지만 그녀의 손바닥은 진건의 머리에 닿기 전, 허공으로 떨어졌다. 진건이 그녀의 손목을 세게 내리쳤기 때문이다. 세영은 검은 눈으로 자신을 노려보는 진건에게 말했다.

"아무래도 우리 진건이가 나한테 화가 많이 났나 보네? 흐응. 대체 왜 화가 났을까……."

그것이 단순한 '화'라고 하기는 어려웠다. 분노, 혹은 증오에 가까운 그 눈빛을 진건은 숨기지 않았다. 세영은 이글거리는 검은 눈으로 자신을 응시하는 진건에게 부드러운 미소를 그렸다. 그녀는 대충 상황이 짐작 간다는 듯 미소 지으며 속삭였다.

"들었나 보네?"

진건은 부정하지 않았다.

그저 입술을 악물고 그녀를 올려다볼 뿐.

세영은 실소를 터트리며 붉은 입술을 달싹였다.

"그래서? 억울하니?"

"……."

"그래. 억울할 거야. 갑자기 엄마가 세상에서 사라져 버렸으니 얼마나 억울하겠어. 아무리 애어른이라 해도, 엄마가 없으면 슬프긴 할 거야. 그렇지?"

뱀 같은 혀로, 그녀가 악마나 다름없는 말을 뱉어 냈다.

"그렇지만 얘. 이건 전부 네 엄마가 나약해서 그래. 나와 그 사람 사이를 견디지 못해서 그런 극단적인 선택을 한 거야. 어쩌면 자연의 이치나 다름없는 건지도 모르겠어. 왜, 이런 말도 있잖니. 약육강식. 이 세상은 강한 자들에게 약한 자들이 잡아먹히는 무서운 세상이란다."

세영은 뚝뚝, 눈물을 흘려 대는 진건을 보며 쿡쿡 웃었다.

"네 엄마는 나보다 약했고…… 나는 네 엄마보다 강했어. 그래서 이런 결과를 낳은 거야. 하긴. 아직 어린 네가 세상의 무서움에 대해 뭘 알겠니? 호호호!"

깔깔 웃는 그녀의 웃음소리는 마치 마귀 같았다. 그것만으로도 충분하지 않은지, 그저 온몸을 떨고만 있던 그의 귀에 그 기분 나쁜 입술을 가져다 대기까지 했다.

"그거 아니, 진건아?"

무엇……을?

"한때는 말이야. 네 엄마의 집이었던 그 집이…… 이젠 내 집이 될 거야."

"……!"

"나는 네 엄마가 될 거고, 너는 내 아들이 될 거란다. 그러니 앞으로 잘 부탁해. 알았지?"

톡톡. 제 어깨를 치고 그를 스쳐 지나가는 세영의 목소리가 머리를 울렸다. 그녀가 멀어지기가 무섭게 털썩 주저앉아 버린 진건의 얼굴엔 핏기라곤 돌지 않았다.

무서웠다. 지독하게 잔인한 세영의 말들이, 행동이, 눈빛이.

경련하듯 몸이 떨려 눈앞이 컴컴해졌다.

세영 아줌마.

세영 아줌마—

어머니의 앞에서 노래를 부르며 따랐던 그녀가 저리도 달라진 모습이 낯설었다. 진건은 고개를 아래로 숙였다.

그의 세상은, 완벽하게 무너져 내리는 듯싶었다.

「어라?」

너를.

「여기서 뭐 해, 아저씨?」

그곳에서 너를 만나기 전까지는.

❖

'역린이라도…… 건드린 건가?'

진건의 얼굴에 어둠이 내려앉는 모습은 확실했다. 그를 지켜보던 새벽의 속이 까맣게 타들어 갔다. 아무 말도 하지 못했다. 아니, 할 수 없었다.

'뭐라고 말을 해야 해.'

새벽은 잠시 상념에 잠긴 듯한 진건을 보며 그저 입술을 꽉 깨물었다. 진건이 입을 연 것은 조금의 시간이 더 흐른 뒤였다.

"하지만 거기까지였어."

"네?"

"회장님의 참을성이란. 제 아들을 위해 옥 여사의 존재를 인정하고, 밖에서 낳아 온 손자들을 받아들이기는 하겠으나…… 자신이 피땀 흘려 일궈 놓은 제 회사는, 인정할 수 없는 여자에게서 낳은 자식들에게는 온전히 물려주진 않겠다고 마음먹은 거지."

워낙 굳어졌기에 그의 예민한 부분을 건드린 건 아닐까라는 생각을 했다. 하지만 다행스럽게도 진건은 다시 원래의 상태로 돌아왔다. 새벽은 조금 안도했다.

"아이러니한 일이 아닐 수 없어. 그럴 거였으면 처음부터 받아들이질 말든가. 괜한 기대를 하게 만들고 말이야."

"……진건 씨."

"새벽이 너도 봤겠지만, 회장님은 집안을 이을 자에 대해서는 관대해."

"……."

"내가 태어나기 전까진 그 남자였겠지만, 내가 태어난 후로는 모든 것이 내게 집중되었지. 그래서 나도 어떻게든 지금까지 버틴 거고, 그 남자와 대립하게 된 계기가 된 건지도."

"……."

"아마도 가시처럼 목에 걸린 거겠지."

진건은 낮게 목소리를 흘렸다. 새벽은 그의 입술이 미세하게 떨린다고 생각했다. 무슨 생각을 하는지 알 수 없는 그의 깊은 눈동자가 숨 막히게 한다.

"그렇게 아꼈던 아들이 내 손에 무너지는 모습을 차마 볼 수 없어서…… 그래서 또 나를 말리려 드는 건가."

진건이 왜 갑자기 그런 말을 하는 건지는 모르겠지만, 지금의 그는 오늘 본가의 현관을 나오던 그 모습과도 같음을 인지할 수 있었다. 그는 몹시 지쳐 있었다.

분노했고, 좌절했다.

새벽은 결코 눈물을 보이지 않았지만 울고 있는 것 같은 그를 올려다봤다.

'그럼 당신은?'

당신은…… 괜찮은 거야?

목구멍까지 차오른 말이 나오질 않았다. 새벽이 입술을 열기 전, 진건이 눈을 아래로 내리감았다.

'왜 아무도 당신의 아픔은 알아주지 않는 거지?'

입안을 맴도는 음성을 쏟아 내고 싶다. 하지만 지금의 그에게는 아무 말도 할 수가 없다.

어떻게 해야 해.

어쩐지 아프게 느껴지는 그의 심장 소리를 듣고 있던 새벽은, 결국 있는 힘껏 그의 허리를 끌어안았다. 으스러지듯. 꽉.

"위로해 주는 거야?"

진건이 그의 가슴에 조용히 얼굴을 파묻는 새벽을 보고 작게 웃었다. 그의 기다란 손가락이 새벽의 짧은 머리카락 사이로 흘러내렸다.

"괜찮아. 내겐…… 네가 있으니까."

그가 새벽의 이마에 입을 맞추며 속삭였다. 눈물이 날 것 같았지만 새벽은 그에게 시선을 고정시켰다. 진건은 말했다.

"네가 있으면, 난 견딜 수 있어."

"진……."

"그리고 위로를 해 줄 거라면, 말보단 몸으로 더 해 주었으면 하는데."

"무…… 꺅!"

새벽은 순식간에 눈웃음을 그리며 저를 덮쳐 오는 그를 막지 못했다.

제7장

내 손을 잡아요

⚜

"말도 안 돼……."

손톱을 잘근잘근 깨물던 옥 여사가 온몸을 파르르 떨며 중얼거렸다.

"다른 것도 아니고. 임신이라니…… 임신이라니!"

그녀는 버럭 소리를 지르며 주위를 둘러봤다. 옥 여사의 싸늘한 눈빛과 허공에서 조우하게 된 가사 도우미가 화들짝 놀라 부엌으로 달려갔다. 옥 여사는 그런 그녀의 뒷모습을 응시하더니 소파에 앉아 있는 이들에게 성큼성큼 다가왔다.

"이거 이대로 내버려 두면 안 되는 거 아니에요? 엎친 데 덮친 격이잖아! 임신이라니. 임신이라니!"

옥 여사는 평소 이상으로 날카로운 반응을 보였다. 그러고는 자신의 신경질적인 반응에도 불구하고 그저 가만히 앉아만 있던 장은석 부회장에게 소리쳤다.

"아버님은 대체 뭐가 예쁘다고 그 아이를 내버려 두시는 건지 모르겠어!"

"……."

"당신! 당신도 뭐라고 좀 해 봐요! 정말 이대로 두고만 볼 거예요? 진건이 그 자식이 우리 이건이랑 지혜 것도 빼앗아 가게 보고만 있을 거냐고요!"

"……후우."

"여보! 내 말 아직 안 끝났……!"

버럭 소리치는 옥 여사의 외침에 장 부회장이 미간을 좁혔다. 그는 자리에서 벌떡 일어나더니 별채로 이어진 복도를 향해 걸어갔다. 별채엔 장 부회장의 서재가 있었으므로, 아무래도 그곳으로 향한 것이 틀림없다.

옥 여사는 어이없는 한숨을 내쉬며 이를 부드득부드득 갈았다.

"이건이 넌 또 어딜 가!"

그 모습을 묵묵히 지켜보던 검은 눈동자의 남자가 자리에서 일어난 건, 옥 여사의 성질이 한계에 다다른 시점이었다. 옥 여사는 자신과 지혜만 내버려 둔 채, 아예 집 밖을 나서기 위해 현관 쪽으로 향하는 이건을 응시하며 소리쳤다.

이건은 무표정한 얼굴로 그녀를 한 번 바라보더니 이내 현관 밖으로 나가 버렸다.

"저 자식이!"

"내버려 둬요. 엄마."

"하지만 지혜야!"

"작은오빠는 애초에 회사 일에 관심 없는 사람이잖아."

"뭐?"

"팀장이라는 자리도 엄마가 억지로 앉힌 거고. 회사 나가서 하는 일도 없다고. 야망이라고는 손톱만큼도 없는 남자라니까?"

옥 여사는 흥 코웃음을 흘리며 이건이 나간 방향을 흘긋거리는 지혜를 주시했다. 그것은 확실히 맞는 말이었다. 제가 낳은 자식임에도 불구하고 이건은 그녀의 뜻대로 움직이질 않았다. 가끔은 정말 자신이 낳은 아이가 맞는 건지 의심이 들 정도로.

'하지만 지혜는…….'

지혜는 다르다.

'어쩜 이리 나를 닮았을까.'

지혜를 보고 있으면 마음이 든든했다. 자신이 간절하게 빌고 또 빌어야 한숨을 내쉬며 움직이는 이건과는 달리, 지혜는 그녀가 말하지 않아도 혼자 척척 모든 것을 해냈다. 그리하여 가끔은, 아니 지금은, 이건보다 더 듬직하고 믿을 만한 아이로 성장하지 않았던가.

"지혜야."

옥 여사는 이건의 흔적을 서늘하게 응시하고 있던 지혜를 바라보며 입술을 열었다.

"대체 어떻게 해야 하니? 이러다간 우리 유단, 진건이 그 녀석한테 다 빼앗기게 생겼어!"

그녀는 도통 분이 풀리지 않는다는 듯 얼굴을 구겼다. 지혜는 어깨를 으쓱이며 고개를 끄덕였다.

"……뭐, 그렇긴 하지. 할아버지 지분이랑 큰오빠 지분을 합치면 큰오빠가 최대 주주가 되긴 하겠어."

"뭐? 그럼 큰일이잖아!"

"그런데 엄마."

"응?"
"엄마가 보기엔…… 어땠어?"
옥 여사는 갑작스러운 지혜의 말에 인상을 썼다. 지분에 관한 이야기를 하던 도중, 갑작스럽게 화제를 돌리는 지혜의 의도를 모르겠다. 지혜는 의아해하는 옥 여사에게 말을 덧붙여 주었다.
"아까 큰오빠가 할아버지한테 한 말 말이야. 그거 엄마 눈에도 사실 같아 보였어?"

「급해서 그랬습니다. 회장님도 아시잖습니까. 제가 새벽이를 얼마나 사랑하는지.」

임신을 했다는 핑계를 대며 계약 결혼 건을 황당하게 무마시켜 버린 진건의 모습은 전혀 생각하지 못했던 장면이었다. 뻔뻔스러운 얼굴로 장 회장에게 말하던 진건을 떠올리던 옥 여사는 무의식적으로 대꾸했다.
"예사롭진 않았지."
"계약으로 시작했지만, 사랑에 빠졌다…… 이런 건가?"
"그럴지도. 하지만 그게 이거랑 무슨 상관이야? 만약 아버님께서 그 아이의 임신으로 결혼식도 치르기 전에 진건이 녀석한테 지분을 전부 넘기신다면……."
"그럼 그걸 막기 위해 큰오빠의 혼을 빼 놔야지."
옥 여사는 눈을 동그랗게 떴다. 지혜는 부드러운 미소를 지으며 옥 여사를 응시했다.
"엄마. 엄마는 큰오빠한테 가장 큰 약점이 뭔 줄 알아?"
무슨 소리를 하는가 싶어 귀를 기울이던 옥 여사에게 지혜는 붉은 입술을 달싹였다.

"가족."

❖

북한산에 단풍이 가득했던 것이 엊그제 같은데, 벌써 첫눈이 내리는 시기가 됐다.

12월의 초입.

이제 얼마 남지 않은 MBA 마지막 과정을 마무리하기 위해 새벽은 몇 주 전부터 경영 프로젝트를 진행 중이었다. 두 손 가득 자료를 들고 경영관을 나오는 이유는 바로 그러한 이유에서였다.

"새벽 씨!"

조금이라도 빨리, 프로젝트를 마무리 짓기 위해 바삐 움직이던 새벽은 걸음을 멈추었다.

'아.'

등을 돌리자 보이는 사람은 다름 아닌 태진이다. 그것도 손을 휘휘 젓고 있는. '반장님.' 하고 새벽이 옅은 미소를 걸자, 순식간에 코앞으로 다가온 태진이 물었다.

"졸업식 때 누가 와?"

새벽은 내년 2월로 예정되어 있는 졸업식을 벌써부터 거론하는 태진을 보며 피식 웃어 버렸다.

"글쎄요. 아마도 가족들이 오지 않을까요?"

"그럼 진건 씨도 볼 수 있으려나?"

새벽은 눈을 반짝이는 태진에게 말없이 웃었다.

그 사람은 너무 바빠서……라는 말이 목구멍을 맴돌았지만,

「갈 거야.」

「정말로요?」

「내 아내의 졸업식인데, 당연히 남편 된 사람으로서 가야 하지 않겠어?」

「……흐응. 과연, 진건 씨가 올 수 있으려…… 앙잉엉 잉!」

진건은 어깨를 으쓱이던 새벽의 두 뺨을 길게 늘어뜨리며 눈을 가늘게 떴다. 아마도 '장진건 씨!' 라 외치려던 새벽의 발음이 뭉개졌다.

「우새벽. 넌…… 날 대체 어떻게 보는 거야?」

「앙앙용!」

「알긴 뭘 알아. 아무것도 모르면서. 낼 거야, 시간.」

'온다고…… 했으니까.'

새벽은 얼마 전 있었던 진건과의 일을 떠올리며 속으로 웃음을 삼켰다. 다시 생각해 봐도 그녀의 말도 안 되는 발음을 알아들은 그가 너무 신기했다.

"그나저나 은비 씨는 정말 그만뒀나 보네."

새벽이 잠시 상념에 빠진 사이, 태진은 밤새도록 펑펑 쏟아진 눈으로 인해 하얗게 물든 나무를 흘긋거리며 중얼거렸다. 한동안 잊고 있었던 이름이 태진의 입술 사이로 흘러나오자 새벽의 얼굴이 딱딱하게 굳어졌다.

"아, 하하. 내가 괜한 말을. 어, 어쨌든 답변 고마워! 요즘 프로젝트 때문에 많이 바쁘지? 내가 도울 거 있음 언제든 요청해! 기꺼이 도와줄 테

니! 그, 그럼!"

서늘해진 새벽의 얼굴을 마주한 태진은 더는 말을 붙이지 않고 다른 볼일이 있다며 사라져 버렸다. 새벽은 멀어지는 그의 뒷모습을 응시하다 다시금 걸음을 옮겼다.

"후, 후."

입을 열어 숨을 내쉬면 하얀 입김이 흘러나오는 날씨다.

'춥다.'

얼른 집으로 들어가서 진건 씨랑 귤을 먹고 싶어.

근래 진건과 함께 갔던 재래시장에서 진건이 사 주었던 장갑을 끼고 있던 새벽은, 서류를 들고 성큼성큼 걸음을 옮겼다.

'…….'

그러다 무심코 시야로 들어온 경영관 앞 노란색 벤치를 발견하고선 뚝, 행동을 멈추었다.

「새벽 씨, 들었어? 은비 씨, 그날 이후로 자퇴서 냈다던데?」

정확히는 '경영인의 밤' 이후의 일이었다. 저를 흘긋거리며 소곤거리는 사람들의 시선이 이상하다고 생각했다. 결국 제 눈치를 살피는 사람들에게 다가가 무슨 일이 있냐고 물었다. 그러자 그런 그들 중 태진이 어렵게 말을 꺼냈다.

19기 원우 동기들을 대표하여 어색한 미소와 함께 물은 태진에게 새벽은 대답해야 했다.

「잘됐네요.」

그깟 거, 알 게 뭐야.

은비가 어떻게 지내든, 무엇을 하든 저와는 상관없다. 간혹 새벽의 변호사로부터 은비에게서 합의를 보자고 연락이 온다는 이야기를 들었지만 새벽은 코웃음 쳤다. 어디 갈 데까지 가 보자는 생각으로 지내고 있던 차에 기분 나쁜 이름을 듣게 되었던지라 저절로 인상을 쓰게 된다.

'그러고 보니 그 자식은 어떻게 되었을까.'

본의 아니게 떠오른 은비에 대한 생각으로 인해 얼굴을 굳히던 새벽은 그녀와 한 쌍인 누군가를 떠올리며 서늘한 눈을 빛냈다.

아주 바퀴벌레 같은 한 쌍이었지.

'에이, 생각하지 말자. 괜한 생각이야, 괜한 생각.'

떠올려 봤자 마음만 상하는걸. 굳이 좋지 않은 기억을 들추어 속을 앓을 필요는 없다.

그들을 상기해도 더 이상 가슴이 아프지 않다. 그저 담담할 뿐. 이제야 돌이켜 보면 배신을 당했다고 끙끙 앓았던 것이 허무하게 느껴질 정도다. 아프지도, 그렇다고 신경 쓰이지도 않는. 그들과 있었던 좋지 않은 일들은 어느새 기억 저편으로 넘어가 버렸다.

'참!'

곧 있으면 저를 데리러 올 차가 근처에 도착한다는 이야기를 들었다. 새벽은 진건에게 간단히 문자를 보내기 위해 걸음을 멈추었다.

'이불을 바꿔야 해.'

더 추워지기 전에 얇은 이불을 교체해야 했다.

「굳이 바꿔야 할 이유가 있나?」

「네?」

「아니 그렇잖아. 어차피 침대 위로 올라가면…….」

「올라가면?」

「……결국 덮지 않게 될 텐데.」

「……!」

「꼭 바꿔야 하는 이유가 있나 싶어서 말이지. 추우면 보일러를 틀면 되기도 하고.」

슬슬 침실의 이불을 교체하는 것이 어떻겠냐고 말을 꺼냈던 새벽에게 진건은 진지한 얼굴로 중얼거렸다. 처음엔 그의 말을 이해하지 못했던 새벽은 뒤늦게 진건의 말뜻을 알아차리며 얼굴을 붉혔었다. 진건의 말은 결코 틀리지 않았다.

아마 이불은 그들이 처음 침대 위로 올라갔을 때를 제외한다면 수 분 내로 무용지물이 되겠지. 그러나…….

'그래도, 미관상. 어디까지나 미관상!'

곧 연말이기도 하고, 새로운 해를 맞이하기 위해서라도 기분 전환은 필요하다. '으, 은근히 엉큼하다니까!' 라 외치며 그의 등을 세게 내리치던 어젯밤의 대화를 떠올리며 새벽은 고개를 휘휘 저었다.

"우새벽 씨."

새벽이 진건에게 문자를 보낸 후 만족스러운 미소를 짓고 있던 때였다.

"아, 네! 제가 우새벽입…… 어?"

전송 버튼을 누르자마자 들려온 목소리에 슬며시 고개를 든 새벽은 눈을 동그랗게 떴다. 진건을 생각하니 절로 스며들었던 그녀의 미소가 어느

듯 제 앞에 서 있는 상대를 발견하고선, 순식간에 사라졌다.

"당신이 어떻게……?"

새벽은 자신을 내려다보고 있는 사람을 향해 의아한 목소리를 흘렸다.

❖

지이잉.

데스크 앞에 앉아 있던 진건은 핸드폰의 진동 소리에 고개를 아래로 내렸다. 액정 위로 떠오른 발신인의 상대를 확인한 그의 입꼬리가 꿈틀거린다. 그는 재빨리 핸드폰을 만지작거렸다.

[진건 씨! 우리 내일 저녁에 백화점 안 갈래요? 어제 말했던 이불도 사고, 또…… 다른 것들도 살 겸. 그러고 보니 나 당신한테 넥타이 사 주고 싶었는데. 같이 가서 골라요! 아! 그리고 이왕 나간 거, 거기서 맛있는 것도 먹고요! 음. 제 기억에 백화점 안에도 그렇지만, 근처에 괜찮은 레스토랑이 있었던 것 같은데…… 어때요? 저녁은 거기서 해결하는 거죠! 뭐 먹지? 흐흐.]

분명 글자만 가득한 문자였는데, 어떻게 된 셈인지 마치 새벽이 코앞에서 말하고 있는 것처럼 생생했다.

'이런 게 음성 지원이라는 건가.'

진건은 계속해서 올라가는 입꼬리의 움직임을 막지 못했다. 아니, 막을 수 없었다. 이제 막 시작된 한파가 창밖에서 기승을 부리고 있건만, 평소 찬바람을 폴폴 풍기던 장진건의 주변에서는 부드러운 봄바람만이 가득하다.

"흠흠!"

그 모습을 가만히 바라보던 영우가 헛기침을 흘린 것은 아마도 그 변화에 적응하지 못해서일 거다.

"한 비서?"

"예. 저 한영우입니다, 본부장님! 아직까지 본부장실을 안 나가고, 본부장님의 결재를 기다리고 있는 저, 한영우가 여기 있습니다! 본부장님이 갑자기 홀로 망상에 빠져 버리신 동안, 저는 아직 안 나가고 결재만 기다리고 있었다고요!"

불과 몇 분 전까지만 하더라도 표정 하나 변하지 않고 서류를 내려다보던 진건이었다. 그런 그가 '알겠어.' 라는 문자를 전송한 후에야 슬그머니 고개를 들자, 영우가 제 존재를 열심히 피력하며 소리쳤다.

'애처가 티 좀 그만 내십시오!' 라고 외치고 있는 듯한 영우의 표정에 진건은 보기 드문 미소를 지어 보였다.

"그…… 그래. 한 비서가 아직…… 있었군."

"예, 본부장님. 아직 본부장님께서 결재를 해 주지 않으셔서 안 나가고 있었습니다. 다시 한 번 말씀드리지만, 본부장님께서 그 서류에 결재를 하지 않으셨기에 제가 '못' 나가고 머물렀던 겁니다! 본부장님의 사생활을 훔쳐볼 생각은 전혀 없었……."

"한 비서."

계속해서 진건의 결재 핑계를 대며, 자신의 억울함을 주장하던 영우는 짙은 미소가 깔리는 진건의 부름에 더는 말을 잇지 않았다. 진건은 '무슨 일 있으십니까?' 하고 장난기를 거둔 채 사뭇 진지하게 묻는 영우에게 붉은 입술을 달싹였다.

"어떻게 하면 좋을까."

"뭐가…… 말입니까?"

영우는 하아, 한숨을 흘리는 진건에게 조심스레 물었다. 진건은 지끈거리는 관자놀이를 꾹꾹 누르며 중얼거렸다.

"예뻐."

"……네?"

"너무 예쁘다고."

"예?"

뜬금없는 진건의 발언에 영우가 몹시 당황한 눈빛을 띠었다. 진건은 개의치 않으며 손에 움켜쥐고 있던 핸드폰을 내려다봤다.

"이거 봐."

"그게 뭡……!"

저 혼자 보기에 안타까운 일이다. 결국 진건이 자연스럽게, 그리고 너무도 태연하게 핸드폰의 대기 화면 사진을 영우에게 보이자 영우의 눈동자도 핸드폰을 향했다.

혹 업무상 중요한 문자라도 온 건가 싶어 눈에 힘을 주던 영우는 이윽고 드러난 대기 화면 속 주인공을 발견하고는 멈칫했다.

진건은 '아…….' 하고 다음 말을 뱉지 못하는 영우에게 한탄하기 시작했다.

"우리 새벽이가 너무 예뻐서, 핸드폰만 바라보고 싶군."

"……."

"큰일이야. 이렇게 될 줄 알았다면 대기 화면으로 설정해 두지 않는 건데."

"……."

"그렇다고 바꾸기에는 이미 늦었어. 이 사진이 정말 마음에 들거……한 비서."

"예."

"대체 왜 그런 표정을 짓고 있지?"

진건은 미간을 꿈틀거렸다. 입술을 씰룩거리던 영우가 '본부장님.' 하고 진건을 불렀다. 유단 그룹의 전략기획본부장을 곁에서 열심히 보필하고 있는, 장진건 본부장의 수완 좋은 비서 한영우는 눈에 힘을 줬다.

진건 역시 그에 지지 않고 영우의 시선을 마주했다. 영우는 길게 숨을 내뱉었다.

"방금 전과 같은 모습들은…… 부디 이곳, '본부장실'에서만 보여 주시길 간곡히 부탁드립니다."

"왜."

진건이 영우의 말에 눈을 가늘게 떴다. 그러자 영우가 흥, 콧방귀를 뀌며 소리를 내뱉었다.

"아니, 당연한 거 아니겠습니까? 앞으로 유단을 이끌어 나갈 본부장님께서 이런 얼빠진 모습을 다른 직원들에게 보인다면, 본부장님께서 그간 쌓아 놓으신 굳건한 이미지가 와르르 무너질 수도 있…… 헉! 보, 본부장님!"

툴툴거리는 영우를 지켜보던 진건이 데스크 위에 놓여 있던 펜을 던지려는 시늉을 하자, 영우가 황급히 소리쳤다. 눈을 동그랗게 뜨는 영우를 보고 진건이 슬며시 펜을 데스크 위로 내려놓자 영우는 안도의 호흡을 골랐다.

피식 실소를 터트리던 진건은 '놀랐잖습니까!' 하고 투덜거리는 영우에게 목소리를 흘렸다.

"만약…… 정말 아주 만약에 아이를 가지게 된다면, 그 아이는 내가 아니라 새벽일 닮았으면 좋겠어."

진건과의 가벼운 전쟁을 벌였지만 끝내 패배했던 영우는 '아!' 하고 탄성을 흘렸다. 장난을 거두어들인 영우가 화색을 띠며 물었다.

"2세가 생겼으면 하십니까?"

진건은 어깨를 으쓱였다.

"지금 당장은 아니지만, 언젠가. 승원이 형이 너무 자랑을 하잖아. 듣기 괴로울 정도로."

"아아. 주 선생님의 자랑에 대해서는 저도 동의합니다. 그거 참, 장단을 맞춰 드리기 힘들 지경이더군요."

영우의 투정은 납득이 갔다. 요즘 들어 승원은 쉬지 않고 진건은 물론이거니와 영우에게까지 연락을 해, 자신의 예비 신부에 대해 자랑하곤 했다. 영우는 칫, 입술을 삐죽였다.

"아니, 그런데 본부장님. 아무리 그래도 그렇지 말입니다. 주 선생님 정말 너무하신 거 아닙니까?"

"너무해?"

"예! 속도위반에, 어린 신부라니! 본부장님도 알고 계셨습니까!"

영우가 억울하다는 듯 외쳤다. 진건은 그제야 제 앞에 놓인 서류에 서명을 하며 대꾸했다.

"내버려 둬. 힘들게 만나서 지금 정신없잖아."

"그래도요! 어디 질투가 나서 살겠습니까?"

그는 '적당히 해 달라고 본부장님께서 대신 말씀해 주십시오. 샘나서 미치겠습니다.' 하고 중얼대는 영우를 보며 쿡쿡 웃었다.

"영우야."

"예, 본부장님."

"지난 한 달간…… 장지혜 쪽은 어때?"

영우에게 서류를 넘기던 진건의 질문에 영우가 멈칫했다. 새벽이 임신을 했다는 진건의 폭탄선언으로 인해, 장 부회장 쪽이 잠잠해질 것이라 예상하기는 했었지만…….

'이렇게 잠잠할 리 없는데.'

「어쩌면 포기한 건지도 몰라요!」

「포기?」

「네! 드디어 패배를 인정하고 진건 씨를 받아들인 거죠!」

「…….」

「진건 씨?」

「그럴 리가 없어.」

새벽은 지혜를 비롯한 장 부회장 일가들이 후계에 대한 열망을 접은 것이라 여겼지만, 진건은 코웃음 쳤다. 그들은, 그 탐욕스러운 자들은 진건이 총수직을 물려받는 것을 결코 지켜볼 이들은 아니었다.

"장지혜 2팀장과 관련해서는 이틀 전 보고드린 것과 크게 달라진 것은 없습니다."

상념에 빠져 있던 진건을 일깨우는 영우의 목소리는 조금 전보다 한층 차분해진 상태다. 진건은 영우를 직시했다.

"어떻게든 부회장님의 뜻을 받들어 다다음주로 예정된 사장단 인사이동을 추진하려고 노력 중인 것 같습니다."

"인사이동이라."

"다만…… 내부에서 잡음이 발생하는 모양입니다."

"잡음?"

진건은 의외의 소리를 들었다는 표정을 지었다. 아래위로 고개를 주억거린 영우가 미묘한 눈빛을 띠며 말했다.

"예. 제 정보에 의하면, 사장단 인사이동에 반기를 드는 쪽이…… 예상외의 인물이라서 말이죠."

"예상외의 인물이라니?"

대체 누구?

진건은 영우의 말에 눈을 가늘게 떴다. 숨을 고르던 영우가 '그게 어떻게 된 일이냐면.' 이라는 말을 시작으로 입을 열려 할 때였다.

"잠깐."

내려놓았던 핸드폰에서 지이잉, 진동이 일었다. 제법 중요한 대화를 이어 가던 중이었기에, 평소라면 전화를 무시했을 진건은 손을 들어 영우의 행동을 저지했다. 영우는 진건의 손짓을 보자마자 입을 다물었다.

"왜 그러십니까, 본부장님?"

영우의 눈에 비친 진건의 모습이 뭔가 이상했던 모양이다. 희미한 미소가 서려 있던 진건의 얼굴이 딱딱하게 변하는 것을 지켜보던 영우가 조심스레 물었다. 진건은 멈출 기미가 보이지 않는 핸드폰의 울림을 내려다보며 입술을 움직였다.

"태화 병원이야."

태화 병원이라고 한다면, 장 회장이 치료를 받고 있는 곳이다.

❖

「갑자기 찾아와서 죄송합니다. 하지만 반드시 만나야 하는 일인지라 이렇게 불쑥 찾아오게 되었습니다.」

연락도 없이 찾아와 그녀의 앞에 머리를 숙인 남자는 생각 이상으로 정중했다. 검정색 캡 모자를 쓰고, 선글라스 그리고 목도리 등으로 얼굴을 가리고 있기는 했으나, 그 목소리를 몇 번 들은 적이 있었기에 새벽은 상대를 단번에 알아차렸다.

그와는 지금껏 단 한 번도 제대로 대화를 나누지 못했다. 그럴 여유도 없었고, 상대 역시 그럴 생각이 없어 보였기에 굳이 시도하지는 않았었다. 그런 사람이 이렇게 연락도 없이 문득 저를 찾아온 것은 충분히 놀랄 만한 일이었다.

「우새벽 씨께 부탁드릴 것도 있고 해서요.」

진건과는 닮은 듯 닮지 않은.

'아름답다' 는 표현이 더 어울리는 사람은 새벽을 똑바로 응시하며 말했다.

부탁할 일이라고?

솔직히 귀를 의심했다. 아무리 되짚어 봐도 이 남자가 제게 부탁할 일이 도무지 생각나지 않아, 더욱.

"제가 정말…… 믿어도 되는 건가요?"

때문에 새벽은 미심쩍은 눈길을 보낼 수밖에 없다. 따지자면 그와는 반대편에 서 있는 사람이 아니었던가. 노골적으로 경계를 하는 새벽을 보고도 여전히 표정을 바꾸지 않던 그가 꾹 다물고 있던 입술을 달싹였다.

"신뢰는 제 몫이 아닙니다."

"……!"

"그럼, 얘기가 끝난 것 같으니 이만 가 보겠습니다."

"자, 잠깐만요!"

새벽은 몸을 돌리려는 그를 막아 세웠다.

"한 가지 더 묻고 싶은 게 있어요."

그녀의 다급한 외침에 멈춰 선 남자가 말없이 새벽을 내려다봤다. 아마도 그러라는 뜻임이 틀림없어 보여 새벽의 눈이 반짝였다.

"대체 왜 그런 결심을 한 건지 여쭤도 될까요?"

궁금했다. 당연히 그러지 않을 거라 여겼던 사람이었으니까.

새벽의 시선에 제 눈을 선글라스로 가린 남자가 어깨를 으쓱였다.

"응당 그래야 하는 일이니까요."

"……!"

"비밀은 지켜 주실 거라 믿습니다."

그는 대답하지 않는 새벽에게 짧게 묵례를 한 뒤 등을 돌렸다.

'정말 믿어도 되는 걸까.'

기분이 이상했다. 몇 분 안 되는 시간이었지만, 내내 그가 했던 말을 듣고 또 의중을 파악하려 애썼다. 하지만 선글라스 너머의 상대는 무슨 생각을 하는지 도통 파악할 수 없다.

쉬지 않고 의심을 하면서도, 이상하게 그를 믿어 보고 싶은 마음이 강했다. 새벽은 제게서 등을 돌려 사라지려는 남자를 한참이나 응시하고 있다, 다시 제 길을 가기 위해 몸을 돌렸다.

'아무래도 진건 씨한테 말해야겠어.'

조금 전 일어난 이 기이한 일에 대해 함께 상의를 해야지.

새벽은 한 손엔 서류를, 그리고 다른 한 손으로는 핸드폰을 꺼내 들기 위해 핸드백을 뒤적이려 했다.

이상하다. 분명 핸드폰을 여기에 뒀는데…… 대체 어디 있는 거야?

불과 몇 분 전까지 진건에게 문자를 보냈던 핸드폰이 도통 보이질 않는다. 핸드백 속으로 손을 집어넣으며 새벽은 얇은 핸드폰을 찾기 위해 좌우로 팔을 움직였다. 새벽이 미간까지 좁히며 핸드폰을 뒤적이던 바로 그 순간이었다.

"조심해요, 우새벽 씨!"

……응?

끼이익!

쾅!

❖

「장 본부장님. 급한 일입니다. 회장님께서 위독하십니다. 서둘러 이곳으로 와 주셔야겠습니다.」

자신이 흔들리는 모습을 보인다면 틀림없이 유단의 주가가 요동칠 것이라는 이유를 들며, 장 회장은 여태껏 병명을 숨겨 왔다. 그런 장 회장을 진건은 몇 번이고 설득하려 들었지만, 생각 이상으로 장 회장은 요지부동이었다.

백번 양보를 하여 일주일에 사나흘 정도는 병원에 묵으며 상태를 점검하는 것으로 합의를 봤다. 지난 주말부터 오늘까지 본가의 가족들에게는 장 회장이 경기도의 별장을 찾아 '요양'을 한다고 통보했지만, 실은 병원에서 장 회장의 상태를 점검하기로 했었다. 겉으로는 멀쩡한 척 굴었으나 속은 이미 엉망진창이 된 장 회장은 근래 들어 급속도로 건강이 나빠지던 상태였으니까.

태화 병원에서 걸려 온 전화를 받은 진건이 얼굴을 굳힌 것은, 언젠가는 일어날 일이 끝내 일어났기 때문이다.

가급적이면 가족들의 눈에서 벗어나고 싶다던 장 회장의 말에 따라 어쩔 수 없이 서울 외곽 지역에 자리 잡은 종합병원을 선택했다. 진건과 친분이 있는 병원장에게 부탁하여 장 회장의 건강관리를 맡겼던 그는 소식을 듣자마자 태화 병원으로 향했다.

'…….'

그래도 유일하게 의지했던 본가의 가족이라는 이유에서일까. 진건은 장 회장이 부디 지금 제 손을 놓지 않길 바랐다.

조금만 더.

아주 조금만 더 제 곁에 있어 주길 원했다.

장 회장의 주치의가 뱉어 내는 목소리가 꽤 가라앉아 있었기에, 진건은 새벽에게 전화를 할 여유조차 없었다. 그저 미친 듯이 본부장실을 뛰쳐나왔을 뿐.

영우가 대신 운전을 하겠다고 말했었지만, 그도 떼어 놓고 출발을 했다. 어떻게 이곳까지 왔는지…… 정신이 하나도 없다.

"하아, 하아."

차를 주차한 뒤, 중환자실이 있다는 11층까지 엘리베이터가 아닌 계단으로 올라왔다. 도통 내려올 생각을 않는 엘리베이터를 기다릴 수 없었던 것이다. 가슴이 벌렁거려 막을 수가 없었다. 덜덜 떨리는 입술의 진동을 제어하지 못했다.

쾅, 다급하게 비상계단의 문을 열어젖힌 진건은 제 눈앞에 나타난 중환자실 입구를 발견하고선 뚝 걸음을 멈추었다. 진건의 눈에 중환자실 앞을 지키고 있는 낯익은 얼굴들이 들어왔다. 잠시 당황했지만, 진건은 숨을 골랐다.

'더는 피할 수 없다.'

진건은 동요하려던 가슴을 진정시킨 후, 천천히 발을 옮겼다. 진건의 발걸음 소리에 중환자실 앞 의자에 앉아 있던 이들이 일제히 고개를 돌렸다. 진건은 태연하게 그들에게 다가가 말을 하려 했다.

"어떻게 된 일입……."

짜악!

그러나 진건은 다음 말을 내뱉을 수 없었다. 순식간에 다가와 그의 뺨을 있는 힘껏 강타한 장은석 부회장의 손길은 지나칠 정도로 매서웠다. 그 반동에 진건이 휘청거리지 않은 것은 다행이었다.

"……."

잠시 옆으로 돌아갔던 진건의 얼굴이 다시 정면을 향했다. 그의 검은 두 눈은 자신을 죽일 듯 노려보고 있던 은석에게 꽂혔다. 은석은 크게 분노한 표정으로 진건에게서 눈을 떼지 않았다.

풋, 하고 어쩐지 쓴웃음이 흘러나올 뻔했으나, 겉으로는 드러내지 않았다.

'얼얼하군.'

은석에게 강타당한 뺨이 무척 얼얼했다.

"이 악마 같은 자식!"

진건과 은석이 서로를 말없이 응시하고 있을 때였다. 은석의 뒤편에 가려 보이지 않던 옥 여사가 의자에서 벌떡 일어나 소리쳤다. 후드득, 투명한 눈물방울을 아래로 떨어뜨리며 옥 여사가 울부짖었다. 진건의 눈동자가 은석에게서 옥 여사에게로 천천히 움직였다.

"그래서였어! 그래서 그 아이와 혼인 신고까지 한 거였다고!"

진건은 대답하지 않았다. 옥 여사는 말을 이어 나갔다.

"그 때문에 아버님이 네게 지분을 증여해 주신다는 말을 하신 거고, 그 때문에 더 괜찮은 조건의 여자도 마다하던 네가 그렇게 결혼을 서둘렀던 거야!"

"……."

"아니야? 아니라면, 아니라고 말을 해 봐! 말을 해 보라고!"

옥 여사의 눈가에 그렁그렁 맺혀 있던 눈물은 사방으로 튀어 나갔다. 절규를 담은 옥 여사의 목소리를 들으며 진건은 속으로 웃어 버렸다.

'우습군.'

아마도 이곳에서 장 회장이 죽기를 가장 바라고 있는 사람은 바로 눈앞의 그들일 것이다. 그런데 이토록 억울함이 가득한 모습이라니. 꼭 나쁜 사람은 저 같아 보이지 않는가?

진건의 속내를 알지 못하던 옥 여사는 중환자실 앞에 도착한 이래, 계속해서 입을 다물고 서 있기만 하는 진건을 노려보며 소리쳤다. 어느새 이목이 그들에게 집중되어 있다는 것도 개의치 않으며.

"아버님께서는 키우던 개한테 물려 버리신 거야! 너 따위를 믿고, 본인을 이렇게 방치할 줄은 꿈에도 모르셨던 거겠지! 내보냈어야 했어. 내가 이 집안에 들어오자마자 너 따위는 내보내야 했다고!"

"……."

"하지만 어떡해? 장진건! 이젠 네가 원하는 대로 되진 않을 거다. 아버님께서 저리되셨으니, 네 편은 아무도 없어! 없다고!"

악에 받친 소리를 내는 옥 여사의 눈동자가 거칠게 일렁였다. 은석이 옥 여사를 바라보더니 얼굴을 일그러뜨리며 진건의 곁을 스쳐 지나갔다. 옥 여사가 은석에게 기다리라는 말을 하며 '이건이 이 자식은 대체 어디 있는 거야!' 라고 중얼거렸지만, 진건의 눈동자는 그들을 향하지 않았다. 그의 시선은 오직 닫혀 있는 중환자실의 문에 꽂혀 있었다.

"여기에 할아버지를 집어넣은 사람이 큰오빠니 더 잘 알고 있겠네. 면회 시간이 아니면 면회를 못한다는 거."

진건의 귀에 들려온 목소리는 내내 상황을 지켜보던 지혜의 것이다. 진건의 검은 두 눈이 슬며시 자리에서 일어나는 지혜를 향했다. 제 할아버지가 중환자실에 가 있음에도 불구하고 무엇이 그리 즐거운지 지혜의 입가엔 미소가 서려 있다.

구역질이 일 것 같아 진건은 눈에 힘을 줬다. 그에게로 사뿐사뿐 걸어온 지혜의 붉은 입술이 달싹였다.

"잠시 의식을 잃으시긴 했지만, 곧 정신은 차리셨어. 의사들 말로는 빠르면 내일 아침, 늦으면 내일모레 정도엔 여기서 나오실 수 있을 거라네."

"......"

"하지만 이젠 통원 치료는 절대 불가라고 하더라. 전이된 곳이 한두 군데가 아니라, 정말 더는 미룰 수가 없다고. 아무리 시한부라고는 하지만 그래도 할 수 있는 만큼의 치료는 받아야 하지 않겠냐며, 우리한테 제발 회장님의 입원을 설득해 달라고 통사정을 하지 뭐야."

지혜는 한숨을 후우 흘리며 고개를 가로저었다.

"알겠다고 했어. 대신, 이곳은 큰오빠가 할아버지를 강제로 밀어 넣은 곳이나 마찬가지라 도저히 믿을 수가 없으니 병원은 옮기겠다고 했지."

"......"

"큰오빠."

진건은 저를 부르는 지혜를 내려다봤다. 지혜는 호선을 그리며 눈꼬리를 휘었다.

“오빠 진짜 무서운 사람이다. 어떻게 그런 중요한 사실을 숨길 수 있어? 나 소름 돋았어. 이거 봐 봐.”

지혜는 자신의 오른쪽 팔을 진건에게 보이며 중얼거렸다. 지혜의 말은 멎지를 않는다.

“그나저나 오빠 정말 어떡해? 임시 총회, 다다음주잖아. 할아버지가 저렇게 된 상황에서, 아빠는 사장단 인사이동을 강행하려 들 텐데…… 그거 막으려면 오빠 혼자 힘으로는 가능하려나?”

“…….”

“어쨌든 수고해. 내일 면회 시간에 다시 올게.”

싸늘하게 굳어 있는 진건의 어깨를 툭툭 치던 지혜는 무표정한 그의 곁을 스쳐 지나가며 깔깔 웃었다.

1초, 2초, 1분, 30분.

이곳에 있으리라고는 생각하지 못했던 이들을 조우한 지 2시간가량이 흘렀을 때.

진건은 풋, 웃음을 터뜨렸다.

“큭큭.”

서늘한 얼굴의 사내가 열리지 않는 중환자실 앞 의자에 앉아 실소를 터뜨리고 있는 모습은 괴이했다. 누가 봐도 수상해 보였다.

몇몇 간호사들이 진건을 흘긋거리며 무어라 쑥덕이고 있었으나 진건은 개의치 않았다. 불과 1시간 전, 진건이 도착했다던 소식을 듣고 나타난 장 회장의 주치의가 어두운 얼굴로 고개를 떨군 모습이 생각났기 때문이다.

「죄송합니다, 본부장님. 본부장님께 먼저 연락을 드리려 했는데…… 저희 쪽에서도 혼선이 있었습니다. 워낙 긴급한 일인지라 바로 수술에 들어갔어야 했는데, 본부장님과 연락이 닿지 않는다며 본가에 직접 연락을 드렸다가 이런 일들이 일어나게 된 것 같습니다. 정말…… 정말 면목이 없습니다. 이번 일은 제가 책임지도록 하겠습니다. 어떻게든 책임을…….」

어쩌면 믿었던 주치의가 매수가 된 걸지도 모르겠다.

다른 곳도 아닌 종합병원에서 연락처 혼선이라니. 말이 되는 일이어야지.

정보가 새어 나간 건지도 모른다. 잠잠하던 지혜 쪽에서 이 사실을 알게 된 후, 오늘과 같은 일을 벌였던 건지도.

진건은 조금 더 주의하지 못했던 스스로를 자책했다.

'하지만 언젠가는 그들 역시 알게 됐겠지.'

언젠가는, 언젠가는, 하며 숨겨 왔던 일이 드러난 건 불쾌하기는 하지만 그 시기가 조금 당겨졌을 뿐이다. 이와 같은 형식으로 그들의 귀에 장 회장의 소식이 들어가는 것을 원하지는 않았지만, 어쩔 수 없겠지.

진건은 여전히 쓰린 뺨의 통증을 느끼며 자리에서 일어났다. 어느새 손목에 찬 시계는 저녁 7시를 가리키고 있었다.

"가시는 겁니까?"

진건은 저를 부르는 누군가의 목소리에 고개를 돌렸다. 장 회장의 상태를 점검하기 위해 계속 중환자실을 들락거리던 당직 의사였다. 주위를 살피며 진건에게 살짝 장 회장을 보러 갈 건지 물어보기도 했던 그 의사의 말에, 진건은 말라 버린 입술을 움직였다.

"내일 아침에 다시 오겠습니다."

"아까 그분들도 같이 오시는 건가요?"

조심스레 묻는 의사의 말은 노골적이었다. 중환자실 앞에서 소란을 피운 옥 여사 일행이 오지를 않기를 바라고 있었다. 진건은 흐린 미소로 답을 한 뒤 몸을 돌렸다.

병원에 도착하는 순간부터 무의식적으로 핸드폰을 꺼 버렸다. 태화 병원에 들를 때는 거의 습관처럼 행동했었다. 뒤늦게 정신을 차려 전원 버튼을 누르자마자, 지이잉 울리는 진동에 진건은 미간을 찌푸렸다.

부재중 통화를 알리는 문자가 한 통도 아닌 수십 통이 와 있었다. 그 전화가 걸려 온 시간은 불과 15분 정도 전의 일. 진건이 당직 의사와 이야기를 하고 있을 시점이다.

"나야."

진건은 어째서인지는 모르겠지만 쉬지 않고 전화를 걸어 댄 영우에게 전화를 걸었다. 그러자 당혹감에 서린 목소리가 핸드폰 너머로 들려왔다.

— 본부장님! 왜 이렇게 전화가 안 되십니까!

"왜."

— 지금 어디십니까?

"……몰라서 묻나."

— 태화 병원에도 전화를 넣었었는데…… 제길. 어쨌든 알겠습니다. 본부장님! 제가 지금 본부장님을 모시러 갈 테니 태화 병원 입구에서 뵙겠습니다.

영우의 목소리가 떨린다. 진건은 직감적으로 미묘한 기색을 눈치챘다.

"한영우. 너 왜 그래? 무슨 일 있어?"

— …….

"한영우!"

진건은 한심하기 그지없는 영우의 질문에 무심코 화를 내 버렸다. 진건이 병원의 전화를 받자마자 태화 병원으로 향했다는 것을 모르지 않을 영우다. 영우가 묻는 말이 어이가 없었던지라 미간을 좁힌 그는 이어 들려오는 영우의 말에 더 이상 발을 움직일 수 없었다.

— 제가 하는 말에 너무 흥분하지 마십시오, 본부장님.

흥분?

가라앉은 영우의 음성이 괜히 신경 쓰인다. 무의식적으로 미간을 좁히던 진건에게 영우가 말했다.

— 사모님께 일이 생겼습니다. 지금 대한대학병원에 계십니다. 그러니 제가 본부장님을 모시러…….

툭.

조금 전까지 진건의 손에 들려 있던 그의 핸드폰이 차가운 땅바닥과 조우했다.

❖

불과 어젯밤이었다.

"하아암."

눈물을 찔끔 흘리는 하품 소리가 곁에서 들려왔다. 진건은 입을 크게 벌렸다 다시 다무는 새벽을 빙긋 웃으며 응시했다.

"그러다 입 찢어지겠다."

"흐흐."

"피곤해?"

"조금요. 아니, 조금 많이. 아아, 요즘 너무 무리를 했나……. 왜 이렇게 피곤하지."

한 번 더 하품을 하며 입을 톡톡 치는 새벽을 바라보던 진건은 제 옆에 앉은 그녀의 어깨 위로 팔을 턱 얹더니, 제 품으로 끌어당겼다.

앗, 하고 새벽이 그의 품으로 끌려오자 진건은 낮게 중얼거렸다.

"그러니까 그냥 학교는 그만두라니까."

"네?"

"난 새벽이 네가 그냥 내 옆에만 있었으면 좋겠어."

"어머?"

"그냥…… 아무것도 하지 말고. 학교 같은 곳도 다니지 말고. 일도 하지 말고, 내 옆에만 이렇게, 철썩 붙어서…… 으윽!"

"붙어서 뭐요. 뭐요! 그냥 침대 위만 뒹굴자고요?"

"뭐…… 그것도 괜찮지."

"이봐요, 장진건 씨!"

곧 있을 졸업을 앞두고 쏟아지는 과제에 도통 한 침대에서 잔 적이 드물었다. 저 역시 눈코 뜰 새 없는 하루하루를 보내고 있다지만, 어째 새벽보다는 아니었던지라 진건은 투정을 부렸다. 그런 진건의 허리를 꼬집으며 눈을 부라리는 새벽은 더없이 사랑스러웠다.

진건은 '절대 안 돼요!' 하고 제게 소리치는 그녀의 볼에 입을 촉 맞추며 어깨를 으쓱였다.

"요즘 세상에 큰일 날 소리를 하시네. 나같이 능력 있는 인재를 썩혀두겠다고? 흥! 나 빨리 졸업해서, 당신한테 도움 되고 싶단 말이에요!"

"……네가?"

"뭐야, 그 표정은? 나는 뭐 도움이 안 될 것 같아요?"

진건은 눈을 부라리는 새벽을 향해 말없이 웃기만 했다. 새벽은 흥 콧방귀를 뀌며 중얼거렸다.

"회사 내에서 당신의 힘이 될 만한 사람도 있어야 하잖아요."

"……!"

"장진건 씨의 가족이라면…… 할아버님을 빼 놓고는 거의 저밖에 없는 거나 마찬가지니, 제가 하루라도 빨리 입사를 하기를 바랄 뿐이죠!"

씩 웃는 새벽의 말을 들으며 진건은 대꾸하지 못했다. 그녀가 이런 말을 할 것이라곤 예상하지 못했기에 더욱더.

진건은 '왜요. 놀랐어요?' 하고 짙은 미소를 그리는 새벽을 그저 바라보기만 했다. 새벽은 어깨를 덮고 있던 진건의 팔을 떼어 낸 후, 주먹을 불끈 쥐었다.

"저 얼른 졸업해서 꼭 그렇게 할 거예요. 그러니까 저 방해할 정도로 심심하면, 잔말 말고 얼른 그거 해석이나 해요!"

"……."

"진건 씨!"

"후우, 이봐, 우새벽 양."

"응?"

"당신은 나 같은 고급 인력을…… 고작 영어 해석에 사용하려 그래? 그냥 이런 건 한 비서 시켜도 되잖아."

결국 백기를 들어 올린 진건이 쳇, 하고 입술을 삐죽이며 투덜거렸다. 새벽은 흐흐 웃었다.

"모르시는 소리. 이미 한 비서님께는 한 뭉치 건네줬어요. 당신이 그 말 할 줄 알고."

"벌써?"

어깨를 으쓱이는 새벽의 입가에 미소가 만연했다. 진건은 고개를 절레

절레 저었다.

“약았…… 잠깐. 그러고 보니 이거, 당신 과제 아니었어?”

“엇!”

“과제라면 전부 스스로 해야 하는 거 아닌가.”

“어, 어머? 방금 전에 진건 씨도 이런 건 한 비서님께 맡기라고 하지 않았나요?”

“못 말리는군.”

“흠흠! 어, 어쨌든 저 정말 내일까지 이거 해야 한…… 한…… 흣! 진건…… 읍!”

하지만 새벽의 의지는 과제 서류를 들여다보기 위해 고개를 숙이는 순간, 그 틈을 노리고 달려드는 진건으로 인해 무너졌다.

늦은 밤, 분위기가 달아올랐을 때 할 수 있는 진건의 과제를 풀기 위해 새벽은 소파에서 벽으로, 그리고 다시 침대 위에서 허리를 튕겨야만 했다.

❖

「회사 내에서 당신의 힘이 될 만한 사람도 있어야 하잖아요.」

맑게 웃으며 저를 바라보던 새벽의 눈동자를 보고 할 말이 없었다. 아직까진 아무것도 증명한 것이 없었지만, 고작 말뿐으로 위로받았다면…… 제가 바보 같은 걸까.

힘이 들려 할 때면 새벽의 그 말을 떠올리며 의지를 되잡곤 했다. 가족 같지도 않은 자들과 지옥과 같은 시간을 살아오면서 견딘 보람을 느꼈다.

하늘이 무너져도, 그들은 아마 진건의 가족이 되지 않을 것이다. 되어 줄 거라고도 생각한 적도 없었고, 가식적으로도 그러리라 생각되지는 않는다.

피는 섞였지만 남보다 못한 존재들.

장 회장을 제외한 한남동 본가의 일원들은 진건에게 그러한 존재들이었다. 철저하게 혼자였다. 불쌍한 어머니가 돌아가신 이후, 지금까지의 진건은.

그들이 진건에게 대놓고 반기를 들 수 없는 까닭은 진건의 친할아버지인 장 회장이 아직 건재했던 까닭이었고, 장 회장의 후광을 업은 진건이 그룹 내에서 독보적인 위치를 다지고 있었기 때문이다.

그러나 만약 그들이 장 회장의 병에 알게 되고, 또 장 회장이 얼마 살지 못한다는 것을 접하게 된다면 어떻게 될까.

「절대로 말하지 말거라. 내 병에 대해서. 오직 너만. 너만 알고 있어야 해.」

장 회장이 진건의 손을 덥석 잡으며 어렵게 자신의 병에 대해 고백하고, 또 주의를 준 것은 그들이 장 회장의 병세를 접했을 때 진건에게 달려들 것을 인지했던 까닭이다. 그들은 어떻게든 진건의 탓을 하며, 진건을 현 위치에서 끌어내리기 위해 온갖 일을 벌일지도 몰랐으니까.

「나 빨리 졸업해서, 당신한테 도움되고 싶단 말이에요!」

예전 같았다면 와르르 무너져 버릴 수도 있었겠지. 그래, 틀림없이 그랬을 거다. 이젠 정말 모르겠다고 생각하며 포기를 하고, 모든 것을 두고 떠나 버렸을지도.

하지만 현재의 그에게는, 지금의 그에게는…… 새벽이 있었다. 그의 가슴을 떨리게 하고, 숨을 막히게 하고, 눈이 부신…… 새벽이.

그가 가진 것을 빼앗기지 않기 위해, 그리고 그들의 모든 것을 빼앗기 위해 고군분투하던 진건에게는 그녀가 있었다. 가끔은 이런 생각도 들었다. 돈이고 뭐고, 새벽만 곁에 있다면…… 그녀만 제 곁에 있다면 어떤 일이든 견딜 수 있다고.

"……."

두 눈을 내리감은 새벽의 얼굴은 새하얗기 그지없다. 그간 피곤하다, 피곤하다 했던 새벽이었지만 이 정도로 야위었을 줄은 몰랐다.

하얀 시트 위에 조용히 누워 있어서였을까. 그녀의 새하얀 얼굴이 평소 이상으로 창백해 보여 진건은 저도 모르게 입술을 짓눌렀다.

「운전자는 경영관 앞에 잠시 주차를 하고 교수를 보러 갈 예정이었던 같은 학교 학생이었는데, 브레이크를 밟는다는 것이 그만 액셀러레이터를 밟았다고 진술했다더군요. 하지만 석연찮은 점이 한두 가지가 아닙니다. 정확한 건 경찰이 더 조사를 해 봐야겠지만, 몇몇 목격자들 말로는 그 차가 주차를 할 기미는 보이지 않았다고 했습니다. 마치 사모님을 노린 것처럼 의도적으로 달려왔다는 이야기도……. 다행히 큰 부상은 아니랍니다. 아마 곧 의식을 찾으실 거라고 합니다. 다만 사모님께서 산소 호흡기를 착용한 건, 일반인보다 산소 포화도가 낮아서 그러는 거니 너무 큰 걱정은 말라고 주 선생님께서…….」

그대로 기다리라는 영우의 말도 듣지 않고 미친 듯이 차를 몰아 대한대학병원에 도착했다. 큰 부상은 입지 않았음에도 불구하고 산소 호흡기를 낀 채 누워 있는 새벽의 얼굴을 보자니 눈앞이 아득해졌다.

장 회장의 소식을 접했을 때도 멀쩡했던 두 다리가 후들거려 걸음을 옮길 수 없었다. 겨우 정신을 차려 새벽의 얼굴을 보기 위해 병실 안으로 들어갔던 진건은 적잖은 시간 동안 그녀의 곁을 지키다 밖을 나섰다.

참혹한 표정을 지으며 병실로 들어섰던 진건의 눈동자는 고요하게 가라앉아 있었다. 그는 도통 흐르지 않는 것 같은 지난 몇 시간 동안, 생각하고 또 생각했다.

그리고 드디어 마음을 가다듬을 수 있었다.

떨어지지 않는 발걸음을 억지로 움직여 가며 한 걸음, 한 걸음을 뻗어 나간 진건의 귀에 귀 익은 음성이 들려왔다.

"형님."

우뚝 멈춰 선 진건이 고개를 들자 보이는 것은, 왼쪽 팔에 깁스를 한 검은 눈동자의 남자였다.

「사모님께서 크게 다치지 않고 무사하신 건…… 장이건 1팀장의 보호 덕분이었다고 합니다. 사모님께 달려들던 차를, 장이건 1팀장님께서 발견하고 사모님을 밀친 뒤 그분을 감싸지 않았더라면…… 더 큰 사고가 날 수 있었을 거라고, 경찰이 말하더군요.」

아이러니한 일이다. 진건은 저를 보자마자 얼굴을 굳히는 이건을 직시했다. 이건은 진건이 나온 병실과 진건을 번갈아 쳐다보더니 입을 열었다.

"이 일의 끝에 누가 있는지 알 것 같습니다."

"……."

"죄송합니다, 형님. 정말…… 죄송합니다."

여태껏 단 한 번도 그에게 머리를 숙인 적이 없는 아이였다.

「형! 이거 뭐야?」

「형! 나랑 같이 게임할래?」

「형! 우리 축구할까?」

형, 형— 불러 가며 한남동에 입성했을 당시부터 몇 년간은, 이건도 진건의 뒤를 졸래졸래 쫓아다니기도 했었다. 그러나 어느 시점을 계기로 진건에게서 멀어져 갔다.

저와 피는 반밖에 섞이지 않았지만 어쩌면 저만큼이나 속을 읽을 수 없는 아이이기도 해서, 진건이 저도 모르게 이건과 거리를 두었던 것이 원인이었을지도 모른다. 아무리 손짓을 해도 상대가 호응을 해 주지 않는다면 꺾이기 마련이니까.

게다가 두 사람 사이를 이간질하는 옥 여사가 그들이 가까워지는 것을 가만히 내버려 둘 리 없었다. 옥 여사의 의도대로 평행선을 걷던 거리는 결코 좁아지지 않았다. 그렇게 수년이라는 세월이 흘렀다.

"형님."

"……."

"드릴 말씀이 없습니다. 이번 일은…… 정말 이번 일은 제가 책임을 지고……."

"이건아."

진건은 입술을 꽉 악물던 이건이 흘리는 말에 쓴웃음을 흘리며 그를 쳐다봤다. 거의 수년 만에 처음으로 제 이름을 부르는 진건을 보고 이건이 눈을 동그랗게 떴다.

진건은, 지혜는 간혹 이름으로 부르곤 했지만 이건은 직함으로 불러왔기 때문에 더욱더 놀란 표정이었다. 진건은 크게 일렁이는 눈으로 저를 응시하던 이건에게 말했다.

"태화 병원으로 가 봐."

"……예?"

"회장님께서 많이 편찮으시다."

"그게 무슨…… 형님!"

진건은 무슨 소린지 이해하지 못하는 이건을 내버려 둔 채, 걸음을 이어 갔다. 새벽의 병실에서 나와 어딘가로 향하는 진건의 뒤를 쫓으려던 이건이 곧 포기하며 누군가에게 전화를 거는 소리가 들렸다.

멈추지 않고 걸어가던 진건은 마침 저를 기다리고 있는 영우를 발견했다.

"본부장님."

잘못한 것이 없는데도 영우는 진건을 차마 바라보지 못하고 있었다. 진건은 쓰게 웃었다.

"그 일, 시작할까요?"

입을 다물고 있는 진건에게 영우가 결의에 찬 눈빛을 보냈다. 진건은 그런 영우를 보고 아무 말도 하지 못했다.

그 일.

그 일……이라.

❖

「피해요, 우새벽 씨!」

끼이익— 자동차 바퀴의 미끄러지는 소리가 고막을 찌를 듯 흘러들어 왔다. 평소라면 바로 옆으로 몸을 던졌을 텐데, 어찌 된 셈인지 몸이 배로 무거워 제게 달려드는 차를 발견하고서도 움직일 수 없었다.

'나…… 이렇게 죽는 거야?'

작정한 듯 달려드는 운전자의 눈동자와 허공에서 마주쳤다. 그 눈동자 속에 담긴 감정이 불안과 죄책감이라는 것을 인지할 때쯤, 새벽은 허무해져 갔다.

이렇게 죽을 줄은 몰랐는데.

이럴 줄 알았다면, 며칠 전 진건 씨가 안아 달라 할 때 마음껏 안아 주는 건데.

어쩌면 인생의 마지막 장면일지도 모른다고 생각했던 바로 그 순간 떠오른 것은, 놀랍게도 부모님과 우 사장이 아닌 진건이었다.

그에게…… 가족을 만들어 주고 싶었는데.

사랑이 없는 집에서 자라난 그에게, 사랑이 넘치는 가정을 만들어 주고 싶었는데.

'안 돼!'

그와 같은 소박한 목표도 이루지 못하고 죽을 수는 없었다. 새벽은 눈 깜짝할 사이에 제게 다가온 자동차를 노려보다 몸을 피하려 했다.

「악!」

「크!」

하지만 그때, 갑자기 누군가가 새벽의 등을 세게 밀쳤다. 몸을 옆으로 던지려던 새벽의 신체가 누군가의 손길로 인해 탄력을 받아 튕겨 나갔다. 손에 들린 서류들과 핸드폰이 공중으로 흩날렸지만 그것을 주워 들 생각 따위는 하지 못했다.

그러나 한 가지 확실한 것은 자신이 죽지 않았다는 것이었다. 그리고 그러한 새벽을 구해 준 사람은 놀랍게도 이건이었다.

"……."

새벽이 눈을 뜬 것은 사고가 일어난 다음 날이었다.

물론, 그 사이 중간중간 의식을 찾긴 했지만 이상하게 몸을 일으키기가 힘들었다. 마치 제 안에 다른 무언가라도 있는 것처럼 몸이 무거워 자꾸만 잠이 왔다.

그동안 과제로 인해 날밤을 새운 적이 많아서였을까, 아니면 진건과 함께 뜨거운 시간을 보내느라 피곤했던 까닭일까. 정확한 원인은 알 수 없었지만 이왕 이렇게 편하게 자게 된 거 그냥 실컷 자 버리자, 라는 생각도 있었다.

진건이 저를 가만히 내려다보는 모습도 본 것 같다고 여기며 새벽은 쿨쿨 잠을 잤다. 마치 다음 날의 에너지를 비축하려는 것처럼.

"아무래도…… 우연한 사고는 아닌 것 같습니다. 물론 조사는 더 해 봐야 할 것 같지만…… 어쨌든 저희도 최선을 다하고 있으니, 일단 회복부터 하시죠."

사고 다음 날, 의식을 찾은 새벽에게 경찰들이 찾아왔다. 몇 달 전 새벽의 난동으로 인해 안면이 있었던 경찰도 함께였던지라 왠지 반갑기도 하고, 우습기도 해서 그녀는 고개를 꾸벅였다. 그러던 차에 경찰에게서 의미심장한 말을 전해 들었다.

'우연한 사고가 아니라고?'

미간을 좁히던 새벽은 그날 밤, 제 병실을 찾은 이건에게서 사건의 전말을 전해 들을 수 있었다.

"왜 이렇게 전화를 안 받지?"

정신이 하나도 없었다. 연락도 없이 저를 찾아온 이건부터 시작하여, '누군가' 의 사주를 받고 그녀를 치려 했던 운전자. 그리고 이어진 이건의 사죄까지.

이 모든 것을 알아야 할 사람은 이상하게도 그녀의 전화를 받지 않았다.

"아, 한 비서님! 저 우새벽이에요. 제가 지금 진건 씨랑 연락이 안 돼서 그러는데…… 아. 그, 그래요? 아, 아뇨. 급한 건…… 아닌데. 음, 네, 알겠어요. 그럼 저한테 꼭 연락해 달라고 전해 주세요. 제가 지금 어디 있는지는 알고 계시죠? 예? 아아, 괜찮아요. 한 비서님께서 오실 필요는 없어요. 저 다친 곳도 없는걸요!"

하지만 그녀가 입원한 지 하루가 지나고.

"저기…… 한 비서님. 진건 씨, 혹시 제가 어디 있는지 모르는 건 아니죠?"

또 하루가 지나고.

"한 비서님. 저 아직 입원 중이거든요? 진건 씨는 왜 문자만 하고 전화는 안 되는 거죠? 그렇게 바쁜…… 아. 그렇게…… 바빠요? 어, 어쩔 수 없죠. 그래도 틈나면 저한테 꼭 문자 말고 전화해 달라고 해 주세요. 꼭이요, 꼭!"

다시 하루가 지나자.

'이상해.'

의심할 수밖에 없다. 벌써 대한대학병원에 머문 지 나흘째.

교통사고 환자라고 해도, 다친 곳 하나 없는 새벽이 무려 나흘 동안이나 입원한다는 것은 도통 말이 되지 않는 일이다. 저보다 훨씬 심각한 부상을 당한 이건도 진작 퇴원하여 밖을 돌아다니고 있건만.

새벽은 얼굴을 굳히며 간호사에게 빌린 핸드폰을 집어 들었다.

오늘은 도저히 못 참아.

— 여보세요. 전략기획본부장실입니다.

"저예요, 한 비서님."

— 헉, 사, 사모님? 어, 어떻게! 이 번호는 사모님 번호가 아니었는데!

역시나.

새벽은 냉정하게 대답했다.

"한동안 잘 받아 주시더니, 요 며칠은 한 비서님이 이상하게 제 전화를 피하는 느낌이 들어서 말이죠. 제 전화를 안 받으니 이렇게 다른 분의 전화를 빌렸어요."

— 아, 하하.

새벽은 어색한 웃음만 흘리고 있는 영우에게 흥 코웃음 치며 말했다.

"장진건 씨 어디 있어요?"

— 예?

"어디 있냐고요."

새벽의 으르렁거리는 목소리에 영우가 난처한 웃음을 흘렸다.

— 하하. 사모님. 말씀…… 드리지 않았습니까. 본부장님께서는 지금 스위스로 출장을…….

"어머. 어제는 중국 출장 아니었나요?"

— ……!

"그저께는 멕시코 출장이었던 것 같은데. 멕시코에서 중국, 중국에서 스위스라. 우리 진건 씨는 사흘 동안 전 세계를 도는 건가? 아니, 그것보다 방금 열거한 나라들을 고작 72시간 안에 갈 수나 있는 거예요? 가는 건 둘째 치고, 업무를 보기에도 무리일 것 같은데?"

— 크흠!

"한 비서님. 저 바보 아니에요."

새벽은 인상을 썼다.

"진건 씨, 어디 있죠?"

— 하아. 사모님…….

얼렁뚱땅 속아 넘어갈 것이라고 생각하면 오산이다. 곰곰이 생각해 보니 도저히 말이 되지 않는 변명이었다. 되짚어 보면, 그 말을 할 때 영우가 묘한 숨소리를 흘린 것 같기도 했다.

새벽은 부글부글 끓는 마음을 겨우 가라앉히며 으드득, 잇소리를 흘렸다.

"한 비서님! 솔직하게 말 못……."

그녀의 반응에 멈칫한 건지 영우가 어쩔 줄 몰라 하는 순간, 드르륵 병실 문을 열리는 소리가 들렸다.

"잠깐만요, 한 비서님."

— 예?

"잠깐만 대기해 주세요."

'사모님!' 하고 저를 부르는 영우에게 말을 한 뒤, 새벽은 병실 문을 향해 눈동자를 꽂았다.

"저분입니까?"

"그래. 그 녀석의 유리 구두라면."

새벽의 병실 안으로 등장한 사람은 흰 가운을 입고 있는 승원과 그의 뒤를 이어 저를 가리키는 회색 롱코트의 남자였다. 새벽은 승원에게 알겠다는 듯 고개를 끄덕이며, 다가오는 회색 롱코트의 남자를 빤히 응시했다.

이상하다. 저 남자…… 어디서 봤는데.

"우새벽 씨 되시죠?"

성큼성큼, 기다란 다리를 쭉쭉 뻗으며 새벽의 앞에 선 사람은 웬만한 연예인도 울고 갈 만한 미모의 소유자였다. 승원과 진건에게 익숙해져 미의 감각이 무뎌진 새벽이었지만, 눈앞의 남자가 심상찮다는 것은 충분히 인지 가능했다.

그래서인가, 낯이 익은 게.

새벽은 의아한 표정을 지으며 인상을 쓰고 있다 저를 부르는 남자를 올려다봤다. 그녀가 살짝 고개를 주억이자, 남자는 손에 쥐고 있던 명함 케이스에서 명함 한 장을 꺼내더니 새벽에게 내밀었다.

"안녕하십니까, 우새벽 씨."

"아, 예. 안녕하세요?"

새벽은 얼떨결에 인사를 했다. 남자는 빙긋 웃으며 말을 이었다.

"저는 장진건 씨의 변호사, 권정록이라고 합니다."

"아, 그러시구…… 네?"

변호……사?

새벽은 빙긋 웃는 그를 멍하니 응시했다.

"진건 씨의 변호사라고요?"

진건의 변호사였기에 낯이 익었던 걸까? 그런데 진건 씨의 변호사가 왜 갑자기 내게……?

"진건…… 씨는요?"

만나고 싶은 사람은 통 얼굴을 보이지 않는데, 뜬금없는 변호사를 마주하니 미간이 좁아졌다. 새벽은 머리를 스치는 수많은 의문을 입 밖으로 표현하고 싶었지만, 꾹 참았다. 진건의 변호사라는 남자가 다음 말을 뱉어 냈기 때문이다.

"오늘 처음 뵙는 사이임에도 불구하고, 이것 한 가지만은 여쭈어 봐야겠군요."

"네?"

"우새벽 씨. 당신에게는 좋은 소식과 나쁜 소식, 두 가지가 존재합니다. 둘 중 뭐부터 들으시겠습니까?"

그녀는 황당한 표정을 지었다.

나랑 장난이라도 하자는 건가?

— 사모님, 무슨 일 있으십니까?

여전히 손에 들려 있던 핸드폰에서 영우의 목소리가 흘러나왔다. 새벽은 붉은 입술을 달싹였다.

"예. 일이 있기는 한데…… 한 비서님. 제가 나중에 다시 연락드릴게요."

— 꼬, 꼭 그러지 않으셔도……!

새벽은 크게 외치는 영우의 말을 무시한 채 전화를 끊어 버리고선, 생글생글 웃고 있는 변호사를 올려다봤다.

“지금 뭐 하는 건가요?”

“예?”

“장진건 씨의 변호사라고 하셨죠?”

“아아, 네. 그렇습니다.”

새벽은 싸늘해진 눈으로 ‘변호사’의 뒤를 살폈다.

“그럼 장진건 씨는 대체 어디 있는 거죠?”

“…….”

“대체 어디 있길래, 아내가 나흘이나 병원 신세를 지는데 한 번도 안 올 수가 있어요!”

이 남자, 진짜 제정신이야?

새벽은 버럭 소리를 지르며 얼굴을 구겼다.

“하하.”

새벽의 분노에 잘생긴 변호사는 어색한 웃음을 흘렸다.

“보호자분. 일단 변호사 얘기부터 들어 봐.”

“주 선생님!”

“진건이 얘긴…… 그 뒤에.”

“뒤에요?”

“응. 게다가 우리 보호자분, 흥분하면 몸에 안 좋아. 그러니까 화는 내지 말고. 제발.”

상황을 지켜보던 승원이 유려한 미소를 지어 가며 새벽을 달래려 했다. 새벽은 단단히 화가 난 표정으로 승원과 변호사를 번갈아 쳐다보더니 이내 입을 씰룩이며 호흡을 골랐다.

“변호사님.”

"진정이 좀 되셨습니까?"

진정이고 뭐고.

"조금 전에…… 뭐라고 하셨죠?"

새벽이 조금은 누그러진 목소리로 묻자 진건의 변호사, 정록은 말했다.

"좋은 소식과 나쁜 소식 중 먼저 듣고 싶은 것을 선택해 달라고 했습니다."

하필이면 좋은 것과 나쁜 거냐고.

새벽은 칫, 하고 잇소리를 내더니 퉁명스레 대답했다.

"그럼 나쁜 소식부터 먼저 들을게요."

"좋은 선택이야! 나쁜 걸 먼저 듣고 좋은 걸 들으면, 그래도 완화는 될 테니까!"

승원이 새벽의 선택에 동조한다는 듯 고개를 주억였다. 새벽은 수상한 행동을 이어 가는 승원을 한 번 흘끔거린 뒤, 들고 온 브리프 케이스 안에서 무언가를 꺼내 드는 진건의 변호사를 쳐다봤다.

"나쁜 소식부터 듣기를 원하셨으니 말씀드립니다. 저의 클라이언트인 장진건 씨께서는 우새벽 씨께 다음의 서류를 전해 드리고, 늦지 않게 서명을 받았으면 한다고 하셨습니다."

무슨 서명?

새벽은 제게 서류가 든 파일을 건네주는 정록을 의심스러운 눈으로 바라봤다. 그러다 서서히 고개를 내려 파일 속의 서류의 첫 문구를 읽어 내려갔다.

……!

서류를 훑던 새벽의 가슴이 툭, 내려앉았다. 파리하게 질린 새벽을 향해 정록은 말했다.

"참고로 지금 우새벽 씨가 보고 계신 것은 두 분의 결혼 계약 파기서입니다."

새벽은 멀뚱히 눈을 깜빡였다.

내가 무슨 소리를 들은 거지?

"무슨…… 서류라고요?"

창백하게 질린 새벽이 걱정됐는지 '흥분하면 안 돼. 절대로 흥분하면 안 된다니까?' 하고 승원이 외쳤다. 새벽은 그의 말을 한 귀로 듣고, 다른 한 귀로 흘리며 진건의 변호사라는 정록에게서 눈을 떼지 않았다.

정록은 빙긋 웃었다.

"결혼 계약 파기서라고 했습니다."

"결혼 계약 파기……서."

변호사의 말을 따라하는 목소리가 떨렸다.

"일전에 우새벽 씨는 장진건 씨와 결혼 계약서를 쓰신 적이 있으시죠?"

새벽은 입을 다물었다. 굳어진 그녀의 얼굴을 바라보던 변호사는 말했다.

"그것의 반대 개념입니다. 설명을 덧붙이자면, 더 이상 우새벽 씨와의 계약을 유지하고 싶지 않다는 장진건 씨의……."

"알겠어요."

"예?"

"그렇게 자세히 설명하지 않아도 무슨 말인지 알아들었다고요!"

흥분한 새벽은 잘못한 것이 없는 상대를 향해 버럭 소리쳤다. 새벽의 날카로운 반응에 대응하던 정록의 음성이 뚝 끊겼다.

두근두근. 기분 나쁜 심장의 박동 소리가 귀를 가득 메운다. 새벽은 입술을 악물었다.

'대체…… 무슨 생각인 거야.'

얼굴도 보이지 않고. 변호사까지 보내면서…….

'뭐?'

결혼 계약 파기서라고?

새벽은 주먹을 세게 움켜쥐었다.

"겁쟁이."

쓴 물이 입안을 감돈다. 새벽은 어느덧 제 손에 들린 서류를 무심하게 응시하며 실소를 흘렸다. 그 바보 같은 남자는, 결국 일을 쳤다.

사고 첫날은 그렇다 치더라도, 제가 의식을 찾고 난 뒤에도 내내 보이지 않는 남자의 소행이 이상하다고 생각을 하기는 했었지만 이렇게 될 줄이야.

새벽은 한참이나 서류에 빼곡하게 적혀 있는 글씨들을 내려다보았다. 그런 새벽의 귀로 진건의 변호사가 뱉어 내는 듣기 좋은 목소리가 들려왔다.

"저의 클라이언트와 우새벽 씨의 결혼은 정상적인 상황에서 이루어진 것이 아니기에, 파기 역시 정상적인 방법으로 이루어지진 않을 겁니다."

"……."

"물론 이번 일에 대한 피해 보상은 충분히 치르겠다고 저의 클라이언트는 약조하셨습니다. 결코 우새벽 씨에게 불리한 점은 없을 겁니다. 우화 건설과 관련해서도 우새벽 씨는 걱정할 필요는 없다고 하셨습니다. 두 분의 관계는 이렇게 끝나게 되겠지만, 유단에서 우화를 홀대하는 일은 없을 것이고 또……."

귀가 울렸다. 그의 변호사는 끊임없이 말하고 있었지만 아무 소리도 들려오지 않는다. 머리가 지끈거린다. 졸업 과제를 하기 위해 머리를 굴리고 있던 상황에서 이런 예상치 못한 일에 휘말리게 될 줄은 몰랐다. 새벽은 쓰게 웃었다.

"저기…… 보호자분. 괜……찮아?"

결혼 계약 파기서라는 거창한 이름이 붙은 서류를 말없이 들여다보던 새벽을 향해 승원이 물음을 던졌다. 매우 조심스러운 그의 질문에 새벽은 천천히 얼굴을 들었다. 어쩐지 불안한 표정을 지으며 승원이 그녀를 바라보고 있었다.

처음 진건의 일로 마주쳤던 그날 이후, 항상 그녀를 '보호자분' 이라고 불러 대던 승원은 여전히 그녀를 그렇게 칭하고 있다. 새벽은 후우 숨을 골랐다.

"그러니까."

새벽이 소리를 낸 것은 약간의 시간이 더 흐른 뒤였다. 새벽의 눈치를 살피며 서로를 흘긋거리던 승원과 정록이 그녀의 음성에 약속이라도 한 듯 그녀에게 시선을 꽂았다. 새벽은 빙긋 웃으며 그들을 쳐다봤다.

"지금 장진건 씨는 저와의 혼인 관계를 그만두겠다, 이런 소린가요?"

새벽의 입가에 서린 미소가 지나칠 정도로 자연스럽다. 그녀를 보고 당황한 것은 비단 승원뿐만이 아니었다. 진건의 변호사, 정록의 눈빛은 '재미있는 여자네.' 라고 말하고 있었다. 새벽은 고개를 끄덕이는 정록에게서 눈을 떼지 않았다. 새벽의 반응을 지켜보던 정록은 곧 빙긋 웃으며 대답했다.

"예. 한마디로 그런 뜻이긴 합니다."

"이유는 뭐죠?"

"네?"

"설마 제 '사고'가 가장 큰 이유인가요?"

새벽의 질문에 승원이 몸을 움찔거렸다. 정록은 유려한 눈웃음을 그리며 대꾸했다.

"클라이언트께서 어떤 의중을 가지고 계시는지는 알 수 없습니다. 다만 저는 클라이언트께 이야기를 들었고, 들은 바를 전할 뿐입니다."

"그래요? 그럼 주 선생님은 어떻게 생각하세요?"

"으응?"

"진건 씨가 왜 저와의 혼인 파기를 원하는 건지, 짐작 가는 바가 있으시냐고요."

승원의 얼굴에 난처함이 드리워졌다. 그는 갑자기 제게로 돌아온 화살에 어쩔 줄을 몰라 했다. 그는 곁에 있던 정록에게 도와 달라고 눈빛을 보냈지만 정록은 그를 도와주지 않았다.

새벽의 눈빛은 흔들리지 않았다. 승원은 어색하게 웃으며 입을 열었다.

"보, 보호자분. 나도 이 일을 안 지는 얼마 안 돼서……."

"발뺌하려 들지 마세요, 주 선생님."

"어?"

"두 분께서 함께 이 병실로 들어오신 걸 보니, 이미 진건 씨랑 다 상의가 된 거 아닌가요?"

"그, 그게……."

"지금 두 분은 천하의 장진건 씨가 저를 버리고 도망치려는 걸 지켜보고 계시는 거잖아요. 안 그래요?"

날카로운 새벽의 말에 승원의 이마에서 주르륵, 식은땀이 흘러내렸다.

그녀는 매서운 시선을 거두지 않고 두 남자를 바라보았다. 승원이 계속해서 신호를 보내자, 상황을 정리하기 위해 정록이 다시 나섰다.

"새벽 씨. 저의 클라이언트께선 가급적 빨리 이 일을 마무리하기를 바라고 있습니다."

새벽은 서늘한 눈으로 정록을 바라봤다. 정록은 눈꼬리를 휘며 재촉했다.

"서명, 해 주시겠습니까?"

"……."

"우새벽 씨?"

"좋아요."

"예?"

"까짓 서명, 해 주죠, 뭐. 펜은 어디 있죠?"

새벽은 오른손을 까딱이며 두 남자에게 말했다. 그러자 그녀를 닦달하던 두 남자의 얼굴에 당혹의 기운이 스쳤다. 그들은 서로를 힐끔거리며 눈빛을 주고받았다. 특히나 정록의 눈빛이 미묘하게 일렁였다.

지금까지 태연한 표정을 짓던 정록은 몹시 당황하고 있었다. 그는 마치 '이것이 아닌데.' 라는 눈빛으로 새벽을 흘긋거렸다.

슥슥. 새벽은 아무렇지 않게 서류에 서명을 하고 있었다. 조금 전 그들 앞에서 보였던 모습과는 거리가 있는 자연스러움이었다. 정록과 승원이 내심 황당했던 것은 그녀가 이토록 냉정하게 서명을 할 줄은 몰랐기 때문이다.

"다 됐어요."

"아."

"뭐 해요, 안 가져가고?"

두 남자가 어떻게 해야 할지 몰라 입을 다물고 있을 때, 서명을 마친 새벽이 손에 쥐고 있던 서류를 펄럭이며 정록에게 내밀었다. 정록은 미간을 좁히며 승원을 바라보다 길게 한숨을 내쉬었다.

그리고 그런 정록이 막 새벽에게서 서류를 받아 들고 서명을 확인하기 위해 시선을 아래로 내리는 순간, 정록의 눈이 동그래졌다.

우새벽이라는 글자 옆에 적혀 있는 (인)이라는 글씨 위에는 그녀의 이름 세 글자가 아닌, '직접 내 앞에 나타나서 사인을 받든지, 말든지 해요. 그전까진 어림도 없어' 라는 문구와 함께 느낌표가 세 개 붙어 있었던 것이다.

말을 잇지 못하는 정록을 향해 새벽은 서늘한 눈을 빛내며 말했다.

"그게 제 대답이에요."

정록은 흥 콧방귀를 뀌는 새벽을 응시했다. 새벽은 눈에 힘을 주며 입술을 움직였다.

"만약 장진건 씨가 나와의 혼인을 파기하고 싶다면, 그 잘난 얼굴을 내 앞에 내민 후 요구하라 하세요. 나는 다른 사람에게 책임을 떠넘기는 사람은 딱 질색이에요."

"……."

"어디서 겁쟁이처럼 숨어서 나타나지 않고, 변호사를 들이밀어요! 비겁하게!"

새벽은 성난 콧김을 씩씩 내뿜으며 소리쳤다.

"풉! 푸하하하! 하하, 역시 우리 보호자분이야! 멋져. 정말 멋지다고!"

그 불같은 모습에, 정록의 옆에 있던 승원이 웃기 시작했다. 정록은 두 남녀를 한 번씩 번갈아 쳐다보더니 고개를 절레절레 저었다. 딱딱했던 병실 안의 분위기가 순식간에 유해졌다.

"이게 나쁜 소식이라면, 좋은 소식은 대체 뭐예요?"

흥 콧방귀를 뀌던 새벽이 툭 던진 말에 정록보다 먼저 승원이 나섰다.

"그건 내가 말해 줄게, 보호자분. 아니, 용감한 우리 우새벽 환자분."

지금까지 상황을 지켜보기만 했던 승원이 호흡을 고른 뒤 꺼내는 말에, 새벽은 두 눈을 동그랗게 떴다.

❖

'어떡하지.'

쪼그라든 심장이 펴지질 않는다. 영우는 가쁜 호흡을 내쉬며 발을 동동 굴렀다. 퇴원 처리를 하기 위해 수속을 밟고 있는 새벽을 기다리는 마음이 무겁기만 하다.

「한 비서님. 우리 일단 만나죠?」

끊어진 새벽의 전화는 두 시간이 흐른 뒤에야 다시 걸려 왔다. 다짜고짜 만남을 요구한 새벽으로 인해 영우는 눈앞이 컴컴해졌다.

이 모든 일을 해결해 줄 그의 상사는 잠적한 지 오래. 마음 같아서는 그를 대면하여 제발 저 대신 이 일을 처리해 달라고 울면서 부탁하고 싶지만, 그가 어떠한 마음으로 사라져 버렸는지 알고 있기에 차마 그럴 수도 없다. 상사의 아내분께 은근슬쩍 말도 안 되는 출장 변명을 흘린 것은 바로 그런 이유에서다.

'멱살부터…… 잡으시려나?'

그가 모시던 상사의 아내분은 생각 이상으로 터프하다. 조신함과는 거리가 있어, 진건이 그녀에게 요구했던 '우아한 아내'의 모습은 찾아볼 수가 없었다. 유단의 차기 총수의 아내로서 갖추어야 할 교양이 아예 없지는 않았지만, 성격이 워낙 불같았다. 후일 그녀를 두고 좋지 않은 말이 흘러나올 것은 자명했다.

때문에 영우는 진건이 새벽에게 계약 결혼을 제안한다는 이야기를 들었던 시점, 걱정을 숨기지 않았다. 그런 영우를 향해 진건은 옅은 미소를 그리며 대답했었다.

「그게 새벽이야.」

「하지만 본부장님.」

「어차피 다 알고 있지 않았나, 한 비서. 그 아이가 그럴 거라고는.」

「…….」

「내 요구를 들어주면 좋고, 안 된다면…… 어쩔 수 없는 거겠지. 억지로 바꿀 마음은 없어.」

공식적인 첫 만남 이후, 진건이 그녀에게 세상에서 가장 중요한 신체 부위를 가격당했다는 이야기를 듣고, 영우는 몹시 아찔했다. 이윽고 그녀가 이전 남자 친구의 중요 부위를 자르겠다며 난동을 부렸다는 소식을 접하고도, 마찬가지.

그리고 또 얼마 지나지 않아 이전 남자 친구의 소중한 부위 한 짝을 아예 없애 버렸다는 이야기를 들었을 때, 영우는 무의식적으로 자신의 두 다리 사이를 가리곤 했다.

'조심해야 해.'

그녀는 유독 사내들의 두 다리 사이에 민감한 반응을 보였다. 지금까지 그녀에게 못할 짓을 저지른 전적이 있어서인지, 영우는 저도 모르게 제 것들이 무사히 존재하는지 살폈다.

다행히 아직은 무사하군.

"한 비서님."

"헉!"

그 시점이었을까. 영우는 저를 부르는 음산한 목소리에 고개를 돌렸다. 환자복이 아닌 평상복으로 갈아입은 새벽이 사뿐사뿐 그를 향해 걸어오고 있었다. 영우는 반사적으로 몸을 움찔거렸다.

"하, 하하. 사, 사모님."

등 뒤로 주르륵, 땀이 흘러내린다. 쿵쾅쿵쾅, 심장이 벌렁거려 눈앞이 어지러웠다.

새벽은 어색하게 웃는 영우에게로 한 걸음, 두 걸음 다가온다. 영우는 계속해서 말라 버린 목구멍 사이로 침을 꼴깍 삼켜 댔다.

"여기 계셨군요."

"아, 예, 옙!"

"차는 가져왔어요?"

"요, 요구하신 대로……."

"좋아요. 그럼 일단 출발부터 하죠."

영우는 화들짝 놀랐다.

"어, 어디를……?"

그 말에 새벽은 냉랭한 눈을 빛내며 말없이 핸드폰 액정을 그에게 들이밀었다. 의아해하던 영우의 눈동자가 액정 속 주소를 발견하고선 차분하게 가라앉았다.

❖

「사실을 안 이상, 저 진건 씨랑 못 헤어져요. 물론 처음부터 헤어질 생각 따윈 없었지만.」

영우가 안내한 차에 올라탄 새벽은 창밖으로 시선을 던졌다. 그녀는 퇴원을 하기로 결심한 이후 일어난 일들을 떠올리는 중이었다. 새벽의 말에 쓰게 웃는 두 남자의 모습이 보였다. 그녀는 멈추지 않았다.

「그러니까 변호사님도 잘 들으세요. 몇 번이고 파기서를 들고 와도 서명 따윈 해 줄 수 없다고. 절대 안 헤어진다고. 만약 장진건 씨가 저와 헤어지고 싶다면 장진건 씨가 보유한 유단 지분 반은 내놓으라고. 그러면 저도 장진건 씨와 헤어질 '생각' 정도는 해 볼 거라고 전하세요.」

새벽을 말없이 주시하던 정록이 싱긋 웃으며 물었다.

「한마디로 엄청난 위자료 없이는 헤어지지 않겠다는 말씀이시군요.」

새벽은 대꾸했다.

「어머. 제가 그런 말을 할 수 없는 처지도 아니잖아요?」
「하하.」
「평범한 회사도 아니고, 대 유단 그룹의 총수가 될지도 모르는 남자가 원만한 이혼을 원하는데, 그런 남자와 이혼을 하려면 저도 챙길 수 있을 만큼은 챙겨야죠. 안 그래요?」

'그거 옳은 소리네.' 하고 승원이 곁에서 큭큭거렸다. 정록은 말없이 미소를 그렸다. 새벽은 대답하지 않는 정록을 빤히 응시하더니 아, 하고 탄성을 흘리며 손뼉을 쳤다.

「어디서 봤나 했더니…… 변호사님, 대한대 나오셨죠?」

「예?」

「저도 대한대 출신이에요. 변호사님이 대한대에 강연 오셨을 때, 멀리서나마 뵌 적이 있어요.」

「아…… 그렇습니까?」

「네. 그럼 더욱 잘 알고 계시겠네요. 우리 대한대 출신들은, 한번 손에 들어온 것을 쉽게 포기 안 한다는 거. 저, 빈말하는 성격 아니거든요?」

새벽은 눈을 빛냈다.

진건의 변호사는 묘한 표정을 지으며 한동안 새벽을 응시했다.

그와 눈을 피하지 않고 시선을 마주하던 새벽은 후우 길게 숨을 내쉬며 호흡을 골랐다. 그러고는 다시 승원과 정록을 번갈아 보더니 의지를 다진 입술을 달싹였다.

「권정록 변호사님.」

「네.」

「변호사님은 똑똑한 분이시니 잘 아시겠네요. 제가 지금부터 뭘 하려고 하는지.」

「……」

「하지만 제가 그것을 행동으로 옮기기에 앞서 검수를 받아야겠어요. 변호사님께서 보셨을 때, 제가 지금부터 무엇을 하면 될까요?」

정록은 자신의 대답을 기다리는 새벽을 뚫어져라 직시했다. 이내 그녀가 진심이라는 것을 알아차린 정록은 부드럽게 휘어지는 눈을 빛내더니 붉은 입술을 달싹였다.

「내심 새벽 씨가 이렇게 나와 주기를 바라고 있었는데, 뜻이 같다니 다행이군요.」

"사모님."

상념에 빠져 있는 사이, 차가 멈추었다. 새벽은 저를 부르는 영우의 부름에 생각의 늪에서 벗어났다. 어느새 대한대학교 의과대학 캘린즈 병원 입구가 보였다.

새벽은 운전석에 앉아 있는 영우에게 물었다.

"몇 층이죠?"

"25층, VIP 병동이라 들었습니다."

"알겠어요. 근처에서 대기하세요. 금방 일 처리하고 연락드릴게요."

고개를 끄덕이는 영우의 답변을 듣자마자, 새벽은 차에서 내렸다. 미리 말을 해 뒀던지라 그녀를 마중 온 병원 관계자가 새벽을 반겼다.

새벽은 그의 안내를 받아 25층에 위치한 VIP 병동에 도착할 수 있었다. 병실이 총 20개밖에 존재하지 않는 VIP 병동은 주로 저명한 정치인들이나 대기업 관계자들이 이용하곤 했던지라, 철통같은 보안을 유지해

왔다.

24시간 상주하는 경호원들의 시선을 느끼며 또각또각, 구두 소리를 내며 걸어간 새벽은 장태달 회장의 병실 앞에 다다라 숨을 골랐다.

'여기네.'

가슴이 콩닥콩닥 뛰었지만 내색하진 않았다. 새벽은 짧게 심호흡을 하고선 의지를 다진 얼굴로 문고리를 잡았다.

드르륵, 병실 문이 열리는 소리가 들렸다.

"너……!"

새벽이 병실 안으로 발을 옮기기가 무섭게 병실 안 소파에 앉아 있던 누군가가 자리에서 벌떡 일어났다. 장 회장을 간호한답시고 자리를 잡고 있던 옥 여사가 새벽을 발견하고 손가락질을 해 댔다.

새벽은 저를 보고 온몸을 부르르 떠는 옥 여사를 직시했다.

"네, 네가 감히 어떻게 여기를 와! 무슨 염치로!"

옥 여사는 입술을 달달 떨어 가며 새벽을 노려보더니, 그녀에게 성큼성큼 다가왔다. 흘끔거리며 장 회장이 의식을 찾은 상태라는 것을 확인한 새벽은, 어느새 제 앞에 다다른 옥 여사를 무심하게 내려다봤다.

옥 여사는 여전히 흥분을 감추지 못하고 있었다.

"진건이를 지옥으로 떨어뜨린 걸로도 모자라, 이젠 회장님까지 사지로 밀어 넣어? 너지? 네가 진건이를 시켜서 회장님을 태화 병원으로 가게 만든 거지?"

"……."

"너 때문에 진건이는 악마가 됐어! 겨우 잘못을 뉘우친 진건이가 잠적해서 잠잠하다 싶었는데, 대체 네가 무슨 낯으로 이곳에 오냐고!"

옥 여사는 손을 뻗어 새벽을 밀치려 했다. 그러고는 한술 더 떠 그녀의 뺨을 때리기 위해 손을 들어 올렸다.

"당장 나가지 못해? 얼른 나…… 악!"

그러나 옥 여사의 행동은 더 이상 이어지지 못했다. 옥 여사는 제 손바닥이 새벽의 뺨 위로 내려앉기 전, 그녀의 손목을 꽉 잡은 새벽을 놀란 듯 응시했다. 새벽은 옅은 미소를 그렸다.

"그만하세요."

"뭐?"

"그만, 하시라고요."

새벽의 낮고 음산한 말에 옥 여사가 눈꺼풀을 파르르 떨었다. 그녀는 제 귀를 의심하듯 멍청한 표정을 지어 보였다. 믿어지지 않는다는 얼굴이다. 새벽은 미소를 잃지 않고 말을 이었다.

"저 지금 최선을 다해 참고 있습니다."

"너, 너 지금 뭐라고……!"

"험한 꼴 보시기 전에 그만두세요, 어머님."

"읔."

"그리고 제가 못 올 곳을 온 곳도 아니잖아요? 가족한테 대체 왜 이러실까."

"어, 어머……님? 가족이라니! 누가 네 가족이야! 너…… 감히 너 따위가!"

'어머님' 이라는 세 글자에 힘을 주던 새벽이 짙은 눈웃음을 지어 보이자 옥 여사가 황당한 숨을 터뜨렸다. 어찌나 세게 악물었는지 옥 여사의 입술이 들썩였다.

"그만……해라."

그때, 힘이라곤 없는 장 회장의 목소리가 소란스러운 병실을 진정시켰다. 새벽은 제가 붙들고 있던 옥 여사의 손목을 놓아주며 장 회장을 바라봤다.

"아버님! 하지만……!"

"이건 어미는 나가 있어."

"아버님!"

"이건 어미!"

장 회장은 제게 달려들 듯 외치는 옥 여사에게 소리쳤다. 옥 여사는 장 회장의 반응에 씩 웃는 새벽을 죽일 듯 노려보더니 부드득부드득 이를 갈며 한참 동안 서 있었다. 그러다 끝내 장 회장의 병실을 나섰다.

옥 여사가 밖으로 나가기가 무섭게 장 회장은 긴 숨을 내쉬었다. 새벽은 차갑게 일렁이던 눈을 장 회장에게로 옮겼다.

"험한 꼴을 보여서 죄송해요. 흥분하지 않으려 했는데, 저도 모르게."

"……아니다. 이리, 이리 가까이 오거라."

새벽은 제게 손짓하는 장 회장에게로 다가갔다.

죽을 고비를 넘겼다더니, 앙상한 손은 새벽이 그를 문병 갔을 때보다 훨씬 더 가늘어진 상태다. 새벽은 제게 손을 내미는 장 회장의 손 위로 제 손을 얹으며 씁쓸하게 중얼거렸다.

"많이 야위셨어요."

두 볼이 파인 장 회장이 핏기라곤 없는 새하얀 얼굴로 새벽을 올려다봤다.

"그럴 만도 하지. 죽어 가는 몸이잖니."

"할아버님."

"교통사고를 당했다고 들었다. 몸은, 괜찮은 게야?"

새벽은 맑게 웃었다.

"예. 다친 곳은 없어요."

"다행이구나. 하늘이 도왔어."

"할아버님께서도 오래오래 사셔야죠."

"하하. 아가."

"곧 귀여운 손주들도 보실 텐데, 그 아이들과도 놀아 주셔야 할 거 아니에요."

"……아가. 새벽아."

장 회장은 깊은 숨을 흘렸다. 그는 하얀 천장을 올려다보며 중얼거렸다.

"우리 둘만 있을 땐 그런 거짓말을 할 필요는 없단다. 그날 진건이가 거짓말을 했다는 건 나도 알고 있……!"

쓰게 웃으며 대꾸하던 장 회장의 눈이 큼지막해졌다. 새벽이 품속에서 무언가 사진을 건넸기 때문이다. 얼떨결에 그것을 받아 든 장 회장의 눈꺼풀이 파르르 떨렸다. 새벽은 이게 뭐냐고 묻는 장 회장에게 말했다.

"이번엔 진짜예요."

장 회장의 손에 들린 것은 아기집 초음파 사진이었다. 새벽은 요동치는 장 회장을 바라보며 말을 이었다.

"하나도 아니고 둘이나 돼요."

"……!"

"오늘 병원에서 알게 됐어요. 저도 깜짝 놀랐어요. 만약 의심이 된다 싶으시면, 이곳에서 다시 검사받을게요. 할아버님께서 확신을 가질 때까지 증명할 수도 있어요."

"아, 아가!"

어쩔 줄 몰라 하는 장 회장에게 새벽은 흐리게 웃었다.

"그간 거짓말을 해서 죄송해요. 하지만 아시잖아요. 진건 씨도 그럴 수밖에 없었다는 거. 게다가 할아버님도 나쁘세요. 그 사람을 그렇게 몰아세우고……. 그 집에서 할아버님만이 유일한 버팀목이었다는 걸 잘 알고 계시면서."

장 회장은 말을 잇지 못했다. 그는 한동안 입을 꾹 다물고 있다 물음을 던졌다.

"……진건인?"

"글쎄요."

장 회장의 눈썹이 꿈틀거렸다. 새벽은 고개를 좌우로 흔들며 중얼거렸다.

"겁쟁이같이 잠적해 버렸어요. 저만 이렇게 내버려 두고 말이죠. 알고 보니 순 책임감이라고는 없는 남자였네요. 그렇게 안 봤는데."

새벽의 씁쓸한 중얼거림에 장 회장이 말했다.

"그럼 얼른 찾아야 하지 않니."

새벽은 의아해하며 되묻는 장 회장에게 빙긋 웃었다.

"찾아야죠. 찾아서, 그렇게 책임감 없이 숨은 이유에 대해 따져야죠. 하지만 그 전에 할아버님께 부탁…… 아니, 인계받아야 할 것이 있어서 말이에요."

❖

— 우새벽이 할아버지를 찾아왔다고?

입술을 잘근 짓누른 옥 여사가 아직도 분에 풀리지 않는다는 듯 얼굴을 찌푸렸다. '그래!' 하고 외친 옥 여사의 말에 지혜는 대꾸하지 않았다. 옥 여사는 인상을 쓰며 말했다.

"대체 고 계집이 뭘 하려는 건지 모르겠어. 어디 그 뻔뻔한 낯짝을 이곳까지 들이미는 건지!"

— …….

"아버님과 그 계집이 무슨 이야기를 나눴는지는 모르겠지만, 그 계집이 가고 난 뒤에 나까지 쫓아내 버리는 바람에 더는 묻지도 못했어."

— 흐응, 그래?

"그나저나 넌 어떻게 돼 가? 준비는 잘되어 가고 있는 거지?"

다음 주 금요일, 겨우 한 주 앞으로 다가온 유단 건설 그룹의 임시 총회는 앞으로 옥 여사와 지혜에게 있어 매우 중요한 날이었다. 잘하면 그룹 전체를 거머쥘 수 있는 절호의 기회가 될지도 모르는 날.

새벽의 사고로 인해 충격을 받은 건지, 본사에서도 모습을 보이지 않는다는 진건은 대체 어디로 사라졌는지 소식조차 알 수 없었다.

'이 기회를 놓쳐선 안 돼.'

특히나 유단 그룹의 사장단 인사이동과 관련된 사항을 처리할 예정이었던 터라, 진건이 동요하고 있는 지금이 가장 중요했다. 우새벽이라는 새로운 걸림돌이 있기는 하나, 이제 와 그녀가 어떤 일을 할 수 있을 거라고는 생각되지 않는다.

옥 여사는 욕망에 찬 눈을 빛내며 지혜의 답을 기다렸다.

— 걱정하지 마. 할아버지도 그렇고, 큰오빠도 그렇고, 우리를 막을 수 있는 사람들은 아무도 없어. 이번 총회에서 큰오빠의 해임 건에 대해서도 상정할 예정이니 큰오빠가 다시 나타나지만 않는다면 큰 무리는 없을 거야. 뭐, 나타나더라도 큰오빠가 되돌릴 순 없을걸? 큰오빠는

10.1%지만, 우리 다 합치면 17.16%잖아. 작은오빠가 나타나지 않는다고 하더라도 12.29%나 되니까 큰오빠에게는 우리를 막을 수 있는 힘 따윈 없어.

유단 건설 그룹의 오너 일가가 보유한 지분율은 전략기획본부장을 맡고 있는 진건이 10.1%, 장태달 회장이 8.06%, 장은석 부회장이 6.41%, 이건과 지혜가 각각 4.87% 그리고 옥 여사가 1.01%로 총 35.32%를 보유하고 있었다. 여기에 계열사 지분율과 우호 지분을 더한다면 총 그룹 지분율이 절반을 넘는 53.53%에 해당한다.

지금까지는 장 회장이 건재했기에 진건을 해임시키고 싶어도 상정하지 못했던 일을, 장 회장의 병세를 틈타 노릴 수 있었다. 의외인 것은 큰 충격을 받아 잠적해 버린 진건이 무슨 생각인지 사흘 넘게 제 모습을 드러내지 않는다는 거지만, 상관없다. 사장단 인사이동에 대해서는 이미 주주들에게 통보가 가 있는 상태였고, 그곳에 나타나지 않는 이상 자신이 하고자 하는 일을 막을 순 없었다.

유일한 기회.

어쩌면 진건을 끌어내릴 수 있는 단 한 번의 기회를, 지혜는 놓칠 생각이 없었다. 옥 여사는 그런 지혜가 마음에 들었는지 호호, 웃음을 흘리다 돌연 떠오른 생각에 이를 갈았다.

"이건이 그 자식, 대체 뭘 하고 다니는 건지 모르겠어! 제가 무슨 성인군자라고 저는 못하겠다며 물러나 버린 건지!"

— 내버려 둬. 작은오빠가 나서서 쓸데없이 분란을 일으킬 바에는, 차라리 없는 게 더 나아.

"하지만……."

— 됐어, 엄마. 그것보다 만약 우새벽이 다시 할아버지 병실을 찾는다

면 그땐 나한테 말 좀 해 줘. 그 여자가 왜 할아버지를 찾았는지 알아야겠어.

"알겠어. 그렇게 할게."

— 고마워. 그럼 난 좀 바빠서 끊을게. 총회까지 만나야 할 사람들이 너무 많아.

"그래, 수고해. 엄마는 지혜 너만 믿을게."

지혜는 옥 여사에게 호호 웃음으로 대답한 뒤 전화를 끊었다. 통화가 끝난 옥 여사는 흐뭇한 표정으로 핸드폰을 내려다보더니 불이 켜져 있는 병실 쪽으로 걸어갔다.

❖

『이번 크리스마스에는 새하얀 눈을 볼 수 있을까요? 아쉽지만 많은 분들이 소망하는 화이트 크리스마스는 실현 가능성이 적어 보입니다. 기상청에 따르면 오는 24일과 25일, 서울을 비롯한 전국의 날씨가 구름 한 점 없는 맑은 날씨일 것이라 합니다. 기상청의 관계자는 이번 중기 예보가 틀릴 가능성은 존재하나, 아무래도 크리스마스이브와 당일 날에 눈을 기대하기는 힘들 것이라고…….』

화이트 크리스마스.

무심한 얼굴로 TV 화면을 들여다보던 진건의 입꼬리가 파르르 떨렸다.

「크리스마스?」

문득 자신이 했던 말들이 머리를 맴돈다. 당시엔 아무렇지 않게 꺼냈던 말이 왜 이리도 가슴을 콕콕 찌르는 건지. 그때는 맑게 빛나게만 했던 새벽의 모습이 떠올라 더 가슴 시리다.

「네. 크리스마스! 진건 씨는 계획 있어요?」

「글쎄. 딱히 계획은…… 아.」

「아?」

「주총만 잘 넘긴다면, 아무래도 회사 정리에 집중을 해야 할지도 모르겠어.」

무심하게 중얼거렸던 진건을 보며 새벽이 입을 쭉 내밀었다. 그 행동이 너무도 사랑스러워 저도 모르게 웃어 버린 기억이 있다. 진건은 '너는 다른 계획이 있어?' 하고 묻는 제게 힘차게 고개를 끄덕이던 새벽을 쳐다봤다.

「눈!」

「눈?」

「응! 이번 크리스마스에 눈 보러 갈 거예요.」

마치 하늘에서 눈이 내릴 것이라 확신하는 말투였다. 진건은 어이가 없어서 웃어 버렸다. 새벽은 그런 진건을 보고 눈을 가늘게 떴다.

「어머. 왜 그런 눈으로 봐? 눈 내릴 거예요. 확실해. 왜냐하면…….」

「왜냐하면?」

「내가 진건 씨랑 같이 보내는 날일 테니까!」

「……!」

「진건 씨. 우리 크리스마스에 눈이 내리면, 그날 하루만큼은 아무것도 생각하지 말고 온종일 손잡고 걸어요! 눈 내리는 날, 함께 손잡고 걸으면 얼마나 기분 좋은지 알아요?」

「……흐음.」

「어어, 그 표정 뭐야. 설마 저랑 손잡고 걷기 싫다, 이거예요?」

진건은 자신의 심드렁한 반응에 의심스러운 눈길을 보내는 새벽에게 고개를 가로저었다.

「그건 아니지만…… 새벽아.」

「응?」

「손잡고 걷는 것보다, 집에서 뒹구는 건 싫어?」

「네?」

「그러니까 크리스마스에 눈이 내리면, 손잡고 걷지 말고…….」

「꺅!」

「이렇게 침대 위에서 뒹굴기만 하는 건 어떠냔 소리지.」

「어휴, 진짜! 음흉해!」

입을 쭉 내미는 새벽을 와락 껴안으며 진건은 그녀의 목덜미에 입을 맞추었다. '나는 너랑 집에서 놀고 싶은데…….' 하고 속삭이던 제 모습이 눈앞을 아른거린다.

'꿈같군.'

못 말린다는 듯한 그녀의 웃음소리를 듣던 제 모습이 마치 먼 옛날 꾸었던 꿈과 같이 느껴졌다. 진건은 어두운 얼굴로 TV 화면을 응시했다.

'눈은…… 내리지 않을 것 같네. 새벽아.'

그녀에게 전할 수 없는 말이 입안을 감돌았다.

『다음 소식입니다. 대한민국 재계를 쥐락펴락하던 유단 건설 그룹의 총수, 장태달 회장의 병세가 생각 이상으로 심각하다는 것이 알려져 유단의 주가가 요동치고 있습니다.』

이어지는 뉴스에선 귀 익은 단어들이 들려온다. 진건의 눈동자가 미약하게 떨렸다.

『유단 그룹의 공식적인 브리핑이 나오지는 않았지만, 그룹 관계자의 말에 따르면 장 회장은 지난 5일, 원인 모를 병명으로 대한 캘린즈 병원에 입원을 했고, 나흘이 지난 지금까지 큰 차도를 보이지 않아 경영진 쪽에서도 골머리를 썩이고 있다고 합니다. 이에 차기 총수가 될 후계자 구도에 큰 변화가 일 것으로 예상됩니다. 자세한 소식, 이영호 기자가 전합니다.』

'원인 모를…… 병명.'

간암 말기라는 사실은 밝히지 않겠다는 건가.

진건은 쓴웃음을 흘리며 리모컨의 전원 버튼을 눌렀다. 형형색색의 빛을 뿜어내던 TV가 금세 검정으로 물들었다.

어쩌면 차라리 원인 모를 병명이 나을 수도 있었다. 곧 죽을지 모르는 시한부라는 것이 밝혀진다면 주가가 하락할 것이 분명하니, 일단은 적게나마 희망을 주는 것이 낫겠지. 하지만 곧 알려지게 될 일이다.

아마도 그들은 임시 총회 때 그 사실을 밝힐 생각인 건가.

'이젠…… 관계없어.'

진건은 웃어 버렸다. 유단이 어찌 되든, 이제는 자신이 관여할 바가 아니다.

생각만 해도 지긋지긋했다.

진건은 몸서리치며 눈을 내리감았다. 정록에게 '그것'을 건네주었을 때, 그는 모든 것을 포기했다. 영우 등과 함께 오랫동안 준비해 왔던 응징의 계획은 중단됐다. 어떻게 해야 할지 아무 생각도 나지 않았다.

지금의 진건에게는 더 이상 그들을 향한 복수심도, 증오도 남아 있지 않았다. 그저 편안해지길 바랄 뿐.

장 회장이 어떻게 되든지 신경 쓰지 않는다. 만일 장 회장이 타계하게 된다면 아마 뉴스로 접할 수 있으려나. 그때는 몹시 고통스럽겠지만 단지 그뿐이다. 진건은, 더는 그들과 엮이고 싶지 않았다.

포기?

그래, 어쩌면 그것에 가까울 것이다. 체념이라는 표현이 더 정확하겠지.

어쩌다 그런 이들과 피를 나누게 되어서 이런 일까지 겪게 되는 건지.

결국 진건은 모든 것을 놓아 버렸다. 새벽의 창백한 얼굴을 보는 순간 깨달았으니까.

그들은 멈추지 않았다. 그가 멈추지 않는다면 끝까지 달릴 기세로, 새벽까지 사지로 밀어 넣었다. 끝까지 버텨 보려고 했었지만 환자복을 입고 있는 새벽을 본 순간, 그의 세상은 와르르 무너졌다.

해서 물러난 것이다.

제가 가진 것을 전부 놓아둔 채 잠적해 버렸다.

「겁쟁이!」

새벽이 그런 저를 보았다면 아마도 그렇게 말했겠지. 틀림없다.

겁쟁이라 불려도 지금의 진건에게는 할 말이 없었다. 그는 자신이 둘 수 있는 수 중 가장 최악의 수를 두어 버렸다.

그래서 숨었다.

무서워서.

그녀에게 그런 말을 들으면, 견딜 수 없을 것 같아서.

미안해서.

자신이 너무도 무력하고, 멍청해서.

「너 정말 괜찮겠어? 이대로 끝내 버려도?」

제게 묻던 정록의 말이 귀를 맴돈다. 진건은 '장 본.' 하고 한 번 더 저를 부르던 정록에게 흐린 미소를 지었다.

「괜찮아. 괜찮……을 거야.」

악독한 사람들. 악랄한 사람들. 인륜 따위는 생각하지 않고 일을 벌이는 그들에게서 새벽을 보호해야 했다. 그 방법에는 여러 길이 있었지만, 진건이 선택한 것은 용기라고는 존재하지 방법이었다.

진건은 모든 걸 놓았다.

그가 좋아하던 모든 것들, 그가 아끼던 것들, 그리고 새벽까지.

'병신 새끼.'

스스로를 향한 욕설을 입 밖으로 뱉어 내지는 못했다. 그저 스스로를 납득시키며 이를 세게 악물었다. 그러한 진건의 모습에 정록이 미간을 좁히며 긴 한숨을 내쉬었지만, 그는 괜찮다고, 괜찮을 거라고 계속해서 말을 반복했다.

그녀의, 새벽의 얼굴을 보지 않은 지 하루가 지났다.

숨이 막힐 것 같았다.

이틀이 지났다.

호흡이 제대로 되지 않는다.

사흘이 지났다. 심장이 메말라 가는 게 느껴진다.

나흘이 지났다.

자신이 숨을 쉬고 있는 건지, 살아 있는 건지 모르겠다.

닷새가 흘렀다.

이대로 죽어 버릴까— 하는, 멍청한 생각도 해 보았지만 그럴 용기가 나지 않는다.

엿새째.

비겁해. 밀려오는 두려움에 되레 겁을 먹고 숨어 버린 자신이 한심했지만, 고개를 들 힘은 존재하지 않았다.

그리고 이레.

진건은 곧 자신이 말라비틀어진 줄기처럼 죽을 날만 기다리는 사람과 같다는 것을 인정해야 했다.

딩동—

TV를 끈 후에도 소파 겸 침대 위에 드러누워 있던 진건의 귀에 초인종 소리가 들렸다. 진건은 움직이지 않았다.

딩동. 딩동딩동—

진건의 눈동자가 느릿하게 움직였다. 렌즈나 안경을 끼지 않은 상태였으므로 인터폰에 비친 사람의 얼굴이 보이지 않았다. 진건은 여전히 누운 상태를 유지했다.

이 작은 공간. 아주 오래전에 마련해 두었던 이 공간이 쓰이게 될 줄은 몰랐지만 적어도 남들의 시선을 피하기엔 적절했다. 그는 꼼짝달싹하지 않았다.

딩동, 딩동, 딩동—

'빌어먹을!'

줄곧 비어 있던 이 원룸에 희미한 불빛이 새어 나오자 누군가 의심이라도 가졌던 걸까.

진건은 신경질적인 반응을 보이며 자리에서 일어났다. 대체 어떤 사람이기에 미친 듯이 초인종을 눌러 대는 건가.

인터폰으로 상대를 확인할 수도 있었지만, 진건은 성큼성큼 현관을 향해 다가갔다. 자신이 이곳에 있다는 것을 아는 사람은 적어도 그의 지인들 중에는 없었으니 가능한 행동이었다.

어느새 현관에 다다른 진건은 달칵 문고리를 잡아 돌리며 입술을 움직였다.

"뭡니……!"

철렁, 심장이 내려앉는 건 바로 이런 기분일까. 으르렁거리려던 진건의 행동이 뚝 멎었다.

"안녕하세요, 장진건 씨."

"……."

"놀랐죠? 일단 들어갈게요. 너무 춥거든."

너무 놀라 그대로 굳어 버린 진건을 향해 희미한 미소를 흘린 여자가 그를 밀치며 안으로 들어왔다. 지금 이 상황이 믿어지지 않았다. 진건은 자신의 두 눈으로 제 옆을 스쳐 지나가는 그녀의 뒷모습을 멍하니

좇았다.

여자는 펜트하우스 내에 존재하는 욕실 크기도 되지 않는 좁은 집 안을 흘긋거리며 중얼거렸다.

"나 참. 어이가 없어서."

"……."

"지난 며칠 동안 줄곧 여기 있었던 거예요?"

단발머리의 여자가 고개를 돌리며 물었다.

두근두근. 눈치 없는 심장이 미친 듯이 들썩거렸다. 하지만 진건은 그것을 표현하지는 못했다. 대체 어떻게 된 건지, 눈앞이 컴컴해질 뿐.

"내가 얼마나 당신을 찾았는지 꿈에도 모를 거예요. 정말 꼭꼭 숨었었네. 하마터면 못 찾을 뻔했지 뭐야? 등잔 밑이 어두운 줄도 모르고 말이야."

아무렇지도 않게 중얼거린 여자가 태연하게 조금 전까지 그가 앉아 있던 소파 겸 침대에 엉덩이를 붙였다. 하고 싶은 말이 한두 가지가 아니었지만, 진건은 입술의 떨림을 가까스로 제어하며 겨우겨우 소리를 흘렸다.

"지금…… 뭐 하는 거지?"

그러자 흥, 하고 콧방귀를 뀌던 여자가 고개를 들었다.

"뭐 하는 거라뇨? 당연한 질문을 하시네. 제 남편을 만나러 왔는데요?"

남……편?

진건은 미간을 좁혔다. 움찔할 뻔했지만, 티를 내지는 않았다. 그는 냉랭하게 말을 이었다.

"무슨 소리를 하는 건지 모르겠군. 이미…… 변호사를 통해 내 의사를 전한 걸로 기억하는데."

진건은 정록을 통해 그녀에게 계약 파기서를 보냈다. 가슴이 찢어지는 고통을 느꼈지만, 그것이 자신이 할 수 있는 최선의 방법이었다. 그러자 그 말을 들은 여자가 호호, 웃음을 흘렸다. 진건의 눈이 동그래졌다.

"그럼 그 변호사님을 통해 다시 듣지 못했어요?"

무엇을?

"제가 그 계약 파기서를 갈기갈기 찢어 버렸다는 거?"

여자는, 새벽은 '뭐?' 하고 탄성을 흘리는 진건에게 빙긋 웃어 보였다.

전혀…… 전혀 듣지 못했다.

「걱정 마. 장 본, 네가 원하는 대로 일은 처리됐으니까.」

오히려 나흘 전, 정록에게 그에 대한 답변을 받지 않았던가. 이게 어떻게 된 일인지 가늠할 수 없었다. 진건은 창백하게 질린 얼굴로 여자를, 새벽을 내려다봤다.

"우새벽."

"네."

"돌아가. 우리의 계약은 끝났어. 아니, 계약뿐 아니라 모든 것이 끝났다고. 그러니까……."

"예전에."

새벽은 덜덜 떨리는 음성을 억지로 내뱉는 진건을 보며 불쑥 말을 던졌다. 진건은 어느새 자리에서 일어난 새벽이 제게로 다가오자 뒷걸음쳤다. 한 걸음, 두 걸음. 그녀는 도통 멈추지 않았다. 쿵, 하고 그의 등이 현관문과 부딪치자 커다란 소리가 났다.

새벽은 요동치는 시선으로 저를 내려다보고 있는 진건에게 부드러운 눈웃음을 그려 보였다.

“아주 예전에…… 저는 한 소년한테 노래를 불러 준 적이 있었어요.”

그 말을 들은 진건의 심장이 바닥으로 쿵, 떨어졌다.

새벽은 동요하는 진건의 눈동자를 보며 생긋 웃었다. 어찌나 아찔한 웃음인지 눈앞이 흐려질 지경이었다. 진건은 대답하지 못했다. 더 이상의 소리를 흘릴 수 없었다.

새벽은 입을 다물어 버린 진건을 올려다보며 낭랑한 목소리를 흘렸다. 그녀가 뱉어 낸 말들은 진건의 귀에 스며들었다.

“검은 정장 차림을 하고 있는 소년이었는데…… 어릴 적의 제 눈에는 아저씨 같았죠.”

아.

“그래서 그 소년을 아저씨, 아저씨라 부르며 그 옆에 쪼그리고 앉아 제가 좋아하는 노래를 부르곤 했어요.”

눈시울이 붉어져 진건은 입술을 악물었다. 새벽은 계속해서 말했다.

“그러면 그 소년이 저한테 어떻게 했는지 아세요? 제가 다가가기만 하면 퉁명스러운 표정으로 험한 욕설까지 흘리던 소년이었는데, 그 노래를 들을 때면 미세하게…… 정말 아주 미세하게 입꼬리를 올렸죠.”

「이 노래 들으면 엄청 힘난다? 잘 들어 봐. 흠흠!」

진건의 주먹에 힘이 꽉 들어갔다. 새벽은 말했다.

“그 모습을 보면 정말 기분이 좋았어요. 그렇게 무뚝뚝한 얼굴에 은은하게 번지는 미소란. 저까지 즐거워져서 나중에는 더 크게 노래를 하곤 했었는데, 훗날 제가 음치였다는 걸 알게 되고 얼마나 부끄러웠는지 몰라요."

심장이, 가슴이 터질 듯 부풀어 올랐다. 진건은 울컥하는 마음을 주체하지 못했다. 새벽은 그의 흔들리는 눈동자를 응시하면서도 멈추지 않았다.

"아버지 손을 잡고 따라갔던 곳에서 처음 마주쳤고, 그 뒤로는 아버지를 따라갔던 동네에서도 마주쳤던지라 다음번에도 다시 만날 수 있을 줄 알았는데…… 이상하게 그 이후로는 만날 수 없었죠. 워낙 어릴 적의 일이라, 아버지한테 그 동네가 어딘지 물어도 답해 주시질 않았어요. 아버지도 기억이 잘 나질 않으셨나 봐요."

"……."

새벽은 고개를 아래로 떨구는 진건을 보며 부드러운 목소리를 흘렸다.

"한 번은, 언젠가 한 번은…… 꼭 만나고 싶었어요. 그 소년. 그때는 음정도, 박자도 안 맞는 노래를 불러 줬는데 그것도 그냥 듣고 있었던 사람이잖아요. 노래 연습을 더 해서, 제 말도 안 되는 노래를 묵묵히 들어 줬던 그 사람한테 보답하고 싶었어요."

새벽은 쿡쿡 웃었다.

"그때 나는 무슨 생각이었을까? 글쎄. 뒤늦게 생각해 보면 그 소년을 좋아해서 그랬던 건지도 모르겠네요. 그 황당한 노래를 듣고 작게 웃어 준 그 사람한테 제대로 된 노래를 들려주고 싶었던 건지도……."

투득.

눈앞을 가리던 눈물방울이 뺨을 타고 바닥으로 떨어졌다. 차오르는 눈물을 주체할 수가 없다. 윗니로 입술을 꽉 깨물고 있음에도 들썩이는 어깨를 주체하지 못하겠다. 진건은 고개를 들지 못했다.

새벽의 말은 이어졌다.

"그때, 당신의 기분이 좋지 않았을 때, 제가 당신에게 불러 줬던 노래가 있었죠. 기분이 좋아지라고, 신데렐라라는 만화 주제곡을 불러 줬어요. 기억해요?"

말할 수 없다. 대답하지 못했다. 새벽은 소리 없이 흐느끼는 진건에게 물었다.

"진건 씨."

"……."

"그래서 제가…… 당신의 '유리 구두'가 된 건가요?"

투득, 투드득.

끊임없이 떨어지는 눈물이 한심하다. 진건의 눈에서 쉴 새 없이 눈물이 흘러내렸다.

바보 같은 자식.

스스로에 대한 한탄이 터져 나왔다. 진건은 입술을 짓눌렀다. 용기가 나지 않는다. 그녀를 볼 용기가. 반짝반짝 빛나고 있을 그의 새벽을 볼 용기가, 감히 나지 않았다.

"……!"

그런 그를 향해 새벽이 손을 뻗었다.

아.

그녀의 따스한 손길이 그의 뺨에 닿았다. 순식간에 그녀로 인해 발생한 온기가 그의 차가운 심장을 잠식한다.

"진건 씨."

그녀가 진건의 이름을 불렀다. 진건은 겨우겨우 소리를 냈다.

"오지…… 마."

이렇게 밝은 너를, 이렇게 맑은 너를, 이렇게 사랑스러운 너를…….

"새벽아, 제발."

그는 결국 고개를 들어 그녀를 바라봤다. 예상했던 대로 새벽의 눈동자는 흔들림이란 없다. 진건은 주르륵 흘러내리는 눈물방울을 닦지 못하며 말했다.

"나는…… 나는 널 행복하게 해 줄 수 없어. 불행하게 만들 뿐이야. 네가 내 인생에 얽혀 들게 만들어서 미안해. 정말 미안해. 그러니까……!"

발꿈치를 들어 올린 새벽이 그의 머리를 끌어안았다. 진건은 거침없이 뛰고 있는 새벽의 심장 박동 소리를 들었다. 아주 가까운 거리에서 그는 그녀의 숨결을 느낄 수 있었다.

"당신 바보지? 미안하다고, 찾지 말기를 바랐으면서 날 찾아 달라고 흔적을 남기면 어떡해."

"……!"

"내가 당신을 찾기를 원하지 않았다면, 당신이 가지고 있는 모든 건 버리고 아예 떠났어야지. 왜 여지를 남겨. 왜 구해 달라고 소리쳐?"

아무 말도 할 수 없었다. 그녀의 말대로였다. 진건은 모든 것을 정리하지 못했다. 그가 소유하고 있은 유단의 지분도, 집들도, 차도, 전부. 그저 정록과 영우에게 처리를 맡겼을 뿐. 바보처럼, 멍청이처럼 피하기만 했다. 어쩌면 그녀가 자신을 찾으러 와 주기를 원했던 걸까. 자신을 또 한 번 구원해 주기를, 그래서 제게 용기를 불어넣어 주기를 바랐던 걸까.

"당신이 나쁜 게 아니야."

그를 있는 힘껏 안고 있던 여자가 말했다. 더할 나위 없이 부드러운 음성으로, 다정하게, 상냥하게.

"당신이 나쁜 게 아니야, 진건 씨. 당신은 잘못하지 않았어. 내 사고는 당신으로 인해 발생한 게 아니고, 당신 때문에 일어난 게 아니야. 잘못이 있다면 전부 그 사람들. 그 사람들이 나쁜 거야."

"……."

진건의 붉어진 눈가를 만지며 새벽이 웃었다.

"당신은. 장진건 씨 당신은, 그 누구도 불행하게 만들지 않았어. 왜냐하면……."

"……."

"당신은…… 나를 행복하게 만들어 줬으니까."

새벽의 그 말에 홀린 듯 진건의 입술이 벌어졌다. 그녀의 빛나는 눈동자가, 눈부신 그의 새벽이 눈앞에 존재했다. 새벽은 여전히 줄줄 흘러내리는 눈물을 닦지 못한 채 서 있는 진건을 올려다보며 미소 지었다.

"그러니까 이제는 당신이 행복해질 차례예요. 그래서 찾으러 온 거야. 이렇게 바보처럼…… 겁쟁이처럼 숨어 있지 말라고. 내가 당신으로 인해 행복해진 것처럼, 당신 역시 행복해져야 하니까."

"……"

"더 이상 두려워하지 말고 나를 따라와요, 진건 씨."

그의 새벽이 속삭였다. 그 어느 때보다 밝게 웃으며, 그를 향해 손을 뻗으며 말한다.

"내 손을, 잡아요."

❖

열한 살.

아직 중학교도 들어가지 못한 진건이 당시의 그 말을 잊었을 거라고 세영 아줌마, 아니 옥 여사는 여긴 듯했지만 안타깝게도 진건은 잊지 않았다. 잊지 못했다.

그날, 장례식장에서 진건이 겪었던 일은 어머니가 마지막으로 했던 행동만큼이나 그의 뇌리에 남아 버렸다. 십수 년이 지난 지금까지, 생생한 일은 진건의 가슴을 먹먹하게 만들었고 마음의 문까지 닫아 버렸다.

칠흑과도 같은 어둠.

그날. 스르륵 주저앉아 창고 앞에 등을 기대고 있던 진건은 눈을 내리감았었다. 입술이 멋대로 진동하기 시작했지만, 애석하게도 소리는 흘러나오지 않았다.

힘이 없었다. 울부짖을 수조차 없는 절망감이 그를 감쌌다. 마치 지옥으로 빨려 들어가듯, 진건은 바닥으로 추락하기 시작했고, 끝이라는 생각이 머릿속을 장악했다. 차라리 어머니를 따라 자신도 눈을 감았으면 좋을 텐데. 지독한 현실을 알게 된 진건은 좋지 않은 마음을 품기도 했다.

그렇게 온 세상의 모든 좌절을 체감하고 있던 바로 그때.

「어라?」

진건의 주변에서 무언가가 부스럭거리는 소리가 났다. 진건이 아래로 내렸던 눈꺼풀을 들어 올린 것은 순전히 반사적인 행위였다.

손에 쥐고 있던 모든 것을 놓아 버린 후, 자유로워지려던 순간, 진건은 제 앞을 가로막은 커다란 눈동자를 발견했다.

반짝반짝 빛나고 있는 큼지막한 갈색 동공.

보석……일까.

무의식적으로 그렇게 생각해 버리고 말았다. 멍한 표정으로 제 시야 안에 들어온 그것을 직시하고 있던 진건은 곧, 그 빛나는 눈동자가 움직이는 것을 발견했다.

부드럽게 흩날리는 단발머리를 찰랑이던 작은 소녀는 굳은 얼굴의 진건을 향해 씩 웃었다. 앵두보다 달콤해 보이는 입술을 달싹이는 소녀의 모습이 마치 천사처럼 느껴져 진건은 말을 잇지 못했다.

「아저씨! 왜 여기 쪼그리고 앉아 있어? 쫓겨나기라도 했어? 아니면 가출?」

하늘에서 내려온 작은 천사는 수다스러웠다. 어느새 진건의 옆에 털썩 앉더니 고사리 같은 손으로 제 턱을 받친 채, 그에게 말을 걸어 댔다.

이 꼬맹이는…… 대체 뭐야.

쉬지 않고 말을 하는 소녀로 인해 그의 어깨를 내리누르던 무거운 공기는 공중으로 흩어졌다. 당시의 진건은 눈치채지 못했지만, 그의 둘러싼 분위기는 한결 가벼워진 상태였다.

진건은 눈을 반짝이며 제게 말을 거는 소녀를 무심하게 바라봤다. 그러며 음산한 목소리를 흘렸다.

「꺼져.」

「우와. 진짜 재수 없게 말한다!」

재수…… 없어?

「우리 반, 예진이 같아! 그나저나 지금 나 보는 얼굴, 왠지 너무 힘이 없어 보이네. 우울한 일이라도 있나 보구나, 아저씨?」
「아저……씨?」

재수 없다고 말한 걸로도 모자라, 이번엔 아저씨라니.
진건은 황당하기 그지없는 단어에 미간을 찌푸렸다.
누구를 건드리고 있는 건지 알고는 있는 건가, 이 꼬맹이.
어디선가 갑자기 나타난 이름 모를 소녀는 어이없는 얼굴을 하고 있던 진건에게 힘껏 고개를 끄덕이며 외쳤다.

「응! 우리 엄마가, 아빠랑 같은 옷 입고 있는 사람은 다 아저씨랬어! 아저씨, 우리 아빠랑 똑같은 양복 입고 있잖아?」
「…….」
「히히.」
「뭐 하는…… 거야?」
「뭐 하기는! 아저씨가 우울해 보여서!」
「뭐?」

입을 꾹 다물어 버린 진건은 갑자기 자리에서 일어나더니 다시 제 앞에 서는 그녀를 올려다봤다. 생긋 웃던 소녀는 진건의 앞에 밝은 그림자를 드리우며 말했다.

「아저씨. 내가 힘 나는 노래 불러 줄까?」

「노래?」

「응! 나 얼마 전에 유치원에서 되게 기분 좋은 노래 배웠거든? 만화 주제곡인데, 이 노래 들으면 엄청 힘 난다? 잘 들어 봐. 흠흠!」

그 말을 끝으로 소녀는 입을 크게 벌리기 시작했다.

그녀의 입술 사이로 흘러나온 낭랑한 노랫소리가 창고 앞에 앉아 있던 진건을 당혹시켰다. 우중충하고 처진 장례식의 분위기와는 거리가 먼, 밝고 기운 찬 노래였기에 더더욱.

어쩌면 아무것도 모르는 어린아이라서 부를 수 있는 노래라고 생각했다. 만일 평소의 진건 같았다면 생글거리는 소녀에게서 눈을 떼고, 그녀를 내버려 둔 채 몸을 돌렸겠지만 당시의 그는 그러지 않았다.

진건은 그저, 음정도 박자도 맞지 않았으나 저를 위해 노래를 불러 주고 있는 작은 소녀를 바라보고 있을 뿐이었다.

'위로…….'

아마도 그것이 사람들이 흔히들 말하는 위로라는 것이었을까.

어쩌면 그럴지도 모른다고 생각했다. 음치에 가까운 그녀의 노랫소리가 그날의 진건에게는 위로로 다가왔다. 그 누구에게도 보이고 싶지 않은 자신의 나약한 모습을, 힘차게 노래 부르는 소녀 앞에 보인 것은 그러한 까닭이다.

「어? 아저씨, 울어?」

「…….」

「아저씨?」

주르륵 눈물이 흘러내렸다.

세영의 앞에서 터져 버린 이후 다시는 울지 않겠다고 맹세했던 조금 전과는 달리, 또다시 눈물방울이 눈가에 맺혔다. 입술을 꽉 다문 채 주르륵 눈물을 흘리는 진건을 보며 노래하던 소녀의 눈이 동그래졌다. 그녀는 어떻게든 울음을 참아 보려다 흐느끼고 있는 진건에게 다가오더니 그의 목을 와락 끌어안았다.

「울지 마.」

노래하던 소녀가 진건의 귀에 속삭였다. 파르르 떨리는 소녀의 팔이 진건을 힘껏 껴안았다. 그러고는 저보다 더 서럽게 울기 시작했다.

「울지 마, 아저씨! 울지 마아아. 허어엉! 울지 마아아!」

세상이 떠나가라 외치는 그녀의 울음소리가 목소리가 그에게는 다정한 위로가 되었고, 노래가 되었다. 위태롭던 마음의 안정을 되찾게 하는 진정제가 되었다.

「어라? 아저씨! 또 보네? 나 기억하지?」

그리고 그날 이후 그가 살던 동네에서 다시 그녀를 만났을 때. 저를 보고 반가워하던 그녀에게 딱딱한 말을 흘렸지만, 실은……

'반가웠어.'

네가.

나를 잊지 않은, 그날의 네가.

두근두근.

고요한 침묵을 깨뜨리는 심장 소리가 커져 간다. 쿵쿵 울리던 가슴의 뜀박질이 갈수록 속도를 높여 그녀의 단잠을 깨울지도 모르겠다. 진건은 제 팔에 기대어 눈을 내리깔고 있는 여자를 가만히 내려다봤다.

살짝 팔을 빼낸 후, 작은 머리 밑에 폭신한 베개를 놓아두자 '으음.' 하고 몸을 뒤척이기까지 했다. 진건은 그녀가 안정을 되찾을 때까지 가만히 그녀의 곁에 누워 있었다.

아직 동이 트지 않은 짙은 새벽.

푸르스름한 기운이 가득한 새벽녘의 하늘은 왠지 모르게 서늘하게 느껴진다. 진건은 그녀가 다시금 잠에 빠져들자 소파 겸 침대에서 몸을 일으켰다. 저를 찾아오는 것이 꽤 피곤했던 건지 정신없이 잠들어 있는 그녀의 모습이 시야로 들어왔다.

쓴웃음이 흘러나왔다.

「앞으론 나만 내버려 두고 겁쟁이처럼 도망치는 건 용서하지 않을 거예요.」

어떻게 이곳을 알고, 어떻게 저를 찾아왔는지 모르겠다. 정록이 도와준 것일까. 그에게도 정확한 행선지에 대해서는 밝힌 적이 없었는데.

그나저나 권정록 이 자식, 제대로 한 것이 하나도 없군.

진건은 주식 매각에 대한 부탁도, 새벽과의 계약 파기에 관련된 일도 모두 처리하지 않은 정록을 떠올리며 흐리게 웃었다. 그러다 진건은 제 눈앞에 서서 큰 눈을 부라리던 여자를 떠올렸다.

말을, 대답을 할 수가 없었다. 그녀에게 답하고 싶었지만 목소리가 나오지 않았다. 한심하게 잠적하려는 그를 끝끝내 찾아내어 다그치는 그녀에게 진건은 변명할 수 없었다. 저를 둘러싸고 있는 모든 것에서 멀어지려 했다. 힘이 들어 더 이상 견딜 수 없다고 여겼다.

다시금 제 세상이 무너진다면, 이젠 정말 재기하기도 어려울 것 같았으니까. 차라리 잠적하는 것이 최선의 길이라고 생각했다.

「이렇게 바보처럼…… 겁쟁이처럼 숨어 있지 말라고. 내가 당신으로 인해 행복해진 것처럼, 당신 역시 행복해져야 하니까. 더 이상 두려워하지 말고 나를 따라와요, 진건 씨.」

하지만 그의 새벽은 말했다. 숨지 말라고. 도망치지 말라고. 만일 그가 지금 이곳에서 그녀를 외면해 버린다면, 정말로 한심한 사람이 되는 거라고. 두 눈을 크게 뜬 채 말했다. 제 손을 잡아 달라고. 아니, 잡으라고.

작은 손이 그렇게 커 보였던 것은 처음이었다. 그녀가 내민 손은 깊은 어둠 속에 빠져 있던 진건을 단숨에 끌어 올렸다. 바보 같은 자신을, 멍청하게 당하고만 있는 자신을 또다시 늪에서 건져 준 것은 놀랍게도 그의 새벽이었다.

새벽은 진건을 보며 그가 자신의 구원자라고 말했지만, 사실은 구원자는 그녀였다. 그녀가 없었다면 그는 존재하지 못했고, 아마도 지금보다 훨씬 전에 백기를 들어 올렸을지도 모른다. 나약해지려고 할 때면 그녀가 나타났고, 그에게 위로의 말을 전했다.

그녀는 어둠을 담고 있던 그에게 있어선 유일한 빛이었고, 희망이었으며, 용기였다.

그가 멈추지 않고 호흡할 수 있는 이유.

그가 완벽히 무너지지 않고 살아갈 수 있는 이유.

그가 한 번 쓰러져도 다시 용기를 낼 수 있는 이유는 그녀가 존재하기 때문이다.

우새벽.

우아하고도 눈부신…… 나의 새벽.

'너는…… 또다시 나를 구원하는구나.'

진건의 눈동자는 지금까지 줄곧 흐려져 있었다. 그에게는 생기란 없었고, 모든 것을 체념한 사람과도 같았다.

그러나 지금. 바로 지금 이 순간, 그의 눈동자에는 생명의 활기가 흘러넘쳤다.

진건은 곁에서 느껴지는 새벽의 숨결에 옅은 미소를 흘리며 한동안 움직이지 않았다. 속을 읽을 수 없는 검은 눈동자로 새벽을 내려다보던 진건은 몸을 일으켰다. 푸르스름한 새벽하늘이, 붉은 태양이 뿜어내는 눈부신 빛으로 서서히 물들기 시작한 시점이었다.

새벽에게 이불을 덮어 준 그는 그녀가 잠든 것을 확인하고선 어딘가로 향했다. 서늘한 얼굴을 하고 있던 그가 내내 꺼 두었던 핸드폰을 켜자 핸드폰이 요란하게 진동했다. 진건은 후우 깊게 숨을 들이마셨다 길게 내뱉으며 익숙한 번호를 꾹꾹 눌렀다.

"나야."

그러고는 그의 목소리를 듣고 매우 놀라는 상대를 향해 얕은 숨을 고르며 입술을 달싹였다.

"그 일 말이야. 시작……하도록 하자."

진건은 그녀의 손을 잡기로 했다.

제8장

우아한
나의 새벽

⚜

"장 팀장!"

지난 2주는 정말이지 눈코 뜰 새 없이 바쁜 일상들이었다. 조부인 장 회장의 병세가 언론을 통해 밝혀진 것은 둘째 치고서라도, 그로 인한 여러 가지 일들이 제게로 하여금 좋은 쪽의 영향을 끼쳤기 때문이다.

지혜는 자신이 진행하고 있던 여러 프로젝트들을 모두 중단한 채, 수많은 사람들을 만나고 다녔다. 다가오는 금요일로 예정되어 있는 임시 주주총회를 대비하기 위해서.

"어머."

시간은 빠르게 흐른다. 대체 언제 오는 것이냐며, 발을 동동 구르며 다가오기만을 기다리던 대망의 금요일이 눈앞에 닥쳤다. 아마도 오늘 좋은 일이 일어날 것 같은 예감을 안고 본사의 15층에 위치한 컨벤션홀로 입장하기 위해 엘리베이터에서 내리던 지혜는 저를 부르는 목소리에 걸음을 멈추었다.

뒤를 돌아보니 한때 진건의 편이었지만, 이제는 저와 장 부회장의 편으로 돌아선 몇몇 대주주들이 저를 향해 걸어오고 있었다. 지혜는 영업용 미소를 흘렸다.

"오늘이군요."

"준비는 잘 하셨습니까?"

"정말 그렇게 일을 진행하실 겁니까?"

"장 본은 오늘 안 오는 거 확실한 거죠, 장 팀장?"

무려 어제까지 그들과 함께 식사를 하며 비위를 맞추어 주었던 지혜는 저를 보자마자 주변을 두리번거리며 물어 대는 그들에게 빙긋 눈웃음을 그려 보였다.

"걱정 마세요. 큰오빠가 와도 특별히 달라질 일은 없을 테니까."

어깨를 으쓱이며 대답하는 지혜의 말에는 자신감이 가득했다. 걱정스러운 눈으로 그녀를 응시하던 대주주들이 후우, 숨을 흘리며 안도하고선 곧 열릴 주주총회를 위해 컨벤션홀로 걸음을 옮겼다.

지혜는 하나둘씩 입장하고 있는 주주들을 쳐다보다 마침 제게로 다가오는 옥 여사를 발견했다.

"지혜야."

오늘 이후, 유단의 2인자가 아닌 1인자가 될 것이라 확신한 옥 여사는 들뜬 모습이었다. 지혜는 '표정 관리 좀 해.' 하고 작게 속삭인 뒤 눈꼬리를 휘었다.

"잘되겠지?"

"그럼. 문제없다니까?"

지혜는 휘휘, 손을 저어 보이며 뒤이어 등장한 은석에게도 고갯짓을 했다. 은석이 출석을 기록한 뒤 컨벤션홀로 발을 내딛자, 지혜는 옥 여사의 손을 잡고 다리를 뻗었다.

임시 총회가 열리는 2시까지는 앞으로 3분도 채 남지 않은 상황.

"분명 좋은 일이 일어날 게 틀림없는데, 내 가슴은 왜 이렇게 뛰는지 몰라."

계단형 좌석 중 가장 첫 줄에 자리를 잡았던 옥 여사는 총회를 준비하고 있는 사람들을 흘긋거리며 지혜에게 작게 속삭였다. 지혜는 부드러운 미소를 그렸다.

"너무 기대해서 그래, 기대해서."

"그런가? 하긴. 이번처럼 수월하게 진행되는 주주총회도 없었……!"

지혜에게 화답하기 위해 눈을 반달로 접던 옥 여사가 돌연 소리 없는 탄성을 터뜨렸다. 갑작스러운 옥 여사의 반응에, 그녀의 시선이 향한 곳으로 눈을 돌리던 지혜의 얼굴이 딱딱해졌다.

"자, 장 팀장!"

지혜의 뒤편에 앉아 있던 소심한 대주주들이 술렁인 이유는 간단했다. 지혜는 오늘 열리는 임시 총회의 안건이 무엇인 줄 알면서도, 표정 변화 없이 성큼성큼 걸어오고 있는 검정 슈트 차림의 남자를 발견할 수 있었다.

그는, 놀랍게도 거의 2주 넘게 잠적했던 진건이었다.

"지혜야!"

"괜찮아."

"……어?"

"괜찮다고. 혹시나 있을 경우를 대비해서 나름 준비까지 해 둔 상태야.

그리 걱정할 필요는 없어.”

만약의 경우에 진건이 등장할 것까지 모두 계산을 해 둔 상태다. 그로 인해 요 며칠 지출한 돈이 얼마나 되었던가.

지혜는 저와 함께 선 옥 여사와 소심한 동맹들을 향해 걱정 말라는 미소를 보낸 뒤, 왼편에 앉아 있던 제 식구들이 아닌 오른편에 자리를 잡는 진건을 흘긋거리며 눈웃음을 그렸다. 허공에서 마주친 진건의 검은 눈동자는 지혜의 것과 조우했음에도 불구하고 변화 따윈 없었다.

“지, 지혜야!”

그리고 개회의 1분 전.

끼이익 문이 닫히는 소리와 함께 또 다른 남자가 등장했다. 무심코 고개를 돌린 옥 여사의 눈동자가 급격하게 요동쳤다. 지혜는 이번엔 무슨 일인가 싶어 입구 쪽을 응시하다 인상을 썼다.

“저, 저 자식이 왜 저기 앉는 거야?”

옥 여사는 주변의 눈길도 아랑곳 않고 앙칼진 음성을 흘려 댔다. 이유는 간단하다. 저들과 피를 이었음에도 불구하고 그들이 앉은 쪽이 아닌, 진건의 옆에 착석하는 이건의 모습이 당혹스러웠으니까.

「장지혜. 거기서 멈춰. 더 가면 모두가 불행해져.」

언제였을까.

아마도 우새벽의 사고가 있었던 날부터 이틀 정도가 더 흐른 뒤임이 분명하다. 진건이 잠적하고, 장 회장의 일이 세간에 알려지게 된 후 얼마 지나지 않아 저를 찾아온 이건은 차가운 눈을 흘리며 말했다.

지혜는 코웃음 쳤다.

멈추기는. 멈췄다간 내가 불행해질 수도 있는데, 어떻게 멈춰?

'불안불안하더니, 결국 일을 치는군.'

'저 망할 자식이. 어떡하니!' 하고 입술을 파르르 떨며 분개하는 옥 여사의 외침을 들으며 지혜는 두 눈을 내리감았다. 다시 눈을 뜬 지혜는 싱긋 웃으며 옥 여사를 달랬다.

"걱정 마. 저것도 계산에 넣었으니까."

"……뭐?"

놀라는 옥 여사의 말에 대꾸하지 않고 지혜는 말없는 미소를 흘렸다.

이윽고 2시가 되자마자 컨벤션홀의 출입문이 굳게 닫혔다. 이번 임시주주총회의 진행을 맡은 전략기획본부의 안진우 차장이 단상 위로 올라가자, 모두가 그를 바라보기 시작했다.

"어서 오십시오, 친애하는 유단의 주주 여러분들. 이번 총회는 부재중이신 장태달 회장님을 대신하여 장은석 부회장님께서 의장직을 맡게 되셨고, 저는 진행을 맡게 된 전략기획본부의 안진우 차장이라고 합니다. 법정수에 달하는 주식수를 보유한 주주 여러분들이 출석하였으므로, 본회의가 적법하게 성립되었음을 알립니다."

좌석에 앉아 있는 주주들이 침을 꼴깍 삼켰다. 안 차장의 말은 이어졌다.

"많은 분들도 알고 계시다시피 현재 우리 유단은 내적으로, 외적으로 많이 흔들리고 있는 상황입니다. 유단을 한국 최고를 넘어 세계를 엿보는 그룹으로 성장하게 만들어 주신 장태달 회장님의 건강 악화가 바로 그 원인입니다. 오늘은 요동치는 유단을 안정화시키기 위해 현명하신 주주 여러분들의 자문을 구하고자 임시 총회를 소집하게 되었습니다."

낭랑한 목소리가 컨벤션 안을 가득 울렸다. 안 차장은 제 말을 듣고 있는 좌중들을 내려다보며 소리를 내뱉었다.

"그럼, 지금부터 제42기 임시 주주총회를 개최하도록 하겠습니다. 총회를 시작함에 앞서, 존경하는 주주 여러분들께 앞으로 간략히 다뤄질 의안들에 대해 말씀드리자면, 이번 주주 총회에서는 제1호 의안으로 현 전략기획본부의 수장을 맡고 있는 장진건 등기이사의 해임 건에 대한 찬반 투표를 진행할 예정입니다."

드디어 시작이군.

지혜는 입꼬리를 올렸다.

안 차장은 앞으로 30분에서 1시간가량의 짧은 시간 동안 서둘러 진행될 총회의 내용에 대해 공지를 계속했다.

"그 후 제2호 의안으로 미래의 유단을 이끌어 나갈 새로운 대표이사를 선출할 것이고, 마지막으로 유단 건설 및 유단 그룹 계열사의 사장단 인사이동에 대한 의안을 다루어 주주 여러분들의 혜안을 요청드릴 예정입니다. 그럼 지금부터 얼마 전 있었던 이사회에서 결정한 제1호 의안, 장진건 등기이사 해임 건에 대한 무기명 찬반 투표를 실시하도록 하겠습니다. 장진건 본부장은 유단 건설을 대한민국 1위 건설 회사로 발돋움하는데 적잖은 영향을 끼친 것은 사실이나, 장태달 회장의 병세를 숨겨 유단의 주가를 하락시키고 또……."

해임 안건의 당사자가 좌석에 앉아 있음에도 불구하고 그를 끌어내리려는 이유에 대해 설명하는 안 차장의 말이 컨벤션홀을 울렸다. 지혜는 요동치는 좌중들을 흘겨보며 큭큭 웃었다.

진건의 등장으로 인해 제 쪽이 수세에 몰릴 거라 생각한다면 착각이다. 만약 진건이 출석할 경우를 대비해서 안전장치를 해 놓은 것이 천만

다행의 일이었다. 현재 출석한 주주들 중 절반이 자신과 장 부회장, 그리고 옥 여사를 도울 것이다.

진건이 보유한 주식의 지분이 고작 10.1%밖에 되지 않는 상황에서, 지혜 일행은 무려 12.29%나 보유 중이다. 제 편으로 끌어들인 주주들의 지분인 34.68%를 합친다면 총 46.97%.

지난 2주 동안 아무리 설득해도 도통 넘어오지 않았던 진건의 부동표인 30%를 더한다고 할지라도, 제게 위협적이지 못하다.

'작은오빠가 붙는다고 해도 마찬가지야.'

이건이 보유한 지분인 4.87%가 진건에게 합류한다고 해도 44.97%로 이번 해임 건은 가결될 것이 틀림없다. 지혜는 여유로운 미소를 흘렸다.

'걸리는 거라면 할아버지의 지분이긴 하지만…….'

죽기 일보 직전인 노인네가 어떻게 이곳까지 참석하겠어?

대한 캘린즈 병원으로 장 회장을 옮긴 이유는, 보다 더 수월하게 장 회장을 감시하기 위해서다. 그가 섣부른 짓을 할 수 없도록 하기 위해.

의외로 진건이 잠적을 해 버리는 바람에 그런 감시는 하나 마나 한 지경이 되었지만, 그래도 경계를 늦춰선 곤란하다. 다행스럽게도 지혜가 보고받기로는 장 회장은 특별한 움직임을 보이질 않았다. 아니, 보이지 못했다.

어쩌면 당연한 일이겠지. 곧 죽음을 앞두고 있는 장 회장이 진건의 해임에 대해 막을 수 있을 리가 없다. 출석 주주의 과반수를 넘긴다면, 이번 해임안이 가결되는 것은 시간문제다.

찝찝한 승리이긴 하지만 뭐, 끌어내리는 건 끌어내리는 거니까.

터벅터벅, 지혜는 투표를 하기 위해 걸음을 옮기며 쿡쿡 웃음을 흘렸다. 그토록 원했던 모든 것이 코앞에 닥쳐 있었다.

'……응?'

반대의 의견을 내세울지도 모른다고 생각했던 진건이 의외로 조용하다는 것이 의문이었지만, 제 쪽으로 유리하게 돌아가니 굳이 태클을 걸고 싶지는 않았다. 자꾸만 입꼬리가 올라가는 것을 막지 못하던 지혜는 제자리로 돌아오려는 순간, 그녀의 옆을 스쳐 지나가는 검정 선글라스의 누군가를 발견하고선 인상을 썼다.

'누구지?'

낯익은 뒷모습.

투표를 하기 위해 걸어가고 있는 여자의 뒷모습이 유독 익숙했지만, '장 팀장!' 하고 저를 부르는 한 주주의 말에 귀를 기울이는 바람에 지혜는 그녀를 놓쳐 버렸다.

크게 신경 쓸 필요는 없나.

모든 것은 그녀의 계획대로 돌아가고 있는 상황. 마지막까지 주의를 기울여야 하지만, 이미 승기가 제게로 쏠린 지금의 상태에서는 약간의 여유를 부려도 괜찮을 거다.

"빠른 진행, 감사드립니다."

총 530명이 모였던 총회의 투표는 놀라울 정도로 빠르게 끝이 났다. 어느새 투표를 마치고 투표 결과까지 받아 든 안진우 차장이 다시 단상 위로 올라가 흠흠, 헛기침을 흘렸다.

두근두근, 뛰는 마음을 부여잡으며 지혜는 입꼬리를 올렸다. 진건이 등기이사에서 해임되고, 은석이 그를 전략기획본부장에서 끌어내린다면 그녀의 앞길은 밝은 미래가 가득할 것이다.

지혜는 짙은 미소를 그리며 안 차장의 이어질 말을 기다렸다.

"그럼 지금부터 투표 결과를 말씀드리겠습니다."

쿵쿵. 가슴이 뛴다. 지혜의 눈동자가 크게 일렁였다. 기대감과 흥분이 공존하는 눈빛을 쏘아 대는 지혜를 보고서도 안 차장은 동요하지 않았다. 그는 오히려 태연하게 붉은 입술을 달싹인다.

"이번 총회에 참석해 주신 주주분들의 총 출석 주식수 중 53.03%가 안건에 반대했으므로…… 장진건 등기이사의 해임 안건은 부결되었습니다."

……뭐?

이게, 무슨 소리지?

'가결을 잘못 말한 거 아니야?'

지혜는 저도 모르게 자리에서 일어났다. '지혜야!' 하고 옥 여사가 저와 비슷한 표정을 지으며 그녀를 부르는 게 들려왔다. 지혜는 멍청한 표정을 지으며 안 차장을 응시했다.

'어떻……게?'

이해가 되지 않는다.

대체 어떻게? 어떻게 절반을 넘는 결과가 나올 수 있는 거지? 그것도 부결로?

"오늘 총회의 사안이 유단의 미래를 좌우할 정도로 중대한 만큼, 주주 여러분들의 많은 관심을 일으킨 것 같습니다. 어렵게 시간을 내어 이곳까지 출석해 주신 주주 여러분들의 협조 감사드립니다."

지혜는 허망한 표정을 지으며 주위를 둘러봤다. 웅성웅성. 믿어지지 않는 결과에 소리를 치고 있는 몇몇 주주들과 자신에게 '어떻게 된 겁니까!' 하고 외치고 있는 주주들이 보였다.

지혜는 누군가를 찾고 있었다.

그럴 리가. 설마 그럴 리가.

입에 마이크를 대고 있던 안 차장이 톡톡, 마이크를 두드리며 크게 외치는 소리가 스피커 너머로 들려왔다.

“존경하는 주주 여러분들. 정숙해 주십시오. 빠른 일처리를 위해 제2호 의안으로 바로 넘어가도록 하겠습니다. 이번 안건은 유단의 새로운 대표이사 선임 건과 관련된 문제입니다.”

“드디어 기다리던 시간이네.”

지혜는 바로 뒤편에서 들려오는 소리에 고개를 돌렸다. 그런 그녀의 시야로 한 여자가 들어왔다.

눈동자가 보이지 않는 검은 선글라스를 끼고, 이곳과 어울리지 않는 검은 플로피 햇을 쓰고 있는 여자.

경악한 지혜를 내려다보며 짙은 미소를 그리고 있는 한 여자.

아무렇지도 않게 쓰고 있던 모자와 선글라스를 벗어 던지고는 지혜를 흘긋거리며 윙크를 하더니, 진건과 이건이 앉아 있는 쪽으로 걸어가는 여자.

그러고 진건의 옆에 사뿐히 착석한 후 제게 손을 흔드는 그 여자는, 진건과 계약을 맺어 아내가 된 바로 그 여자.

우새벽이다.

“저…… 저 애가…… 왜 여기 있어?”

곁에서 들려오는 옥 여사의 음성이 떨렸다. 아마도 제게 묻는 것이 분명한 옥 여사의 말을 듣고도 지혜는 대답하지 못했다. 지혜의 눈에 보이는 단발머리의 여자는 무엇이 그리 자신만만한지 여유로운 미소를 짓고 있었다. 지혜는 인상을 썼다.

「대체 고 계집이 뭘 하려는 건지 모르겠어. 어디 그 뻔뻔한 낯짝을 이곳까지 들이미는 건지! 아버님과 그 계집이 무슨 이야기를 나눴는지는 모르겠지만, 그 계집이 가고 난 뒤에 나까지 쫓아내 버리는 바람에 더는 묻지도 못했어.」

분이 풀리지 않는다는 듯, 옥 여사가 제게 쏘아 대던 말이 불현듯 떠오른 것은 과연 우연일까.

지혜는 온몸을 흐르던 피가 싸늘하게 식는 것을 느꼈다. 오소소, 한기가 일어 눈꺼풀이 파르르 떨렸다.

그럴 리가. 그럴 리가…… 없어.

가장 상상하기 싫은 최악의 상황이 머릿속에 그려져, 지혜는 몸을 비틀거렸다. 옥 여사는 지혜의 마음을 아는지 모르는지, '저 여자를 여기서 끌어내! 자격도 없는 애라고!' 하며 외쳐 댔다.

"정숙해 주십시오, 옥세영 주주님!"

주위의 시선 따윈 아랑곳 않고 진건의 옆자리에 앉은 새벽을 향해 손가락질하며 외치는 옥 여사에게선 교양이라곤 찾아보기 힘들었다. 옥 여사를 흘긋거리던 장 부회장이 인상을 쓰자, 단상을 탁탁 치던 안진우 차장이 옥 여사를 진정시켰다.

하지만 옥 여사는 이번엔 자리에서 벌떡 일어나더니 안진우 차장을 향해 버럭 외쳐 대기 시작했다.

"이봐, 안 차장! 내가 지금 진정하게 생겼어? 아니, 이번 총회는 뭐 이렇게 개판으로 돌아가는 거야! 아버님이 안 계신다고 이렇게 멋대로 굴려도 돼? 주주 자격도 못 갖춘 애를 회의장 안에 들이다니, 제정신이냐고!"

"옥세영 주주님."

"안 차장!"

지지 않고 맞받아치는 옥 여사를 향해 짧게 한숨을 흘린 안진우 차장이 주위를 둘러보며 차분하게 설명했다.

"지금 옥세영 주주님께서 지목하신 분은 장태달 회장님께 대리권을 위임받아 오늘 총회에 참석하신 분입니다."

……!

"그러니 총회에 참석하지 못할 이유가 없죠."

안진우 차장의 고요한 음성은 마이크를 타고 스피커를 통해 컨벤션홀로 퍼져 나갔다. 냉랭하게 답변하는 그를 보며 컨벤션홀 내의 주주들이 소란스러워진 것은 당연한 일이었다. 지혜는 가슴이 철렁 내려앉는 것을 느꼈다.

방금, 뭐라고…… 한 거지?

"지, 지혜야!"

옥 여사가 휘청거리며 저를 부르는 소리가 들렸지만, 쿵쾅쿵쾅 뛰는 심장으로 인해 저 역시 흥분해 있던 지혜는 그녀에게 반응할 수 없었다. 귀가 먹먹해 왔다.

그때, 자신을 두고 논쟁이 오가는 와중에도 빙긋 웃고만 있던 새벽이 스윽, 오른팔을 들어 올렸다. 미간을 좁히며 옥 여사를 진정시키던 안 차장이 고개를 까딱이자 새벽은 미소와 함께 자리에서 일어났다.

"소개 감사합니다. 더불어 진행을 맡고 계신 안진우 차장님께 발언권을 요청합니다."

발언……권?

좌중들은 이젠 지혜 일가가 아닌 새벽에게 시선을 꽂고 있었다. 정중하게 요청하는 새벽을 보고 주주들이 반응하는 모습이 선명하게 눈에 들어왔다.

본디 의장에게서 발언권을 부여받아야 발언을 할 수 있는 것이 통상적인 의례였지만, 안진우 차장이 의장을 대신하여 총회를 진행하고 있던 상황이었던지라 그는 고개를 끄덕였다.

'안 돼.'

본능적으로 위험을 직감했다. 지혜는 새벽을 막아야 한다는 예감에 자리에서 일어나 장 부회장이 나서야 한다는 말을 하려 했다.

"잠……."

"안녕하십니까, 존경하는 유단 건설 그룹의 주주 여러분들. 저는 이번 총회에서 장태달 회장님께 대리권 행사를 부여받은 우새벽이라고 합니다. 귀중한 시간을 내어 참석해 주신 여러분들께, 장 회장님을 대신하여 감사의 인사를 전합니다."

그러나 새벽이 조금 더 빨랐다. 지혜는 다음 말을 잇지 못한 채, 청산유수로 소리를 내뱉고 있는 새벽을 멍하니 응시했다. 새벽은 짙은 미소를 그리며 좌중을 둘러봤다.

"본디 이런 회의에서는 발언권을 얻기가 쉽지 않은 것으로 아는데, 대단히 중요한 사항인지라 부득이하게 마이크를 들게 되었습니다. 다시 한번 여러분들의 양해 부탁드립니다."

대단히…… 중요한 사항?

"오늘 열리는 총회의 제2호 의안은, 제가 알고 있기로는 유단의 미래를 책임질 새로운 대표이사의 선임에 대한 것이라고 알고 있습니다. 현 대표이사이신 장 회장님 역시 이에 동의하셨고요. 더불어 본인의 건강 상태 악화로 인해 회사에 크나큰 영향을 미친 점, 송구스럽게 생각하신다고도 하셨습니다."

작은 체구이기는 하나, 그 몸에서 흘러나오는 낭랑한 목소리가 컨벤션 홀을 울렸다. 주주들은 귀를 기울여 단발머리의 여인을 바라보고 있었다. 새벽은 주저하지 않았다.

"하지만 애석하게도, 이번에 대표이사의 후보에 올라 계신 다섯 명의 후보들 중, 무려 두 분은 유단의 얼굴이라는 영광스러운 자리에 오를 수 있는 '자격' 조차 없는 것 같더군요."

흥, 코웃음을 치며 정확히 저와 장 부회장이 앉은 쪽을 바라보는 새벽의 눈길에 장내가 술렁였다.

"네가 무슨 자격으로 그런 소리를 해!"

"옥세영 주주님. 자중 부탁드립니다. 만일 한 번만 더 소란을 피울 시에는, 규정에 의거하여 발언을 정지하거나 심하면 퇴장을 명할 수 있다는 걸 인지하고 계시길 바랍니다."

"안 차장!"

"그리고 장 회장님의 대리인께서는 방금 하신 말씀들에 대한 책임을 지셔야 할 것 같군요. 대체 어떤 의도로, 누구를 향해 그 말씀을 하신 건지에 대해서도 말이지요. 이곳이 유단의 수많은 주주님들이 어렵게 시간을 내신 자리라는 걸 명백히 숙지해 주셨으면 합니다."

오랫동안 주주총회의 진행을 맡아 온 베테랑답게, 안진우 차장은 어느 쪽에도 치우치지 않은 중립적인 태도를 취했다. 새벽은 그에게 옅은 미소로 고개를 까딱이며 답을 한 후, 손가락을 뻗어 지혜 쪽을 가리키며 말을 이어 나갔다.

"제가 언급한 두 분은 바로 저 자리에 앉아 계신 두 분. 현 총회의 의장을 맡고 계신 장은석 부회장님과 전략기획본부의 장지혜 기획 2팀 팀장을 가리킵니다. 권 변호사님?"

수많은 주주들의 앞에서 정확히 자신과 장 부회장을 언급한 새벽의 행동에 지혜의 입이 벌어졌다. 또 무슨 수작을 벌이는 건지, 이번엔 새벽의 뒤편에 앉아 있던 말끔한 슈트 차림의 한 남자가 자리에서 일어나더니 사람들에게 무언가를 나눠 주기 시작했다.

"이, 이게 뭐야?"

"말도…… 안 돼."

단상을 기준으로 왼편에 있던 지혜는 오른쪽부터 돌기 시작한 의문의 자료들을 보고 곳곳에서 탄성이 터져 나오자 인상을 썼다.

대체 뭘 보길래 그래?

의심스러운 눈으로 그들의 행각을 지켜보던 지혜의 귓가로 새벽의 쩌렁쩌렁한 목소리가 들려왔다.

"존경하는 주주 여러분들께서 지금 보고 계신 자료는, 장은석 부회장님이 20년 넘게 유단을 위해 일해 오시며 저지른 각종 횡령과 비리, 그리고 뇌물 공여에 대한 증거 자료들입니다."

……뭐?

"특히나 마지막 장의 자료들은…… 하아, 제 입으로 말씀드리기 힘드네요."

힘들다는 말을 하면서도 입꼬리를 올리고 있는 모습이 아이러니하다. 지혜는 바들바들 떨리는 눈으로 황당무계한 말을 늘어놓는 새벽을 노려보고 있다, '뭔데 그래?' 하고 얼떨결에 받아 든 자료를 내려다보는 옥여사에게서 그것을 빼앗아 들었다.

"……!"

그녀의 눈동자가 큼지막해졌다. 한 장도 아니고 수십 장이 넘는 자료들은 지혜가 그토록 숨기려 했던 장 부회장의 비리와 관련된 자료들이었다.

'이, 이걸 어떻게!'

대체 어떻게 저 빌어먹을 계집이 들고 있을 수 있지?

한숨을 내쉬던 새벽이 언급한 자료의 마지막 장에는, 장 부회장으로 보이는 남성이 벌거벗은 젊은 여성들과 함께 홀딱 벗은 상태로 뒹굴고 있는 사진들이 박혀 있었다. 몇몇 유명 연예인으로 보이는 여성들 역시 함께 그 사진 속에 들어가 있어, 주주들의 얼굴에 경악이 번져 갔다.

"여, 여보……."

다른 자료들은 그렇다 치더라도, 마지막 장의 수많은 사진들에서 눈을 떼지 못하던 옥 여사가 곁에 앉아 있던 장 부회장을 불렀다. 새벽은 하얗게 질린 옥 여사를 냉정하게 응시한 후 눈을 반쯤 휘며 말을 이어 나갔다.

"존경하는 주주 여러분들. 저는 우리 유단이 투명하고 공정한 대한민국의 자랑스러운 기업으로 당당히 존재하기를 바랍니다. 아니, 비단 저뿐 아니라 대한민국 국민이라면 유단이 대한민국에 소속된 기업이라는 것을 자랑스럽게 여기기를 바라고 있습니다. 허나, 사회적 물의를 일으킬 가능성이 높은 분이 유단의 대표이사에 오르게 된다면 과연 저는, 그리고 국민들은 유단을 자랑스러워할까요?"

"……!"

"그러한 사람에게 어찌 우리 유단의 미래를 맡길 수 있겠습니까? 그렇다면, 각종 비리에 얼룩진 다른 부도덕한 기업들과 대체 무엇이 다를까요? 그 와중에 장 부회장님이 대표이사가 된다? 글쎄요. 전 아주 회의적입니다만."

"너…… 너 이 망할 계집이! 대체 무슨 유언비어를 퍼뜨리는 거야! 누가 회의장에 저년을 들여보낸 거야! 여긴 네년의 시위 자리가 아니라 주주총회라고! 어찌 이런 말도 안 되는 일을 벌여!"

참다못한 옥 여사가 들고 있던 자료들을 좌악, 찢으며 소리쳤다. 그녀는 바들바들 떨리는 목소리로 새벽에게 소리친 뒤, 자료를 내려다보며 아무 말도 하지 않는 장 부회장을 불렀다.

"이, 이건 아니야. 여보. 여보, 아니죠?"

"……."

"부회장님!"

무슨 생각인지 장 부회장은 아무 말도 하지 않고 침묵을 유지하고 있었다. 시간이 흐를수록 옥 여사의 얼굴이 창백해져 갔다.

뭐가 뭔지, 정신이 없다. 오늘을 위해 많은 날을 준비했음에도 불구하고 쏟아지는 일격에 지혜는 머리가 하얗게 물드는 것을 느꼈다.

시간이 그리 여유롭지 않았을 텐데, 저 여자는 이 모든 것을 어떻게 준비했을까?

저 여자, 우새벽이 이 모든 증거들을 수집했을 가능성은 없었다. 그녀에게는 우화 건설이라는 배경이 존재하기는 했으나, 지혜의 시야에서 벗어나기에는 역부족이다.

그렇다면 이건이? 아니. 말도 안 돼.

아무리 이건이 근래 들어 제 처지를 비탄하고 자책한다더라도, 부모의 가슴에 비수를 꽂는 결정적인 짓을 할 만큼 독하지 않다. 기껏해야 진건의 편에 서서 투표를 할 정도니까. 아비를 무너뜨릴 수 있는 결정적인 증거를 찾아낼 만큼 능력이 있지도 않다. 그렇다면……!

'설마.'

지혜는 컨벤션홀에 들어선 후, 단 한 마디도 하고 있지 않은 남자에게 시선을 돌렸다. 무의식적인 반응이었다. 요동치는 그녀의 눈동자가, 서늘한 기운이 느껴지는 허공에서 그의 검고 깊은 눈과 조우했다. 심장이 딱딱하게 굳었다.

"그리고 다음 분은……."

새벽은 파리하게 질린 지혜를 바라보며 싱긋 웃었다.

"횡령, 비리보다 더 심각한 문제를 저지른 장지혜 팀장의 자격과 관련된 일입니다만……. 장 팀장님. 제게 따로 하실 말씀이 없나요?"

"……."

"장 팀장님?"

"……따위가."

진건에게서 겨우 눈을 돌린 지혜가 주먹을 세게 움켜쥐며 중얼거렸다. '네?' 하고 단발머리의 여자가 두 눈을 동그랗게 뜨자, 지혜는 소리쳤다.

"감히…… 감히 너 따위가, 너 따위가! 여기서 나를 엿 먹이려 들어?"

이곳이 주주총회가 열리고 있는 컨벤션홀이라는 것도 잊고, 지혜는 크게 소리쳤다.

옥 여사만큼이나 교양 없는 모습. 내내 삼가야 된다고 생각하던 모습.

그녀에게서 가장 닮고 싶지 않은 비천한 모습을 자신이 보이고 있다.

"어머. 너라뇨."

새벽은 분노로 얼룩진 지혜의 얼굴을 바라보면서도 결코 눈 한 번 깜빡이지 않았다. 그녀는 오히려,

"표현을 삼가 주시죠. 어디서 버르장머리 없게 손위 올케한테 반말이야, 반말이."

당당하기 그지없는 눈을 빛내며 지혜에게 일갈을 하는 것이 아닌가.

지혜는 좌중을 둘러보며 웃는 새벽에게 달려들려 했지만, 주변에서 저를 막는 경호원들 때문에 욕설만 내질렀다. 새벽은 소란을 일으키고 있는 지혜를 바라보며 쯧, 하고 혀를 차더니 말을 이어 나갔다.

"꼴을 보아하니 아직도 정신을 못 차렸네요. 그럼 뭐, 어쩔 수 없죠. 존경하는 주주 여러분들. 저는 오늘 대표이사 후보에 올라 있는 장지혜 팀장의 부도덕한 측면에 대해 언급하고, 장 팀장이 과연 우리 유단의 미래를 좌우할 수 있는 적합한 경영인인지에 의문을 제기하고자 합니다. 모두 저기 저 화면을 봐 주시죠."

주주총회의 진행을 위해 설치된 대형 스크린에 한 영상이 흘러나온다. 놀랍게도 영상 속에는 테이블 하나를 사이에 두고 지혜와 그리고 한 남성이 마주 보고 있었다.

『실수 없이 처리하도록 해요. 일단 선금으로 2억을 먼저 드리죠. 남은 8억은 성공하면 지불하도록 할 테니 걱정 말고.』

『정말…… 정말입니까? 정말 그 여자를 죽이면, 남은 8억도 다 주시는…… 겁니까?』

『그럼요.』

『……!』

『당신 입장에서는 매우 유익한 거래 아닌가요? 당신 빚을 갚고도 남을 돈이네요. 10억이면. 요즘 10억 벌기 힘든 거, 아시죠? 이건 내가 당신을 구제해 주는 거라고.』

『…….』

『실수 없이 처리하도록 해요. 그 여자 이름은 우새벽이에요. 잊지 말아요. 우새벽입니다.』

"거기까지."

새벽은 넋을 놓은 채 스크린만을 들여다보는 지혜에게 부드러운 미소를 그려 보였다. 숨을 고른 그녀의 입술이 열린 것은 약간의 시간이 흐른 뒤다.

"장 팀장님. 아직 보여 준 것도 없고, 보여 줄 것도 없는 당신이 우리 유단을 위해 목숨을 바쳐 일할 것이라고는 도저히 생각되지 않는군요. 하여 저는 회장님을 대신하여, 당신의 대표이사 선임에 대해 강력하게 반대합니다. 그리고 그와 더불어……."

끼익.

닫혀 있던 컨벤션홀의 문이 열리고 검은 옷을 입은 남자들과 제복을 입은 경찰들이 홀 내로 들이닥쳤다. 새벽은 두 눈을 크게 뜨고 있는 지혜를 향해 말을 흘렸다.

"일단 저의 교통사고를 사주하고, 살인을 교사했다는 것에 대한 책임을 물어야 할 것 같은데. 협조, 해 주실 거지요?"

"모함이야!"

지혜는 소리쳤다.

"이건 모함이라고! 다들 어찌 이리 멍청해? 모함이란 말이야! 내가 저 영상 속의 여자라고? 증거가 어디 있어! 저게 나라는 증거가 어디 있냐고! 그리고 이런 황당한 일에 흔들리는 거야? 다들 그 표정은 뭐야! 그 눈빛은 뭐냐고!"

미란다 원칙을 고지하는 경찰과 검찰 손에 붙들려 가면서 지혜는 말을 멈추지 않았다.

"장진건! 너지? 네가 다 꾸민 거지? 네가 우리를 못마땅히 여기고 이런 짓을 저지른 거잖아! 다들 믿지 마요! 믿지 마! 할아버지도 제정신이 아니야! 진짜 미친 거라고! 우리를 쫓아내려고 저 개자식이 벌이는 짓을 용납하다니! 이게 말이 되냐고!"

끊임없이 외치고 또 외치던 지혜의 말은 그녀가 컨벤션홀에서 사라질 때까지 이어졌다. 진건은 저를 죽일 듯 노려보며 소리치던 그녀가 나갈 때까지 그저 그녀를 바라보고 있을 뿐이었다.

예상했던 대로 주주총회는 다음 안건을 진행해 보지도 못한 채 중단됐다.

주주들은 술렁였고, 들썩였다. 곳곳에서 모든 일들을 촬영하는 소리가 났다. 비공개 총회였지만 아마도 이번 일은 그들을 통해 언론으로 퍼져 나갈 것이다. 곧, 대한민국 전체가 유단 오너 일가의 추악한 뒷면을 알게 되는 것은 순식간.

"폭탄 중에서도 아주 핵폭탄을 터뜨려 버리는군. 총회에서 이런 일이 일어나는 건 처음 봐. 황당한 수법이긴 했지만 확실히…… 다들 의심은 하겠군."

엄청난 아수라장을 일으킨 장본인이면서 마치 남 일인 것처럼 좌석에 앉아 있던 진건은 옆에서 들려오는 냉랭한 목소리에 고개를 돌렸다. 관망하는 진건을 물끄러미 응시하던 정록이었다.

진건은 대답하지 않았다.

"이번 일로 유단, 엄청 흔들릴 거다."

정록은 입을 굳게 다문 채, 씩씩거리며 나가는 주주들을 바라보는 진건에게 말했다. 그제야 닫혀 있던 그의 입술이 열렸다.

"……알아."

"너도 네 자리를 지킬 수 없을지도 몰라."

진건은 쓰게 웃었다.

물론 그렇겠지.

이런 모든 사실을 알고도 그저 지켜만 보았다는 진건에 대한 질책이 이어질 것이다. 정록은 더 이상 입을 열지 않는 진건에게 조심스레 물었다.

"언제부터…… 쥐고 있었어?"

진건의 눈동자가 살짝 흔들렸다.

"장 본."

"새벽이를 집에 들이기로 결심한 순간부터."

아니. 정확히는 훨씬 더 이전부터지만.

정록이 진건을 한 번 더 부르자, 쓴웃음을 짓던 진건이 대답했다. 정록의 동공이 요동쳤다. 진건은 말을 이었다.

"그 아이가…… 다치면 안 됐으니까."

보험이 필요했다. 새벽을 보호하기 위한 보험. 그러나 그런 보험을 흘리기도 전에 새벽에게 위기가 닥쳤다.

제 탓이었다.

자신이 주저한 탓.

머뭇거린 탓.

망설인 탓.

"장 본. 너 진짜 등신인 거 알아?"

인상을 쓰며 저를 나무라는 정록을, 진건은 응시했다. 정록은 이해가 되지 않는다는 얼굴로 말했다.

"왜 그런 고급 정보를 쥐고 있으면서도 실행에 못 옮겼어? 진작 그랬으면 이렇게까지 될 일도 없었잖아."

그래. 그 말이 맞다. 분명 그랬다면 지혜가 그렇게 날 떨 일도 없었겠지.

가슴 한구석이 욱신거렸다.

글쎄, 왜였을까. 어째서 실행에 옮기지 않았던 걸까. 장 부회장에게 비리가 넘쳐난다는 것은 이미 오래전부터 알고 있었으면서. 새벽을 들이기도 전, 훨씬도 전에 알고 있었으면서…… 어째서.

"회장님이 아프셨어. 터뜨리려 했는데, 회장님이 너무…… 아프셨어."

아니, 아니다.

사실은 그게 아니었다.

마지막까지 변명을 하는 자신이 우습게 느껴지지만, 이유는 간단했다. 그렇게 죽도록 미워했으면서, 죽을 만큼 증오했으면서…… 아주 조금은, 그들을 가족이라 여긴 거겠지.

그들이 저를 인정해 주지 않아도 언젠가는 자신을 가족으로 생각해 줄 거라는, 아주 작은 미련 때문인가.

'멍청이.'

그래서 망설였다. 증오스러웠지만, 망설였다. 터뜨리지 못했다. 이미 오래전, 그들을 무너뜨릴 전부를 쥐고 있음에도 주저했다.

병신 같았지. 어리석었지. 그렇게 긴 시간 동안 당하고 살았으면서, 왜 진작 나서지 않았을까. 바보처럼 숨기나 하고. 어차피 그들은 저에게 가족이 되어 주지 않았는데. 될 수 없었는데.

어째서 미련을 가졌던 걸까.

"등신 중에서도 아주 상등신이었군."

차가운 정록의 말에 대답하지 못했다. 실제로 그랬으니까.

진건은 말없는 미소만 흘렸다.

“다시는 숨지 마라.”

“안 그래.”

숨을 수 없다. 정록의 핀잔에 진건은 일말의 망설임도 없이 대답했다. 겨우 제 품에 안긴 새벽을 잃을까 봐, 세상 그 누구보다 멍청한 사람처럼 숨으려 했다.

그러나 그것이 오히려 더 무섭고 두려운 행위였다. 다시는 그녀를 볼 수 없을 테니까. 차라리 죽는 것이 더 낫다고 생각할 만큼, 무서운 행위니까.

숨지 않을 거다.

진건의 검은 눈동자가 정록의 친구이자 검사라는 여자에게 꽂혔다. 이번 일을 실행하기에 앞서 많은 도움을 준 여자였다.

제 담당이 아님에도 불구하고 이곳까지 와 그와 머리를 굴려 준 사람. 그 여자는 새벽과 무언가 대화를 나누고 있었다. 진건의 눈동자에 눈부신 그의 새벽이 들어왔다.

가슴이 뛴다.

“저 아일 지켜야 해.”

설령 그러다 내가 무너지는 한이 있더라도.

“날 위해 나서 준 아이야.”

「안 돼요.」

증거를 수집하는 과정에서 가장 어려웠던 것은 지혜의 사주를 받은 대학생을 설득하는 일이었지만, 다행스럽게도 시간에 맞출 수 있었다.

모든 준비가 되자 전면전을 시작할 거라 말하던 진건을, 새벽은 말렸다.

이해가 되지 않는다는 표정을 짓고 있는 진건을 보며 그녀의 다부진 입술이 달싹였다.

「진건 씨가 나선다면, 사람들은 패륜이라고 손가락질할 거야. 권력이 탐나서 아비도 버린 나쁜 놈이라고. 저는 제 남편이 그런 말을 듣는 걸 원치 않아요. 잘못한 것도 없는데, 왜 진건 씨가 그런 소리를 들어야 해?」

「새벽아.」

「그러니 제가 나설게요. 그래, 제가 나서는 게 맞아요. 저 발언권도 있는걸요?」

「……뭐?」

「할아버님이 도와주셨어요. 그러니 걱정 마요. 짓밟는 건 전부 내가 할 테니. 우새벽의 남편, 장진건 씨는 가만히 앉아서 제 활약을 지켜보고 있으라고요. 이 우새벽을 믿고요.」

진건의 어둠을 걷고 찾아온 새벽은 다정하게 그를 감쌌다. 그에게 빛이 되었으며, 길이 되어 주었다. 진건은 그런 그녀와 나가기로 했다. 함께 걸으며, 그녀를 지키기로 했다.

더 이상 그녀가 다치지 않도록 이제는 자신이 나서야 할 차례.

진건은 눈을 빛냈다. 공허함이 존재하지 않는 그의 눈동자엔 강한 의지가 담겨 있었다.

"장 본, 너. 앞으로 딴생각했다간 큰일 나겠다. 네 아내, 보통내기가 아니야."

진건을 쳐다보던 정록이 툭 말을 던졌다.

'딴생각이라.'

다른 생각을 할 여유 따위는 없다. 그럴 생각도 없고, 의지도 없다. 바라보고 있기에도 모자란데, 어떻게 그녀를 두고 딴생각을 할 수 있을까.

소란이 일었던 장내는 서서히 마무리되어 간다. 진건 역시 지금부터의 대응을 위해 준비를 해야 할 시간이다. 진건과 미리 상의했던 영우가 1시간 뒤 공식 기자회견을 잡아 놓았다 했으니, 그 앞에 설 준비도 해야겠지.

"장진건!"

천천히 의자에서 일어나려던 진건은 검은 마스카라가 번져 눈가가 검게 범벅이 되어 있는 한 여자의 접근으로 인해 행동을 멈추었다. 이글거리는 눈으로 그의 코앞까지 다가온 여자는 진건의 멱살을 부여잡기 위해 손을 뻗으며 소리쳤다.

"너, 너……! 너 이러고도 지혜의 큰오빠라고 할 수 있어? 은석 씨의 아들이라고도 할 수 있냐고! 네가 뭔데! 네가 뭔데 우리 집안을 콩가루로 만들어 놔! 네가 뭔데!"

"이보세요. 왜 이러십니까! 이거 놓으십시오!"

진건의 옷깃을 잡고 외치는 옥 여사를 떼어 놓기 위해 정록이 그녀에게 손을 뻗으려 들었다. 진건은 그런 정록에게 고개를 좌우로 내젓고서는 엉엉 울며 '너 때문이야! 너 때문에 모든 걸 망쳤어!' 라 목소리를 높이는 옥 여사를 내려다봤다.

"악!"

그러고는 제 옷깃을 잡은 옥 여사의 손목을 강하게 움켜잡았다. 옥 여사가 성인 남성의 우악스러운 손길에 힘없이 나가 떨어졌다. 진건은 '감히, 네가!' 라는 눈빛으로 저를 올려다보는 그녀를 향해 싸늘한 미소를 흘렸다.

옥 여사는 올라가는 진건의 입꼬리에 놀라 입술을 파르르 떨었다.

"억울하십니까?"

"뭐라고?"

"약육강식."

나지막하게 뱉어 낸 진건의 말에 옥 여사가 입을 벌렸다. 진건은 짙은 미소를 지으며 그녀에게 속삭였다.

"제게 그렇게 말씀하셨던 건, 22년 전의 어머니셨던 것 같은데. 안 그런가요?"

"너…… 너!"

"강한 자가 살아남는 세상입니다. 어머니, 아니 아주머니."

낮게 깔리는 진건의 음성에 옥 여사의 얼굴이 급속도로 어두워졌다.

진건은 속삭였다.

"옥세영 씨. 지금의 당신은 나보다 약하니 모든 걸 잃게 될 거야."

"……뭐?"

세영이 입술을 파르르 떨었다. 진건은 멈추지 않았다.

"하지만 억울하게 생각하지는 마. 그날, 당신이 내게 준 대로 돌려받게 되는 거니까."

"……!"

"그러니 너무 섭섭하게 생각하진 마십시오."

급격하게 요동치는 옥 여사의 눈을 냉랭하게 바라보던 진건은 저를 붙잡고 있는 그녀의 팔을 떼어 냈다. 냉정하고도 차가운 진건의 발언에 다리에 힘이라도 풀린 건지, 옥 여사는 털썩 주저앉아 버렸다. 진건은 그 모습을 무심하게 지켜봤다.

"이대로…… 이대로는 안 있어!"

정록과 함께 걸음을 옮기려던 진건의 눈동자가 느릿하게 그녀에게 꽂혔다. 진건은 저를 죽일 듯 노려보고 있는 옥 여사를 무심하게 응시하며 대꾸했다.

"그럴 거라 생각했습니다만, 아주머니. 오늘 당장, 한남동 본가에서는 나가 주셔야겠습니다."

옥 여사의 얼굴이 일그러졌다. 진건은 말을 멈추지 않았다.

"그 집, 이제 당신의 집이 아니라 나와 내 아내의 집이거든."

"……!"

"당신이 발붙일 공간 따위는 내어 주지 않을 거야."

진건은 새하얗게 질린 옥 여사에게서 시선을 떼고선 제게 걸어오는 영우에게 말했다.

"한 비서."

"네, 본부장님."

"지금 당장 사람들 시켜서 저 여자나 장지혜, 그리고 부회장님 물건, 한남동에서 빼도록 해. 더 이상 묵인할 수 없을 만큼 불결하니까."

"예. 알겠습니다, 본부장님."

영우가 고개를 끄덕인 후 몸을 돌리며 컨벤션홀을 나가자, 진건 역시 발을 앞으로 내디뎠다. '너, 너…… 죽여 버릴 거야!' 하고 옥 여사가 그의 커다란 등을 보며 외치는 소리가 들려왔으나, 진건은 멈추지 않았다.

"진건 씨."

그리고 아래로 내려온 그를 반긴 것은 우뚝 서 있는, 그의 새벽이었다. 그녀는 제 앞에 선 진건을 향해 손을 뻗으며 빙긋 웃었다.

"가요."

그래.

진건은 그녀의 손을 맞잡는 것으로 대답을 대신했다. 손바닥에서 느껴지는 그녀의 강한 의지가 제게로 넘어왔다.

달칵, 어느새 닫힌 컨벤션홀의 문을 열고 밖으로 나가자 찰칵거리는 플래시 소리가 들려왔다. 아직 정식 기자회견 시간이 아님에도 불구하고 속보를 접하고 찾아온 기자들이 흘리는 소리였다.

진건은 말없이 제 옆의 여자를 내려다봤다.

눈부시고 우아한 그의 새벽이 미소 지으며 그를 올려다보고 있다.

진건은 그녀의 손을 더 이상 놓지 않았다.

❖

툭—

투득.

여러 개의 캐리어들이 대문 밖으로 버려졌다.

저걸 저렇게 험하게 다룰 줄이야!

옥 여사는 얼굴을 일그러뜨리며 제 물건들을 집 밖으로 던지고 있는 도우미들을 노려보았다. 한때는 옥 여사를 향해 머리를 조아리던 중년 여성들이 이제는 옥 여사를 향해 비릿한 미소를 짓고 있었다.

옥 여사는 황당한 표정을 지으며 고개를 들었다.

"너희들 제정신이야? 내가 감히 누군지 잊은 거야? 잊은 거냐고!"

그러자 옥 여사보다 높은 계단에 서 있던 파마머리 여자가 빙긋, 눈웃음을 그리며 붉은 입술을 달싹였다.

"잊기는요, 사모님. 저희가 사모님을 잊을 리 있겠습니까. 사모님을 모신 지가 몇 년인데."

"부산댁!"

"하지만 사모님. 어쩔 수 없답니다. 저희는 그저 큰 도련님의 명을 받들 뿐입니다. 아시잖습니까. 회장님도, 작은 회장님도 자리를 비우신 지금, 이 집의 가장은 큰 도련님이라는 걸."

"너희!"

"다들 뭐 하고 있지? 사모님의 남은 물건들도 밖으로 던지지 않고. 큰 도련님께서 신신당부를 하셨어. 오늘 저 물건들을 모두 집에서 내보내지 않으면, 이 집에서 일할 생각도 하지 말라고."

부들부들 떠는 옥 여사를 힐끔거리더니, 제 뒤편에 있는 다른 도우미들을 향해 소리치는 부산댁은 진건이 태어나기도 전부터 유단 건설의 한남동 본가에서 일해 온 베테랑이었다.

한순간에 어미를 잃어버린 진건을 옥 여사 대신 키우다시피 했던 것도 바로 그녀였으며, 장 회장이 이 집에서 믿고 의지하던 몇 안 되는 인물이기도 했다.

"이 망할 년들이 진짜!"

하극상이나 다름없는 부산댁의 말에 기함하며 이를 갈던 옥 여사는 대문을 닫으려던 그들에게 다시 달려들려 했다. 그러나 그녀가 달려오기 전, 발을 걸어 넘어뜨린 부산댁은 코를 계단에 찧은 옥 여사를 향해 부드러운 미소를 지었다.

"오래전, 사모님께서 말씀하셨지요. 부러우면 너희도 작은 회장님을 유혹하라고. 22년이 지난 지금, 저는 다시 말씀드릴 수 있겠네요. 남의 것을 탐낸 자는 반드시 대가를 치르기 마련이라고. 하나도 부럽지 않다고 말입니다. 오히려 늦은 감이 있어 아쉽습니다."

"뭐, 뭐?"

"뭐 하니. 얼른 문 닫아. 불청객을 안으로 들이지 말라는 큰 도련님의 명이다."

제게 황당하기 그지없는 말을 흘린 뒤, 대문을 닫고 들어가는 부산댁의 행동에 옥 여사는 눈을 크게 떴다.

감히…… 감히 일개 도우미 따위가!

그녀는 온몸을 파르르 떨며 닫혀 버린 본가의 대문을 노려봤다. 열쇠까지 빼앗긴 상태였기에 옥 여사는 한남동 저택 앞 길가에 철퍼덕 주저앉아 있을 수밖에 없었다. 본가를 지키는 검은 정장 차림의 경호원들이 옥 여사의 접근을 막으려는 듯, 대문 앞을 지키고 있었다.

'빌어먹을!'

임시 주주총회의 일 이후, 지난 20년 넘게 옥 여사가 쌓아 둔 모든 것들이 와르르 무너졌다. 내내 묵비권을 행사하던 옥 여사의 남편, 장은석 부회장은 살인 교사 혐의를 받고 있는 지혜와 함께 경찰에 붙잡혀 갔고, 이건은 어디로 갔는지 코빼기도 보이지 않는다.

덩그러니 남아 있던 옥 여사에게 다가온 진건이 했던 말은 몇 시간이 흐른 지금까지 귓가를 맴돌기만 한다.

「오늘 당장, 한남동 본가에서는 나가 주셔야겠습니다.」

대체 진건이 무슨 일을 벌인 것인지 모르겠다.

밥을 먹을 때도, 차를 마실 때도, 디저트를 먹을 때도 무슨 생각을 하는지 도통 속을 읽을 수 없던 검은 눈의 아이.

그 아이는 22년이 지난 지금에서야 그녀에게 일격을 가했다. 진건이 뱉어 낸 말을 한 귀로 듣고 다른 한 귀로 흘리며, 옥 여사가 한남동에 돌아왔을 때는 이미 제 물건들이 저택 밖으로 버려진 뒤였으니까.

'개자식!'

오래전부터 준비해 온 것이 틀림없다. 기회를 엿본다고 생각하기는 했었으나, 이 정도로 치밀할 줄은 몰랐다. 단지 실행에 옮기지 않았던 것뿐인가?

'그러니 바로 내쫓아야 한다고 했거늘!'

은석이 원망스럽다. 그래도 제 자식이라고, 진건을 고아원으로 버리든가 아니면 유학을 보내야 한다고 청하던 제 말을 그렇게 무시하더니! 옥 여사는 부드득부드득 이를 갈며 주먹을 불끈 쥐었다.

"흥!"

수치스러울 만큼 얼굴이 달아올랐다. 갑자기 일어난 소란으로 인해 주변의 이웃들이 밖으로 나와 저를 흘긋거리는 것이 보였다. '뭘 봐!' 하고 교양 없이 소리를 내지른 옥 여사는 제 옆에 놓인 수많은 캐리어들을 노려보며 얼굴을 찌푸렸다.

"내가 이 집이 아니면 살 데가 없을 줄 알고?"

차고 넘치는 것이라면, 바로 돈이다. 비록 오늘은 이런 치욕을 당하지만, 곧 이곳으로 돌아와 저들을 제 발 아래 놓으리라.

옥 여사는 신경질적으로 핸드백에 든 핸드폰을 꺼내 들었다.

"나야. 여기 한남동이니, 나 데리러 와. 뭐? 택시를 타라고? 미쳤어?

너희 지금 제정신이야? 야! 내 말 안…… 제길!"

그녀의 개인 운전기사를 맡고 있는 최 기사에게 전화를 걸었지만 놀랍게도 쌀쌀한 반응이 되돌아왔다. 어이가 없음을 느끼던 옥 여사는 멋대로 전화를 끊어 버린 최 기사의 행동에 욕설을 흘리며 들고 있던 핸드폰을 내던졌다.

"장진건, 이 개새끼가!"

옥 여사의 최신형 핸드폰이 산산조각이 나는 소리가 들렸지만, 분노에 삼켜진 옥 여사의 눈에 그것이 들어올 리 없다. 저를 향해 짙게 웃던 진건의 얼굴이 잊히질 않아 인상을 쓰던 옥 여사는 '옥세영 씨 되십니까?' 하고 자신을 부르는 것이 분명한 목소리에 눈을 돌렸다.

"니들은 또 뭐야?"

허탈한 표정을 짓고 있는 옥 여사에게 다가오는 이들의 움직임이 예사롭지 않다. 옥 여사는 미간을 좁히며 날카로운 음성을 내뱉었다. 그들은 손에 쥐고 있던 신분증을 옥 여사에게 내밀고선 말했다.

"안녕하십니까. 저는 서울 남부 지검 증권 범죄 합동 수사단의 김석호 검삽니다."

"검……사?"

"윤 경사님."

"예, 검사님. 옥세영 씨, 당신을 증권 거래법 및 주식회사 외부 감사법 위반 등으로 긴급 체포합니다. 당신은 묵비권을 행사할 권리가 있으며, 지금부터 하는 모든 발언은 법정에서 불리하게 작용할 수 있습니다. 또 당신에겐 변호사를 선임할 권리가 있습니다. 만일 변호사를 선임할 비용이 없다면, 국선 변호사를……!"

"놔!"

옥 여사는 제게 체포 영장을 내밀고 차분하게 말하는 사내들의 팔을 뿌리치며, 악을 내질렀다.

"이 자식들이 지금 뭐라고 하는 거야! 내가 언제 주가 조작을 했다고 그래! 당장 못 놔? 이거 놓지 못하냐고!"

그러한 옥 여사의 반응을 예상했다는 듯 미묘한 표정으로 눈빛을 주고받던 남자들이 길게 한숨을 내쉬었다.

❖

『……사회적 물의를 일으킨 일가에 대한 깊은 책임을 통감하며, 이상으로 기자회견을 마칩니다.』

머리를 숙이는 남자의 얼굴에는 진심이 묻어나 있다. 그가 정면의 카메라를 향해 머리를 굽히자 수많은 플래시 세례가 쏟아졌다. 씁쓸한 표정을 지으며 그 화면을 들여다보던 장 회장은 똑똑, 들리는 노크 소리에 서둘러 리모컨의 전원 버튼을 눌렀다.

"할아버님!"

언제 TV를 보았냐는 듯, 슬그머니 옆으로 얼굴을 돌리자 보이는 것은 그를 보고 방긋 웃고 있는 손자와 손부였다. 오랜만에 보는 손자에게 반갑다는 말이 제대로 흘러나오지 않는다. 가슴의 통증을 애써 무시한 장 회장은 흐릿한 미소를 지으며 그들에게 손짓했다.

"어서 오거라."

TV 뉴스에서 보았던 모습보다 훨씬 더 어두운 얼굴로 그에게 다가오고 있는 손자의 모습을 보자니 속이 욱신거렸다. 사뿐사뿐 다가오는 손부, 새벽에게는 그러한 죄책감이 느껴지지 않는다는 사실이 조금은 다행스럽다. 아니, 어쩌면 그의 앞에서 드러내지 않으려 노력하는 건가.

장 회장은 어느새 제게로 다가와 앉는 새벽을 향해 마른 입술을 달싹였다.

“몸은, 괜찮아?”

“그럼요. 저 완전 멀쩡해요!”

새벽이 환하게 미소를 지었다. 장 회장은 언제나 밝은 모습을 보여 주려 애쓰는 그녀를 물끄러미 응시했다. 제게 힘든 모습을 들키지 않기 위해 과장된 몸짓과 행동을 유지하고 있는 아이는 더할 나위 없이 사랑스럽다.

굳은 얼굴로 그녀의 뒤편에 서 있는 손자와는 매우 대조적인 모습.

장 회장은 하하, 웃으며 물음을 던졌다.

“어떻게 됐니.”

“어땠을 것 같으세요?”

“인석아.”

“할아버님께 미리 말씀드린 대로 진행됐어요. 모든 게 밝혀졌고, 모든 게 정리됐어요.”

“……그랬구나.”

“예. 할아버님.”

그 말이면 되었다. 자세한 설명은 굳이 덧붙이지 않아도 됐다. 어차피 유단의 임시 주주총회에서 있었던 일들은 너무도 상세하게 TV 뉴스에서 알리고 있었으니까.

장 회장은 더 이상 말을 잇지 않는 새벽을 바라보더니 그녀에게 말했다.

"아가."

"네."

"잠깐만…… 자리를 비켜 줄 수 있겠니?"

장 회장은 돌처럼 굳은 채로 서 있는 진건을 힐끔거렸다. 그러고는 놀라는 새벽을 향해 말을 덧붙였다.

"저 녀석이랑 이야기를 하고 싶구나."

새벽은 기다렸다는 듯 고개를 끄덕이더니 자리에서 일어났다. 진건이 잠깐 동안 병실을 나가려는 새벽을 놀란 표정으로 바라보았지만, 이내 싱긋 웃는 그녀를 보고서는 더는 막지 않았다.

달칵. 드르륵 열렸던 문이 닫히는 소리가 났다. 장 회장은 닫힌 병실 문을 쳐다보던 진건에게 말을 뱉어 냈다.

"방황은 다…… 끝난 거냐?"

질책을 담은 것이 분명한 말투에 진건의 검은 눈동자가 흔들렸다. 장 회장은 흥, 코웃음을 흘리며 묵묵히 서 있는 진건을 향해 말을 이었다.

"괘씸한 놈. 사내가 되어서 어찌 그리 숨어 버려."

"……."

"힘들다고 숨어 버리는 네 녀석보다 네 아내라는 녀석이 더 용감하더구나."

진건은 대답하지 않고 장 회장을 응시했다. 콜록콜록, 기침을 하는 노인의 얼굴은 지나칠 만큼 창백하다.

이번 일격을 가함에 있어 장 회장의 지분은 적잖은 도움이 되었다. 아니, 그의 지분 행사가 있었기에 은석 일가에 대한 타격이 가능했다. 전적으로 그의 도움 없이는 힘들었을 거다.

입안을 맴도는 말은 수도 없이 많았지만 어찌 된 셈인지 입이 열리지 않는다. 굳어 버린 입술을 떼지 못한 채, 그저 멀뚱히 서 있는 진건을 향해 장 회장이 쓰게 웃었다.

"왜 그리 죄지은 표정을 짓고 있는 게야."

"……."

"가까이 오너라."

장 회장은 진건에게 손짓했다. 망설이던 그가 천천히 발을 앞으로 내디뎠다. 장 회장의 곁으로 가는 순간 그의 몸을 칭칭 감고 있는 여러 약품 냄새가 코끝을 진동했다. 속이 쓰렸다.

"늦어서 미안하다."

"……."

"약속대로라면 오래전에 네게 넘겼어야 했는데. 진작 손을 들어 주지 않았지."

"……."

"서운했니?"

장 회장을 이해하지 못하는 것은 아니다. 그 역시 저처럼 미련을 가졌던 거겠지.

장씨 일가가 와르르 무너지는 것만은 막고 싶었을 거다. 하지만 그들은 선을 넘었고, 결국엔 그가 결단을 내릴 수밖에 없었다.

"아닙니다."

진건은 흐리게 미소 짓는 장 회장을 내려다보며 나지막하게 중얼거렸다. 장 회장은 말했다.

"내 지분의 정식 증여 절차는 조만간 이루어질 거다. 이미 손을 써 놓았어. 하지만 네 녀석에게는 주지 않아."

예상했던 바였다. 진건은 가만히 장 회장의 다음 말을 기다렸다. 장 회장의 입가에 작은 미소가 서렸다.

"아가에게…… 새벽이에게 내 전부를 넘길 생각이다. 네 녀석이 이번 일을 딛고 일어나, 다시 승승장구를 하더라도 그 아이에게만은 뻐를 못 추릴 만큼."

굳었던 진건의 얼굴에 미세한 웃음이 번졌다. 이미 진건은 새벽의 손에서 자유로울 수 없다는 것을 잘 알고 있음에도 불구하고 은근한 협박을 늘어놓는 장 회장의 말이 머리를 장악했다.

진건은 중얼거렸다.

"마음대로…… 하십시오."

더 이상 그에게 있어 지분의 증여 따위는 중요한 문제가 되지 않았다. 그가 반기라도 들 거라 생각했는지, 짐짓 놀란 표정을 짓고 있던 장 회장이 입술을 달싹였다.

"인석아, 내가 왜 새벽이에게 양도할 생각을 했는지 알고는 있느냐?"

진건은 답변 대신 장 회장을 응시했다. 장 회장은 아직도 그날을 생각하면 기가 막히다는 듯, 피식 실소를 터뜨리더니 고개를 절레절레 저었다.

"겁 많은 네 녀석이 그렇게 사라지고, 그 아이가 내 앞에 나타났어. 그리고는 말하더구나. 내게 받을 것이 있다고. 얻어야 할 게 있다고. 자기한테 힘을 달라고."

"……!"

"널 구해 줄 많은 방법들이 있겠지만, 그 사람들을 물 먹이려면 그 방법밖에 생각이 안 난다고. 그러면서 하는 말이 무엇인 줄 아니?"

「할아버님의 주식을 제게 주세요. 아니, 넘기세요.」

그날 병원에서 퇴원을 하자마자 제게 찾아온 새벽은 장 회장을 내려다보며 말했었다. 갑자기 찾아와 주식을 넘기라는 황당하기 그지없는 그 요구에 장 회장은 헛웃음을 흘렸다.

「내가 아가, 널 뭘 믿고?」

「못 미더우실 거라 예상했죠. 하긴, 아직 뭣 하나 제대로 증명한 것이 없으니. 그렇다면 할아버님.」

입꼬리를 올리는 손자며느리에게는 그간 보지 못했던 결의가 느껴졌다. 장 회장은 내심 당황했다. 그 모습은 마치 오래전, 어미를 잃었던 진건이 처음으로 제게 유단 후계자로서의 자리를 요구했던 그날과도 같았다.

쿵쿵. 가슴이 멋대로 뛰어 장 회장은 대꾸하지 않았다. 입을 열지 못하는 그를 향해 후우, 숨을 고르던 새벽은 제 배를 작은 손으로 쓸며 말을 이었다.

「할아버님의 손주들을 믿어 보시는 건 어떠세요?」

「손……주?」

「네. 전 곧 엄마가 돼요, 할아버님. 하나도 아니고 둘을 가진 엄마가 될 거예요. 세상엔 이런 말이 있죠. 아이를 가진 엄마는 무서울 것이 없다고. 지금 저는 두려울 것이 없어요. 저는 이 아이들을 지키기 위해서, 그리고 이 아이들의 아버지를 지키기 위해서 못할 것이 없단 소리예요, 할아버님.」

「…….」

「아직은 못 미더우시겠죠. 이해합니다. 하지만 할아버님. 저는 할아버님의 주식을 허투루 사용하지 않겠습니다. 그러니 부디 이번 한 번만, 저를 믿어 주세요. 할아버님의 손주들이 자신이 속한 유단을 자랑스러워할 수 있을 만큼 멋지게 성장시킬게요. 뭐, 이미 너무 성장해 있어서 제가 건드릴 수 있을지도 모르겠지만, 그래도 최선을 다할게요. 그러니 딱 한 번만 맡겨 주세요. 제가 그 바보 같은 남자를 살릴 수 있는 길은…… 아무리 생각해도 이것밖엔 없어요.」

옅은 갈색 눈동자가 빛났다. 보석처럼 일렁이는 그 눈빛에 장 회장은 매료될 수밖에 없었다.

곧 죽음이 닥칠 거라는 것을 알게 되고, 장 회장은 진건에게 요구했다. 자신이 마음 놓고 떠날 수 있도록 옆자리를 채워 오라고.

오래전부터 진건이 그녀의 주변을 맴돌고 있다는 것을 알고 있었던지라 가까이서 보고 싶었다. 사랑하는 손자가 그렇게 아끼고 있는 여인에 대해.

항상 궁금했지만, 묻지 않았다. 손자는 그 아이에 대해 말하기를 원치 않았으니까.

어째서 그 아이였을까.

어째서 진건은 그 아이여만 했을까.

수많은 의문이 차올랐다.

재벌가 자제답지 않게 순진해서? 아니면 속내를 숨기려 하지 않아서?

진건이 저를 속이고 가짜 결혼을 강행했다는 이야기를 들었을 땐 우스웠다.

얼마나 마음에 들었기에 거짓으로 그녀를 홀려 곁에 두려고 할까. 그러다 모든 것이 발각되면 어떻게 되려나.

불안한 마음이 반, 은근한 기대를 담은 마음이 반이었다. 그리고 그날, 장 회장은 어째서 그 아이여야 했는지, 어째서 우새벽이어야 했는지 알게 됐다.

「아가. 너는 강하구나.」

그녀가 다치는 게 무서워 숨어 버린 진건보다, 눈앞의 손자며느리는 강했다. 겉으로 강한 척하지만, 실로 여리기 그지없는 그의 손자보다 굳건한 마음을 지니고 있었다.

이런 아이라면 지쳐 있는 그 아이를 지탱해 줄 수 있겠지.

장 회장은 이미 모든 서류를 준비해 온 새벽에게 미소를 지을 수 있었다.

'틀리지 않았어.'

사람 보는 눈이 많이 죽어 버린 뒤였지만, 새벽을 믿은 것은 그가 행한 일생의 선택 중 가장 옳은 일이었다. 잘했다는 생각이 들었다. 가슴은 갈기갈기 찢어져 시려 오지만, 새벽과 진건, 두 사람의 존재로 인해 커다란 상처가 살며시 봉합되는 것이 느껴진다.

새벽과 있었던 일들에 대해 말해 주자 그 말을 듣던 진건의 눈동자가 검게 일렁였다. 장 회장은 흐리게 웃었다. 마지막까지 그에게 큰 짐을 지어 주고 간다는 것이 슬프지만, 그래도 이 아이에게 등을 기댈 사람이 있어 다행이다.

눈앞이 캄캄해진다. 장 회장은 계속해서 끊이질 않는 기침을 이어 가며 미간을 좁혔다. 놀란 진건이 벌떡 일어나 그를 부축했다. 간호사를 부르겠다는 진건을 막은 장 회장은 그의 손목을 덥석 잡으며 시선을 올렸다.

장 회장은 눈을 크게 뜨고 있는 진건에게 말했다.

"한동안…… 힘들겠어. 듣자하니, 이번 일로 검찰에서 조사가 나온다지."

"견딜 수 있습니다, 회장님."

풍운이 일 것이라는 것은 이미 알고 있던 사실이다. 그럼에도 불구하고 강행했다. 진건은 염려가 가득한 표정을 짓는 장 회장을 다시 침대에 뉘어 주며 대답했다.

앞으로 몇 개월, 아니 적어도 1년 동안은 언론을 비롯한 검찰과 경찰에서 그를, 유단을 흔들어 댈 것이다. 그러나 자신은 흔들리지 않아야 했다. 각오를 한 일이었고, 버티기로 결심했다.

비바람이 쳐도 끄덕 않고 서 있어야 유단도, 장 회장도, 그리고 새벽도 지킬 수 있었다.

"어허."

입술을 꽉 깨무는 진건을 올려다보던 장 회장이 인상을 썼다. 진건이 의아한 표정을 지으며 그를 응시하자 장 회장이 타박에 가까운 말을 흘렸다.

"녀석이 아직도. 대체 언제쯤이면 나를 할아버지로 불러 줄 거냐?"

……아.

"언젠간 불러 주겠지, 불러 주겠지, 하고 기다리다가 이 할아비 죽겠다."

진건은 대답하지 못했다.

글쎄, 언제부터였을까.

그러고 보니 어느 시점을 계기로 진건은 장 회장을 '할아버지' 라고 부르지 않았다. 아니, 부르지 못했다. 곰곰이 생각해 보면 그가 장 회장을 따라 재계의 거목들에게 인사를 하러 갔던 그날 이후가 아닌가 싶다.

그때부터 거리를 뒀다. 모든 것을 이루어 내기까지는 장 회장은 제게 있어 모셔야 할 존재였으니까. 지금까지 장 회장도 그에 대해 지적하지 않았기에 딱히 의문을 느끼지 못했건만.

진건은 빙그레 웃는 장 회장을 내려다봤다. 장 회장은 요동치는 진건을 그저 바라보고 있을 뿐이다. 진건은 저도 모르게 얼굴을 아래로 떨구었다.

"죄송……합니다, 할아버지."

후드득, 눈물방울이 바닥으로 떨어졌다. 그 행동의 의미가 무엇인지 인지한 장 회장은 아무 말도 하지 않고 이를 악무는 진건을 지켜봤다. 진건은 소리 없는 울음을 흘리며 계속해서 입을 움직였다.

"정말…… 죄송합니다. 죄송……!"

누워 있던 장 회장이 억지로 몸을 일으켜 서 있는 진건을 끌어안았다. 진건은 장 회장의 갑작스러운 행동에 눈을 크게 떴다. 장 회장은 그의 커다란 등을 토닥이며 작게 중얼거렸다.

"이 못난 할아비 때문에 손자인 네 녀석이 고생이 많구나."

"……."

"하지만 조금만 더 고생해 줄 수 있겠니? 부탁한다, 진건아."

그의 간절한 부탁에 진건은 입술을 짓눌렀다. 장 회장은 한숨을 길게 내쉬었다.

그 후로도 진건은 여러 가지 이야기를 했다. 지혜와 옥 여사의 이야기. 그리고 장은석 부회장의 이야기. 말없이 그 이야기들을 듣고 있던 장 회장이 의아해하며 물었다.

“그런데 이건이 녀석은…… 어쩌고 있어?”

흐느끼던 것을 멈춘 진건은 답을 할 수가 없었다. 쓴웃음을 흘리는 진건을 보고 장 회장은 유추했다.

“떠나려 해?”

“오래전부터…… 생각한 것 같았습니다. 막으려 했는데, 본인이 그걸 원하더군요.”

“……어쩌면 가장 힘든 녀석은 그 녀석이겠지. 일단은 녀석이 원하는 대로 해 주거라. 혼란을 다스리려면 떠나는 것도 도움이 되겠지. 훗날 돌아온다면…… 매정하게 뿌리치지만 말아다오.”

제 손을 꼭 붙들며 뱉어 낸 장 회장의 말이 가시처럼 심장을 파고들었다. 외면할 생각 따윈 없었다. 이건 역시 큰 결심을 했다. 그의 결심이 없었더라면, 새벽의 사고에 대한 배후를 밝히기 어려웠을 거다.

「저도 따로…… 조사한 것이 있습니다. 형님이 받아 주셨으면 합니다.」

진건은 친아버지를 잃었지만, 이건은 친아버지를 비롯한 어머니와 동생을 잃었다. 이런 일이 일어날 것을 알고 있음에도 그의 편에 섰던 이건을 내치진 않을 거다. 진건은 고개를 끄덕였다.

장 회장과의 대화는 계속됐다. 밖에서 대기하고 있을 새벽이 따분해하지 않을까, 라는 생각을 할 만큼 길고 또 길게. 앞으로 회사를 어떻게 이끌지에 대해, 그리고 장 부회장과 옥 여사, 지혜를 어떻게 대할 것인지에 대해.

"참."

계속해서 장 회장과 상의를 하던 진건은 낮게 탄성을 터뜨리는 그를 내려다봤다. 생기가 흐르지 않던 장 회장의 눈동자가 반짝였다. 진건은 낯선 그 모습에 의아함을 느끼며 그의 이어질 말을 기다렸다.

장 회장은 싱글벙글 웃으며 물었다.

"회사 일은 회사 일이고, 녀석. 장한 일을 했더구나."

진건은 이해할 수 없는 장 회장의 말에 눈썹을 꿈틀거렸다. 장 회장이 미소 지으며 외쳤다.

"아가의 임신 말이다. 난 네 녀석이 하나도 아닌 둘씩이나 한 번에 만들 줄은 몰랐다. 허허. 이 할아비는 든든하구나. 쌍둥이라니. 아들이려나? 아니면 딸들? 그것도 아니면, 남매? 부디 증손주들을 볼 때까지는 할아비가 살아 있어야 할 텐데…… 진건이 너, 표정이 왜 그래?"

"……."

"……진건아?"

"하, 할아버지."

"응?"

"쌍……둥이라니? 그게 무슨 소리십니까?"

"어?"

껄껄 웃던 장 회장의 얼굴이 진건의 얼굴만큼이나 황당으로 물들었다. 진건은 넋을 놓은 채, 장 회장을 바라봤다. 약간의 침묵이 장 회장의 병실을 물들였다. 장 회장은 입을 벌리고 있는 진건에게 물었다.

"설마 아가가…… 말하지 않은 게냐?"

망치로 머리를 맞은 기분이었다.

비틀거리며 병실 밖을 나오자마자 진건은 '진건 씨!' 하고 외치는 새벽을 멍하니 내려다봤다.

"왜 그래요?"

진건은 저를 그저 바라보기만 하는 새벽의 질문에 장 회장이 했던 말을 되짚어 봤다.

「분명하다. 아가는 임신을 했어. 그것도 둘씩이나. 헌데 네게 말하지 않은 것을 보면…… 생각한 바가 있는 것 같기는 하구나. 음. 그래. 분명 새벽이라면 그럴 만도 하지. 그러니 방금 전 내 말은 못 들은 걸로 하려무나. 흠흠!」

실수를 했다는 장 회장에게 뭐라고 말을 할 수가 없었다. 얼이 빠진 저를 보고 새벽이 의아한 듯 계속해서 물었지만, 진건은 아무것도 아니라 대답했다.

그날 밤, 어떻게 집으로 돌아왔는지 기억나지 않았다. 눈을 떴을 땐 '진건 씨, 밥 먹어요!' 하고 방긋 웃으며 저를 내려다보는 새벽이 보일 뿐이었으니까.

'임신한 몸으로 그 짓을 벌였어?'

언제부터였을까.

대체 언제부터, 언제……부터?

「그러니 제가 나설게요. 그래, 제가 나서는 게 맞아요. 저 발언권도 있는 걸요?」

진건은 경악했다. 주주총회에서의 그 일은 자칫하다가는 아기에게 영향을 줄 만큼 가슴이 쿵쿵 뛰고 조마조마했던 일이었다. 그러나 새벽은 자신에게 맡겨 달라며 진건에게 말했다.

만약 사실을 알았다면, 진건은 기를 쓰고 반대했을 거다. 그러다 그녀와, 그녀의 아이에게 문제가 생겼다면? 생각만 해도 아찔한 일들이 눈앞을 스쳤다. 진건은 이를 악물었다.

"얼마 만의 드라이브지? 진건 씨, 저 문 좀 열어도 돼요?"

"……."

"진건 씨?"

"……."

"장진건!"

"아, 으응."

새벽의 옆에 앉아 있던 진건은 버럭 외치는 새벽의 목소리에 가까스로 상념에서 벗어났다. 운전대를 잡은 것이 영우여서 천만다행이다.

새벽은 근래 들어 자꾸만 진건이 저 혼자만의 생각에 빠진다며 툴툴거리면서도, 창문을 내렸다. 스르륵 아래로 내려가는 유리문 사이로 바람이 흘러 들어온다.

'젠장.'

저렇게 차가운 바람을 맞으면 감기에 걸릴지도 모르는데. 그렇게 감기에 걸리면 아기에, 아니 아기들에게 영향이 갈 수도 있고, 그러다가는…….

"어?"

"안 되겠어."

"네?"

"찬 공기는 안 돼."

생글생글 웃으며 '겨울바람 좋다!' 하고 중얼거리는 새벽의 곁으로 다가온 진건은 멋대로 창문을 올렸다. 깜짝 놀란 새벽이 눈을 크게 뜨며 그를 바라보자, 진건은 미간을 좁혔다.

"약간 여는 건 괜찮지 않을…… 흠흠! 이, 입 다물겠습니다."

운전석에서 차를 몰고 있던 영우가 룸미러를 흘긋거리며 말을 흘리려다, 진건의 매서운 눈빛을 마주하고선 얼른 눈을 돌렸다. 새벽은 인상을 쓰며 진건을 바라봤다.

"요즘 진건 씨 되게 이상한 거 알아요?"

"뭐가."

기를 쓰고 창문을 올리는 데 성공한 진건은 입을 쭉 내밀고 있는 뾰로통한 새벽을 내려다봤다. 새벽은 미묘한 표정으로 그를 올려다보더니 눈을 가늘게 떴다.

"맞아. 확실히 이상해. 요 며칠 진짜 이상하다고요. 특히 할아버님 병문안 다녀온 이후, 특히! 어머, 그러고 보니 정말 그러네! 그 이후로 진건 씨, 저를 너무 유리 다루듯 하고 있는 거 알아요? 뭐, 제가 몹시 예민한 여자이기는 하지만…… 그래도 이상해!"

진건은 확신에 찬 말을 흘리는 새벽을 응시했다.

내 태도가 뭔가 수상하다는 것을 눈치챈 여자가, 아직까지 임신 소식을 말 안 해?

그는 저를 빤히 바라보는 새벽에게서 눈을 돌리지 않았다.

「어라? 진건…… 씨, 왜 이렇게 일찍 일어났…… 앗!」

「그만둬. 앞으론 아침이고 점심이고 저녁이고 다 내가 할게.」

「네? 왜, 왜요?」

「그냥. 내가 해야 해.」

「…….」

「장도 내가 보고, 청소도 내가 할 거야. 빨래도 내가 할 거니까 새벽이 넌 저기 앉아 있어.」

「…….」

「아, 그렇지. 소파가 불편한가? 그럼 한 비서한테 말해서 앉기 편한 소파로 바꾸도록 하지. 그리고 집 구조도 바꿔야겠어. 여기 너무 날카로운 게 많아.」

「…….」

「그러고 보니, 과제 제출이 언제까지랬지? 줘. 내가 할 테니.」

「…….」

「아무것도 하지 마. 네가 할 일은 전부 내가 할 거니까.」

눈을 부라리는 진건의 말에 어리둥절한 표정을 짓던 새벽은 피식 웃으며 '그래요!' 하고 외쳤다.

「제가 몹시 소중한 존재라는 걸 깨달았나 보죠? 뭐, 그래요! 하지만 과제는 제가 직접 해야 하니까 그것만은 말리지 마세요.」

「우새벽.」

「그러다 잡혀가기 싫어서 그래요. 당신 도움 없이도, 그깟 과제 정도는 제가 할 수 있거든요?」

「…….」

「그렇지. 나 오늘 딸기 케이크 먹고 싶은데.」

「당장 만들어 줄게. 기다려.」

「사 오는 게 아니고요?」

「사 오는 것보다 직접 만들어 먹는 게 더 안심이 돼. 그깟 케이크, 금방 구워 올 테니 거기 가만히 앉아 있어.」

「……네!」

사뭇 진지한 표정을 지으며 말하는 진건에게 픽 웃음을 흘리던 새벽은 어깨를 으쓱이며 고개를 주억였다.

그로부터 한 달.

쉴 새 없이 터지는 바깥일을 처리하기도 바쁜 진건은 요즘 들어서는 거의 새벽이 해야 할 모든 일을 대신하고 있었다.

'누가 이기나 보자.'

자신이 임신 사실을 알고 있는 것을 아는지 모르는지. 도통 속을 알 수 없는 새벽은 아직까지 그 말을 해 주지 않고 있었다. 그녀에게 생각이 있어 그러는 것이라 생각하기는 하지만, 섭섭하기도 하고 또 오기가 생겨 진건 역시 대놓고 묻지는 않고 있었다.

「진건 씨. 나 오늘, 가고 싶은 곳 있는데.」

그 누구도 입 밖으로 발설하지는 않았으나 얼떨결에 시작된 내기는, 시간이 흐르면 흐를수록 진건에게 불리하게 돌아가고 있었다. 제 마음도 모르고 그에게 안겨 드는 그녀를 떼어 내는 것이 날이 갈수록 힘들어지고 있었으니까.

이러다가는 백기를 들어 올려 그녀에게 제발 가만히 있어 달라고 울면서 사정할 태세다. 그러한 와중, 새벽이 이른 아침부터 꺼낸 말에 진건은 그녀와 함께 어디론가 향하고 있다.

"안녕하세요, 어머님."

먼 길을 달려 새벽과 진건이 도착한 곳은 정성이 느껴지는 묘지 앞.

최윤희라는 이름이 보이는 묘비 앞에 멈추어 선 새벽은 진건을 옆에 둔 채 빨간 입술을 달싹였다. 진건은 행여나 그녀가 절을 할까 싶어 불안한 표정을 감추지 않았다.

새벽은 그러한 진건을 한 번 힐끔거리더니 쿡쿡 웃으며 말을 이어 나갔다.

"처음으로 인사드려요. 매번 와야지, 와야지 하고 생각했었는데, 이제야 인사드리는 저를 용서해 주세요. 안정기를 넘길 때까지 시간이 필요하대서 참고 또 참았어요."

진건은 낭랑한 그녀의 음성을 듣고 있다 눈썹을 꿈틀거렸다. 두 눈을 크게 뜨며 자신을 응시하고 있는 진건의 시선을 느꼈음에도, 새벽은 멈추지 않았다.

"어머님을 뵈면 꼭 하고 싶은 말이 있었어요. 어머님. 장진건이라는 보물을 제게 안겨 주셔서 감사해요. 더불어 예쁜 두 아이도 함께 보내 주셔서 감사해요."

"……!"

새벽이 고개를 돌려 진건에게 맑은 미소를 그려 보였다. 진건은 동공의 떨림을 막지 못했다. 그녀의 작은 손이 진건의 손을 부여잡았다. 따뜻한 온기가 그의 손바닥에서 전신으로 퍼져 나갔다.

새벽은 말을 이었다.

"저, 이렇게 잡은 진건 씨 손 절대로 안 놓고, 평생 이 남자를 잘 돌보며 살게요. 그러니 어머님도 더 이상 걱정 마세요. 이제 걱정할 일 따위는 만들지 않을게요. 저 우새벽, 한번 뱉은 말은 지키는 여자랍니다."

가슴을 탕탕 치는 새벽의 말은 묘역을 가득 울렸다. 마치 그것에 반응이라도 하듯, 무덤 주변의 풀들이 바람에 흩날렸다. 진건은 말없이 그녀를 내려다봤다.

"그나저나 어머님. 진건 씨, 원래 이렇게 겁 많은 남자였어요?"

다짐하듯 말하던 새벽은 굳은 얼굴의 그를 쳐다보며 붉은 입술을 달싹였다.

"하긴, 잠적했던 그때 보고 예상하긴 했지만 이번엔 정도가 좀 심하더라고요. 제가 임신한 걸 용케 알게 된 후 얼마나 덜덜 떠는지. 사실 저 빨리 말하려고 했거든요? 그런데 진건 씨가 저만 보면 불안해하는 모습이 얼마나 귀여운지. 그 모습을 조금 더 보고 싶어서 참고 또 참았어요. 아아, 어떡해. 서른셋, 아니다. 이제 해 바뀌었으니 서른넷인가? 서른넷이나 된 남자가 이렇게 귀여우면…… 앞으로 얼마나 귀여우려나."

"우, 우애……."

진건은 어느새 그에게 다가와 그의 볼을 꽉 잡고는 길게 늘어뜨리는 새벽으로 인해 웅얼거렸다. 새벽은 쿡쿡 웃으며 그를 올려다보더니 발꿈치를 들었다.

"……!"

차가운 그의 볼에 그녀의 부드럽고 말랑한 입술이 닿았다 떨어졌다. 새벽은 눈을 깜빡이는 그에게 다시 한 번 입을 맞추고선 진건의 팔에 팔짱을 끼었다.

"아저씨."

왜.

"저 임신 4개월이에요."

진건은 귀를 의심했다.

"진작 말하려다, 당신 행동이 재미있어서 조금 더 즐기고 싶었는데. 더 침묵하다간 당신이 말라 죽을까 봐 말해 주는 거라고요. 그리고 아저씨는 무려 두 아이의 아빠가 됐어요. 그러니 앞으로도 열심히 일해 주길 바라요."

짐작하고 있던 일이었지만 실제로 들으니 귀가 먹먹해졌다. 진건은 멍한 표정으로 그녀를 내려다봤다. 새벽은 웃으며 중얼거렸다.

"이 아저씨가, 아직 내 말을 못 들은 건가? 왜 이렇게 어리벙벙한 표정을 지어? 이봐요, 장진건 씨."

"……."

"당신은 두 아이의 아빠가 됐다고요. 제 말 들었어요?"

"……."

"아저씨! 장진……!"

한 번 더 그를 부르려던 새벽의 말은 그녀를 와락 안아 버리는 그로 인해 뚝 끊어졌다.

콩닥콩닥. 제 품에 가득 안기는 그녀에게서는 하나가 아닌 셋의 심장 소리가 들려오는 것 같기도 하다. 이곳이 어머니의 묘소 앞이라는 것도 망각한 채, 진건은 한동안 새벽을 놓지 않았다.

"아저씨라고…… 해 줬네."

"뭐라고요?"

새벽은 작게 중얼거린 진건의 말을 듣고 풋 웃어 버렸다.

"바보. 그 호칭을 좋아하는 사람은 아마 진건 씨, 당신밖에 없을 거야."

그녀는 못 말린다는 듯 고개를 가로저었다. 진건은 그의 심장에 활기를 불어넣는 그녀를 말없이 응시했다.

달이 뜨고, 다시 태양이 고개를 내밀기 전.

아침도 밤도 아닌, 평온한 나만의 시간.

그리고 그런 내 시간을 가득 채워 주는…….

나의, 우아한 새벽.

그런 여자에게 하고 싶은 말이 있다.

"사랑해."

그의 음성을 들은 새벽이 고개를 들어 진건을 바라봤다. 그녀의 도톰한 입술이 움직였다.

"한 번 더 말해 줘요."

어렵지 않은 일이다. 진건은 소리를 내뱉었다.

"사랑해."

"모자라."

"사랑해. 사랑한다, 우새벽."

"얼마나?"

그녀가 묻는다. 진건은 생각했다.

얼마나.

나는 너를 얼마나 사랑할까.

인간의 의지로는 막지 못하는, 반복되는 흐름이 있다.

태양이 뜨고, 환한 아침이 찾아오는 것.

태양이 지고, 짙은 저녁이 드리워지는 것.

그리고 아침과 저녁 사이. 그 경계를 채우는 푸르스름한 새벽.

나는 아마도 그런 내 새벽이 끝날 때까지 너를…….

영원히, 사랑하게 되겠지.

“사랑해, 우새벽.”

에필로그 1

지금, 갑니다

“후우, 후우. 새벽아. 심호흡은 크게 하고. 응? 할 수 있다는 마음가짐으로!”

두 손을 꼭 붙든 이화의 말에 웃음이 터져 나올 것 같았다. 결혼식을 치르는 건 새벽, 자신인데 왜 이화가 긴장을 하는 건지.

하얗게 질린 얼굴로 주변을 두리번거리던 새벽의 고모 이화는 계속해서 ‘잘 끝내야 하는데.’ 하고 중얼대는 중이다. 부모님들보다 더 걱정스러워하는 이화의 모습에 부드럽게 웃던 새벽은 그녀의 손을 향해 팔을 뻗었다.

“고모님.”

“으응?”

“걱정 마세요.”

“……!”

"저 잘 해낼 수 있어요."

원래 새벽의 졸업식 이후 바로 거행될 예정이었던 새벽의 결혼식은 진건의 검찰 조사 이후로 미뤄졌다. 그러다 보니 새로운 해의 봄이 되었고, 어느덧 그 봄도 끝이나 6월이 되었다.

임시 주주총회가 열릴 때까지만 하더라도 결혼식은 감히 상상도 하지 못했었다. 그때는 진건의 자리를 되찾는 데만 집중을 했던 터라 더욱더.

새벽은 옅은 미소를 머금으며 이화를 바라봤다. 새벽의 안정적인 답변에 이화의 눈동자가 떨렸다.

"어휴, 나도 참. 그래. 우리 새벽이……. 내 조카. 어련히 알아서 잘할까."

이화는 머쓱하게 웃으며 중얼거렸다.

"하지만 그래도 조심해야 해. 조금이라도 어지러우면 당장 우리한테 말하고. 결혼식도 결혼식이지만 너는 홑몸이 아니잖니."

말을 꺼내던 이화가 시선을 아래로 내려 볼록하게 튀어나온 새벽의 배를 흘긋거렸다. 새벽은 풋 웃었다. 하긴. 홑몸은 아니다. 지금 새벽은 세 명의 목숨을 짊어지고 있다. 하나는 자신의 것, 그리고 남은 둘은…… 진건의 피가 섞인 아이들.

지금이 6월이니 벌써 이 아이들과 함께한 지 7개월이나 되었다.

「이리 줘.」

「진건 씨?」

「너는 가만히 있어. 내가 알아서 다 할 거니까.」

「…….」

「아무것도 하지 마. 그래, 푹 쉬는 것이 낫겠다. 그냥 여왕처럼 나한테 다시키면 돼. 시키는 건 무엇이든 할 테니까.」

그동안 검찰 조사로 인해 지칠 만도 한데, 집으로 돌아온 진건은 온갖 궂은일을 자청했다. 머슴처럼 부려만 달라고 애원하기까지 하는 진건을 보며 얼마나 웃음을 터트렸는지.

워낙 진지하게 여왕으로 있어 달라고 부탁하는 진건의 청을 차마 외면할 수도 없었던 터라, 요즘은 은근히 즐기기까지 했다.

'빨리 보고 싶네.'

그래서인지 이 아이들이 세상 밖으로 나오게 된다면 펼쳐질 상황들이 기대가 된다.

「우리 태양이들은 섭섭하겠다.」

「왜?」

「아니. 아버지가 너무 바빠서 얼굴 보기도 쉽지 않을 거잖아요. 정식 회장직에 취임하면 집으로 못 돌아오는 날도 있을 텐데.」

어느새 볼록하게 솟은 배를 어루만지며 말했던 기억이 있다. 그의 허벅지 위에 머리를 대고 드러누워 중얼거리자 진건이 살짝 미간을 좁혔다. 그러자 가만히 그녀를 내려다보던 진건은 기다란 손끝으로 그녀의 콧등을 통 튕겼다. 새벽이 깜짝 놀라 탄성을 흘렸다.

「아얏!」

「우새벽.」

「으응?」

「태양이들은 내가 다 키울 거야.」

「……네?」

「밥도 내가 먹일 거고, 잠도 내가 재우고, 목욕도 내가 시키고, 놀기도 내가 놀아 줄 거야. 출산 후의 상황은 걱정 마. 네가 오지 말라고 해도, 퇴근해서 애들이랑 시간 보낼 거니까. 그러라고 회장 자리에 오르는 거 아니겠어? 회장은 시키는 일에 익숙하단 말이지. 한 비서가 육아 시간 정도는 만들어 줄 거야. 아니면 그냥 육아 휴직을 하지 뭐.」

「회, 회장이 육아 휴직을 하겠다고요?」

「다른 직원들도 하는데 나라고 안 될 거 뭐 있어?」

씩 웃으며 말하는 진건을 보고 어이가 없어졌다. '뭐야. 애들이랑 놀려고 회장직을 받아들이는 거예요?' 하고 물으려다 '무사히 낳기만 해.' 하고 속삭이는 진건의 말에 희미하게 웃었다.

아이들의 태명은 '태양' 이 되었다.

새벽이 걷히고 새로운 날이 시작되는 것을 알리는 태양은, 새롭게 시작하는 그들에게 있어 커다란 의미가 됐으니까.

진건이 그녀의 배를 어루만지며 '태양이들, 이 녀석들. 엄마 괴롭히지 말고 무사히 나와.' 하고 말을 할 때마다 심장이 콩콩 뛰었던 것을 보면, 아이들 역시 그 태명이 마음에 들었던 건지도 모르겠다.

"신부님! 곧 입장할 예정입니다. 준비해 주세요!"

"아, 네! 새벽아. 준비하래!"

들뜬 이화의 목소리가 상념을 깨웠다. 새벽은 고개를 끄덕이며 하얀 웨딩드레스를 입고 있는 제 모습을 내려다보았다.

비록 배가 튀어나오기는 했지만 자신이 드레스를 입게 될 줄은, 불과 몇 달 전까지만 하더라도 생각해 보지 못했었다.

「결혼……식이요?」

해가 바뀌어 상황이 달라졌다고 하지만, 아직 그룹 상황은 그리 좋은 편은 아니었다. 은석과 지혜가 차례로 구속 수사를 받게 되면서, 진건까지 검찰 조사에 응하게 된 것이다. 밤낮없이 조사에 불려가는 진건으로 한숨을 내쉬던 것이 엊그제 같은데.

게다가 지난달 명예 회장 자리로 물러났던 장태달 회장의 상태가 위중해져서 졸업 이후로도 결혼식은 감히 상상도 못했었다.

이미 혼인 신고까지 했고, 진건과 함께한다는 사실이 중요해서 결혼식에는 크게 미련을 두지 않았던 새벽은 그녀를 불러 말하는 장 명예 회장의 말에 눈을 동그랗게 떴다.

「그럼 아가 너는 우리 진건이랑 결혼식도 안 치를 예정이었니?」

「하, 할아버님. 그건 아니지만…… 이 상황에서 제가 어떻게…….」

「할아비의 소원이다.」

「……!」

「적어도 가족들에게 당당히 아가 네가 나의 손부라고 알리고 싶구나. 어때. 이 할아비의 소원, 들어줄 수 있겠니?」

흐릿하게 웃으며 새벽에게 부탁하는 장 명예 회장의 손은 앙상해진 상태.

마음의 준비를 해야 할 것 같다는 이야기를 주치의로부터 들었던 상황이어서 새벽은 울컥하는 마음을 겨우 가라앉혀야 했다.

새벽이 장 명예 회장의 말을 받아들임으로써, 결혼식은 발 빠르게 추진되었다.

거의 번갯불에 콩 구워 먹듯 날을 잡았고, 오늘 이렇게 가족들과 절친한 지인들만 초대하여 소박한 결혼식을 치르게 된 것이다.

'긴장하지 말고, 우새벽.'

이화에게 긴장하지 말라며 말했던 것은 분명 자신인데, 그녀의 부축을 받고 자리에서 일어나니 심장이 급격하게 떨렸다.

'너희도…… 떨리니?'

가쁘게 숨을 몰아쉬며 한 걸음, 한 걸음 모두가 대기하고 있는 홀 쪽으로 움직였다. 그 보폭을 느꼈던 건지 배 안의 아이들이 마구 움직인다. 새벽은 옅게 웃으며 부케가 들린 손이 아닌 다른 한 손으로 배 위를 어루만졌다.

'엄마는 아주 떨려. 하지만 너희들과 함께라서 잘 해낼 수 있을 것 같아.'

이미 진건과 한 가족이 된 것은 오래전이었고, 그로 인해 함께 많은 일도 겪었는데 이렇게 웨딩드레스를 입고 서 있으니 새로운 기분이다. 부드럽게 미소 짓던 새벽은 '신부, 입장!' 하고 외치는 홀 안 사회자의 음성에 정신을 차렸다.

슬쩍 고개를 돌리니 우 회장이 그녀의 손을 붙잡고 진건에게로 데려다주는 모습이 보였다. 결혼식장에 모인 하객들의 박수를 받으며 새벽은 앞으로 나아갔다.

저 멀리, 그녀가 제 곁에 도착하기만을 기다리고 있는 그녀의 진건을 향해.

힘차게, 그리고 거침없이.

❖

"우와, 진건 씨. 이것 좀 봐요!"

침대에 드러누워 앨범을 살펴보던 새벽이 진건을 호출했다. 침대 헤드에 기대어 서류를 훑어보던 진건의 두 눈이 새벽의 손끝을 따라 움직였다.

"반장님, 눈 감았어요!"

하객으로 초대되었던 새벽의 동기 태진이 자신의 가족들과 함께 새벽의 결혼사진을 함께 찍다 하필 눈을 감았던 모양이다. 진건은 쿡쿡 웃으며 '하여간 못 말린다니까.'를 중얼대고 있는 새벽의 볼에 입을 맞추었다.

"응?"

유심히 결혼 앨범을 쳐다보던 새벽은 고개를 들어 진건을 바라봤다. 진건은 어느덧 자정에 가까워진 시계를 흘긋거리며 새벽에게 말했다.

"새벽아. 이제 자야지? 더 늦으면 자정 넘기겠어."

"조금만 더 보고. 나 아직 말짱하다고요."

"흐음."

"딱 요만큼만 더 볼게. 응?"

연한 갈색 눈동자를 별처럼 빛내며 제게 속삭이는 새벽의 말을 감히 외면할 수가 없다. 그가 행여나 거절이라도 할까 싶어 그의 품을 파고들며 말하는 새벽으로 인해, 심장이 덜컹거렸다. 진건은 한숨을 푹 내쉬며 새벽이 표시한 결혼식 앨범의 부분을 내려다봤다.

"그럼 딱 그만큼만."

"우리 남편 최고!"

새벽은 그의 입술 위로 입을 맞추더니, 생긋 웃었다. 태연을 유지하려고 했으나 새벽이 무심코 뱉어 낸 남편이라는 단어가 그의 입꼬리를 꿈틀거리게 했다.

진건은 콧노래까지 흥얼거리며 결혼식 앨범에 다시 집중하는 새벽을 물끄러미 응시했다.

불과 몇 년 전까지만 하더라도…… 자신과 새벽이 함께하게 될 것이라고는 상상도 하지 못했다. 밝기만 한 새벽은 그와는 너무도 멀어서, 그저 지켜볼 수밖에 없었는데.

우화의 일이 계기가 되어 그는 새벽에게 한 걸음 다가갈 수 있었다. 따지고 보면 그 남자가 적잖은 도움을 주게 된 셈이다. 그 남자는 어떻게 되었더라?

「네 예상대로야. 양 프로, 마지막 발악을 하더군. 곧 수사 들어갈 것 같아. 이번에는 쉽게 빠져나오기 힘들 거다.」

냉랭하게 말하던 정록의 말이 귀를 맴돌았다. 마지막 기회를 제 발로 걷어차 버린 재혁을 봐주고 싶은 마음은 없었다. 원래 계획으로는 새벽에게 그를 응징할 수 있는 기회를 넘기려 했지만 임신한 그녀에게 더는 신경 쓰게 만들고 싶지 않았다. 진건은 제 선에서 재혁의 일을 처리해 버렸다.

"진건 씨, 그거 알아요?"

가만히 생각에 잠겨 있던 진건을 새벽이 깨웠다. 진건은 정신을 차려 고개를 아래로 내렸다. 그의 가슴에 머리를 기대고 있던 새벽이 얼굴을 든 채 진건을 올려다보고 있었다.

두 엄마가 될 사랑스러운 아내가 부드럽게 미소 짓자 의아해졌다.

"뭘?"

"도련님 말이에요. 또 선물을 보내오셨어요."

진건의 눈동자가 요동쳤다. 이건이가? 쉽게 대답하지 못하는 진건에게 새벽은 웃으며 말했다.

"이번에는 양말이랑 장난감이에요. 우리 태양이들 세상 밖에 나오면 사이좋게 나눠 가지라고 각각 두 개씩."

"안 그래도 된다니까."

"저도 그렇게 말했는데, 도련님이 그렇게 하고 싶대요. 그래서…… 그냥 받았어요."

그의 이복동생이자 옥 여사의 아들인 이건은 무척 힘든 시간을 보내고 있었다. 자신의 가족들을 뿔뿔이 흩어지게 만든 진건을 원망할 만도 한데, 이건은 담담하게 모든 것을 받아들였다.

몇 달 동안 한국을 떠나 있었던 그가 다시 돌아와 새벽에게 찾아왔다는 이야기를 전해 들었을 땐, 조금 놀랐었다. 그리고 얼마 지나지 않아 새벽에게 아이들이 사용할 만한 용품들을 하나둘씩 보내고 있다는 이야기를 듣고 또 놀랐다.

'그 녀석도…… 의지할 곳이 필요하겠지.'

이건에게 악감정은 없다. 오히려 자신을 도와주었던 이건에게 고마울 뿐이다. 만약 자신이 이건의 처지였더라면 그렇게 행동할 수 있었을까.

장 명예 회장이 말했던 것처럼, 진건은 이건이 다시 설 수 있도록 도울 예정이었다.

그것이 가족……이니까.

진건은 '잘한 거겠죠?' 하고 속삭이는 새벽에게 미소를 지어 주었다.

"잘했어."

"헤헤. 역시! 우리 진건 씨는 그렇게 말해 줄 거라 생각……"

귀를 살짝 넘기던 그녀의 단발은 어느새 어깨에 닿을 정도로 길어져 있었다. 하지만 여전히 손가락 사이로 흘러내리는 머릿결은 부드럽다고 생각하고 있을 때, 그의 품에 안겨 있던 새벽이 더 이상 말을 잇지 않았다.

"새벽아?"

진건은 본능적으로 무언가를 느꼈다. 심장이 쿵쿵 뛸 만큼의 불안감이어서, 그는 얼른 몸을 일으켰다. 그러자 창백하게 질린 상태에서 헉헉, 숨을 몰아쉬고 있는 새벽이 보였다. 진건의 눈이 휘둥그레졌다.

"새벽……."

"악!"

……!

"아악! 아악! 지, 진건 씨!"

눈앞이 새하얗게 물들었다. 진건은 그의 옷깃을 꽉 움켜쥐며 제 이름을 부르는 새벽을 멀뚱히 내려다봤다.

이게…… 이게 어떻게 된…….

"장진거언!"

배를 부여잡으며 식은땀을 흘리는 새벽을 보고 넋을 놓고 있던 그는, 목이 터져라 자신을 불러 대는 새벽의 외침에 겨우 정신을 차렸다.

연습했던 대로. 연습했던 대로!

예정일보다 일주일이나 빠르게 다가온 진통으로 인해 뭐가 뭔지 도통 분간이 안 되지만, 진건은 얼른 핸드폰을 집어 들어 누군가에게 전화를 걸었다.

— 장…… 회장님? 이 시간에 어쩐 일이십니까?

자정을 막 넘긴 시간. 아마도 잠을 자고 있었던 모양인지, 잠결에 전화를 받는 상대의 목소리가 들려왔다. 진건은 '꺄아악!' 비명을 질러 대는 새벽의 소리를 들으며 있는 힘껏 외쳤다.

"나, 나올 것 같습니다!"

— 예? 뭐가 나오…… 헉?

"예! 아이들! 그러니까 지금……!"

지금, 갑니다!

에필로그 2

제가 바로—

⚜

"우새벽 씨! 잠깐 이리로 와 볼래요?"

"예?"

톡톡, 키보드를 두드리고 있던 새벽은 자리에서 벌떡 일어났다. 그녀는 서류를 내밀고 있는 까만 안경의 남자에게서 파일을 건네받았다.

"이거 오늘 오후까지 살펴보고, 괜찮은 아이템이 있으면 골라서 엑셀로 정리한 후에 나한테 넘겨줘요."

"예? 제가……요?"

"응? 왜요. 뭐 잘못됐나요?"

"아, 아뇨! 그런 건 아니지만…… 제가 기획 아이템을 골라도 되는 건가요?"

"당연하지. 우새벽 씨는 우리 팀 일원이 아닌가?"

"……!"

"오후까집니다. 만약 못할 것 같으면, 유지영 사원한테 맡길……."

그럴 리가 있겠는가!

"할 수 있습니다!"

새벽은 고개를 휘휘 저었다.

"말씀하신 시간까지 반드시 끝마치겠습니다!"

힘껏 외친 새벽을 물끄러미 쳐다보던 그녀의 직장 사수, 이해준 대리는 픽 웃으며 '수고해요.' 라는 말을 덧붙였다. 새벽은 그 말을 듣고 난 후 몸을 돌려 제자리에 앉았다. 그리고는 책상 위에 놓아둔 서류를 내려다봤다.

'나한테 주어진 첫 업무야!'

그간 다른 선배들의 잔심부름을 한 적은 있었어도, 자신이 주도하여 업무를 맡게 된 것은 처음이다. 가슴이 콩닥콩닥 뛰어 흥분을 감출 수 없다. 새벽은 주먹을 불끈 쥐고선 닫혀 있던 파일의 첫 장을 열었다.

「입사?」

새벽이 유단 건설 그룹의 기획 2팀에 입사하게 된 것은 네 달 전의 일이다. 진건 몰래 유단의 입사 시험을 치렀던 새벽은 합격 통지서를 받자마자 진건에게 달려갔다.

설마 합격을 하리라고는 생각하지 못했던지라, 혹 진건이 자신을 몰래 붙여 준 것은 아닌가 하는 의심도 일었다.

합격 메일을 받고 난 후 진건에게 그것을 보여 주었던 새벽은 그 메일을 보고 깜짝 놀라는 진건을 발견할 수 있었다.

「정말 다닐 거야?」

두 쌍둥이의 육아와 회사 생활을 병행하는 것은 결코 쉽지 않을 거다. 많은 워킹맘들이 그러하니까. 하지만 그럼에도 새벽은 굳게 마음을 먹었다. 유단에 입사를 하는 것은, 새벽이 오랫동안 생각해 둔 것이었다.

새벽은 진건을 돕고 싶었다. 장태달 회장이 명예 회장으로 물러나고, 이건까지 퇴직을 한 지금. 진건은 거세게 휘청이던 유단을 혼자만의 힘으로 바로 세웠다. 그것을 위해 진건이 얼마나 많은 노력을 했는지, 가장 가까운 곳에서 지켜봤던 사람은 다름 아닌 새벽이었다.

피곤에 지쳐 제 무릎에 머리를 댄 진건의 흐트러진 머리카락을 쓸며 다짐하고 또 다짐하지 않았던가. 언젠가 진건에게 도움이 될 수 있는 날이 온다면. 그날이 온다면 제 모든 노력을 다해 그에게 힘이 되어 주자고!

임신과 출산을 하느라 그 시기가 조금 미뤄지기는 했지만, 마침 들려온 합격 통보는 새벽에게 있어 좋은 기회였다. 다행히 새벽은 귀엽고 사랑스러운 아이들을 돌볼 수 있는 장진건이라는 훌륭한 유모를 두었다.

어디 그뿐이겠는가.

「내가 맡아 줄게!」

「고모님이요?」

「그럼! 내 종외손들을 위해서라면 없는 시간도 내야지!」

새벽이 아이들을 낳은 이후 그들과 놀아 주기를 인생의 낙으로 여기고 있던 이화는 새벽의 어머니인 채 여사보다 더 눈을 빛내며 외쳤었다.

떨떠름한 표정을 짓는 진건에게 새벽은 맑게 웃으며 외쳤다. 출근하겠다고.

그러자 진건의 검은 눈동자가 미묘하게 일렁였다. 새벽은 그의 얼굴을 지그시 쳐다보다 씩 웃었다.

「왜요? 안 돼요?」

「아니 뭐…… 안 될 건 없는데. 흠.」

「왜 그래요, 진건 씨?」

「굳이 밑에서부터 시작해야 하나 싶어서.」

「네?」

예상하지 못했던 말인지라, 새벽은 두 눈을 휘둥그레 떴다. 등 뒤로는 먼저 태어난 이새를 업고, 가슴으로는 이새의 동생인 이현을 끌어안고 있던 진건은 입술을 삐죽이며 중얼거렸다.

「그렇게 회사에 다니고 싶으면…… 기획 팀이 아니라 다른 곳으로 발령받으면 될 텐데.」

「다른 곳 어디요?」

「회장 비서실.」

「예에?」

「그럼 나도 새벽이 널 계속 볼 수 있고…… 또 가끔은 몰래…… 읍!」

「이 남자가 진짜, 못하는 소리가 없어!」

음흉하게 번져 가는 진건의 눈웃음이 무엇을 의미하는지 알고, 새벽은 얼굴을 화르륵 붉혔다. 진건은 그런 새벽을 꼭 끌어안고서 중얼거렸다.

「신입 사원 우새벽 씨. 유단을 이끄는 회장으로서 부탁드립니다. 앞으로 우리 유단을 위해 열심히 일해 주세요.」

그녀의 귓가에 대고 나지막하게 속삭이는 유단 건설 그룹 회장의 목소리에 새벽은 그의 가슴을 톡톡 두드리며 웃었었다.

"우새벽 씨!"

아.

진건과 나누었던 대화를 떠올리며 잠시 넋을 놓았던 모양이다. 새벽은 저를 부르는 소리에 고개를 돌렸다. 그러자 생글생글 웃으며 커피를 건네고 있는 한 남자가 보였다.

"이건……."

"마셔요!"

"예?"

"아까 보니 오늘 오후까지 일 끝내야 한다면서. 이거 마시면서 힘내요!"

소탈하게 웃으며 들고 있던 커피 잔을 새벽의 책상 위로 내려놓는 남자는, 기획 2팀의 과장으로 있는 우진이었다. 젊은 나이에 남들보다 빠르게 출세를 하여 벌써 과장 자리에 오른 우진은 다른 동료들의 롤모델이나 다름없었다.

「우새벽 씨라고요? 전 남우진이에요. 잘 부탁해요!」

게다가 어찌나 서글서글한지. 넉살도 좋아 새벽의 직장 동료들에게도 좋은 평판을 얻고 있었다.

“고, 고마워요.”

“뭘요! 그럼 수고해요!”

그러나 가끔 새벽에게 지나치게 친절할 때가 있어 약간 부담스럽기는 했다. 물론 신입 사원을 챙기려는 선배의 마음은 이해한다만, 저보다 한참은 상사라서 쉽게 거절할 수도 없고.

새벽은 힘내라며 엄지손가락을 번쩍 들어 보이더니 홱 몸을 돌려 제자리로 돌아가는 우진의 뒷모습을 쳐다보았다. 그러고는 이내 다시 일에 집중하기 시작한다.

「굳이 숨겨야 하나?」

「어머. 큰일 날 소리를. 만약 회장 사모님이 신입 사원이라고 하면, 사원들이 저한테 일을 시킬 수나 있겠어요? 어려워할 게 분명해요.」

「……흠.」

「딱 1년만요. 제가 유단에서도 먹힐 만한 괜찮은 인재라는 걸 증명할 1년 정도까지만……. 그때까지만 비밀로 해 줘요. 네?」

「흐음.」

「만약 비밀로 해 주면…….」

「해 주면?」

「우리 회장님께서 원하시는 밤을 보낼 수 있도록, 꽉!」

이번 입사에 앞서 새벽은 진건과 일종의 거래를 했다. 진건은 새벽이 신분을 숨기고 신입 사원부터 시작하는 것을 마음에 들어 하지 않았지만, 끝내 새벽의 손을 들어 주었다.

새벽의 합격을 통보하고 난 후. 뒤늦게 새벽의 정체를 알아차린 인사팀의 고위급 임원들은 난리가 났으나, 회장실에서 내려온 명령에 그 이후 네 달 동안 입을 굳게 다물고 있는 상태였다.

덕분에 새벽은 한때 진건이 이끌었던 전략기획본부 내에 속한 기획 2팀의 팀원으로서 무리 없이 다니고 있는 중이다.

❖

— 아부. 온제 와?

— 온제? 온제?

이새가 말을 하자마자, 그의 옆에 있던 이현이 핸드폰을 빼앗아 들려하며 소리를 냈다. 진건은 시계를 흘긋거렸다.

"글쎄. 조만간 돌아갈 것 같은데. 아빠가 갈 때까지 고모할머니 말씀 잘 듣고 있어. 알았지?"

— 웅! 이째, 기다리께!

— 이효니도! 할무!

— 오오, 그래그래. 여보세요, 장 서방?

"예. 고모님."

— 잘 들리는가? 방금 전에 이 녀석들이 한 말도 들었어?

"네, 들었습니다."

진건은 상기된 목소리를 내뱉는 이화를 보고 빙긋 웃었다. 영상 통화의 화면 너머로 보이는 이화는 이새와 이현에게 붙들려 꽤 곤욕스러워하는 중이지만, 행복해 보였다.

진건은 깔깔 웃으며 '요 녀석들! 가만히 못 있어?' 하고 작게 호통을 치는 이화를 주시했다. 이화는 겨우 아이들을 떼어 낸 후 말을 이었다.

— 호호, 이새랑 이현이. 이 녀석들, 날이 갈수록 똑똑해진단 말이지. 오늘은 나한테 뭐라고 했는지 아나?

"뭐라고 했는데요?"

— 내가 '이 세상에서 제일 예쁜 사람이 누구야?' 이러니까 자기들이랑 놀아 주는 나도 아니고, '우리 옴마!' 이러는 거 있지 않나?

"하하."

— 이건 배신이야. 배신이라고!

고개를 절레절레 젓는 이화는 계속해서 툴툴거렸지만, 기본적으로 그 말에는 애정이 깔려 있었다. 진건은 이화로부터 두 쌍둥이가 오늘 어떤 하루를 보냈는지에 대해 전해 들은 뒤, 곧 돌아가겠다는 말을 하며 영상 통화를 종료했다.

"우 사장님이십니까?"

슬슬 가까워진 퇴근 시간에 맞추어 영우가 회장실 안으로 들어왔다. 진건은 빙긋 웃고 있는 영우에게 살짝 고개를 끄덕여 주고는 퇴근할 준비를 했다. 슈트 상의를 입던 진건은 불현듯 떠오른 생각에 퇴근 준비를 돕는 영우에게 말했다.

"새벽이네도 마칠 시간이지 않나?"

"예?"

"같이 가자고 해 볼까?"

분명 같은 건물에서 일하는 것은 사실인데, 어쩜 이리도 얼굴을 마주하기가 힘든 건지.

잠깐 시간을 내어 함께 점심을 먹자고 문자를 보내도,

[미안해요, 진건 씨. 나 몰래 못 빠져나갈 것 같아.]

라는 답장이 오질 않나. 비상구에서 얼굴이라도 볼까―라는 문자를 보내면,

[그러다 누가 보면 어떡해. 참아요, 참아.]

하고 매정하기 그지없는 메시지가 도착했다.

[어어, 미안. 진건 씨, 나 오늘 저녁 약속 있어요!]

[아마도 팀 회의가 늦게까지 있을 것 같은데…….]

[진건 씨, 먼저 들어가요! 나 오늘 야근이에요.]

[하아, 미안해요. 자고 있으면 곧 들어갈게! 일이 안 끝나네.]

등등. 그가 생각했던 '사내 연애'의 느낌이라고는 찾아볼 수가 없었다. 회장인 자신보다 말단 사원인 새벽이 훨씬 바쁜 것 같다.

"같이 갈 수 있을까요?"

"어렵……겠지?"

"아마도요."

"그럼 차라리 내가 회식을 제안하는 건 어떨까?"

"예?"

진건은 두 눈을 크게 뜨는 영우의 반응에 미간을 좁혔다.

못할 말을 한 것도 아닌데 반응이 왜 이래?

"회식 말이야, 회식. 흠. 새벽이네 팀에만 제안하기 그렇다면…… 기획1팀도 부르고."

"그러실 거면 차라리 전략기획본부를 아예 다 호출하시죠?"

"그러는 게 나으려나?"

"하하, 회장님! 농담입니다, 농담!"

진지하게 영우의 말을 받아들인 진건이 고심하자, 영우는 얼른 손을 저었다.

"사모님을 위해서라도 회식 제안은 참으시는 게 좋을 것 같습니다."

미간을 좁히는 진건을 설득하기 위해 어색하게 웃던 영우는 부드러운 음성을 흘렸다. 그 말을 들은 진건은 쳇, 하고 입술을 삐죽이고는 자리에서 일어났다.

"나가지."

"예!"

7시가 되기 전, 진건은 회장실을 나섰다. 이렇게 새벽의 얼굴을 보기가 힘들어질 줄 알았다면, 신입 사원이고 뭐고 허락해 주지 않는 건데. 물론 그의 힘이 되기 위해 말단부터 시작하겠다는 그녀의 마음은 사랑스럽지만, 그녀의 얼굴을 보지 못하니 피가 마를 것만 같다.

진건은 후우 한숨을 내쉬며 미간을 좁혔다. 그 모습을 지켜보던 영우가 빙긋 웃었지만 모르는 척했다.

"어?"

임원용 엘리베이터를 타고 내려가는 길. 로비 앞에 차를 대기해 놨다는 영우와 함께 걷던 진건은 곁에서 들리는 영우의 음성에 고개를 들었다.

"사모님이신데요?"

진건은 유려하게 휘어지는 영우의 눈꼬리를 발견하고선 흥 코웃음 쳤다.

약았기는. 제가 무슨 행동을 취할지 이미 뻔히 알고 있다는 눈빛이다. 영우의 손을 들어 주고 싶진 않았지만, 멋대로 벌어지는 입의 움직임을 막을 수는 없다. 진건은 저만치 걸어가고 있는 신입 사원의 이름을 부르려 했다.

"새……."

"새벽 씨."

하지만 그런 진건의 말은 어디선가 갑자기 튀어나온 웬 남자로 인해 뚝 끊어졌다. 진건의 눈동자가 매섭게 일렁였다.

"아, 남 과장님."

"퇴근하는 거죠?"

"예? 네."

"같이 갈래요?"

"네?"

"저번에 보니까 새벽 씨랑 나, 방향이 같은 것 같던데!"

"……그, 그랬나요?"

"부담스러우면 버스 정류장까지만 함께 가요!"

"……."

"어? 계속 고민하고 있을 거예요? 퇴근하려던 거 아니었어요?"

"그럼…… 정류장까지만 가겠습니다."

"하하, 너무 딱딱하다. 그래요, 가요!"

로비가 쩌렁쩌렁 울릴 정도로 호탕하게 웃음을 흘리던 남자는 한숨을 푹 내쉬는 새벽과 함께 사라졌다.

"회……장님?"

그 모습을 냉랭하게 응시하는 진건을 흘긋거리며 영우가 침을 꼴깍 삼키는 소리가 들려왔다.

❖

'으음.'

피할 수 없는 노곤함에 취해 이리저리 몸을 뒤척이던 새벽은 슬며시 눈꺼풀을 들어 올렸다.

'어?'

따사로운 햇살이 창틈으로 내려오고 있는 아침. 내내 자질 않던 쌍둥이를 달래느라 뜬눈으로 밤을 지새우며 동이 틀 무렵이 되어서야 잠을 청할 수 있었던 새벽은 깜짝 놀랐다.

저와 다를 바 없는 처지, 아니 저보다 훨씬 더 힘들었을 것이 분명한 진건이 두 눈을 뜬 채 그녀를 내려다보고 있었기 때문이다.

새벽은 부드러운 시선으로 그녀의 머리카락을 쓸고 있는 진건의 품을 파고들었다.

"언제 일어났어요?"

"조금 전에."

"안 잔 건 아니지?"

"……."

진건은 하암, 하품하며 그에게 묻는 새벽의 말에 대답하지 않았다. 무심코 넘어가려던 새벽은 정신이 번쩍 드는 것을 느꼈다.

"안 잤어요?"

그러자 진건이 머쓱하게 웃었다.

"잠이 안 오더라."

"그래도 잠은 자야지! 진건 씨 피곤해서 어떡해요?"

새벽은 그의 뺨으로 손을 뻗으며 한숨을 내쉬었다. 어쩐지. 요즘 통 잠을 못 자서 이렇게 피부가 까칠한 건가.

물론 뺨이 거칠어져도 세상 그 누구보다 멋진 진건이지만, 지켜보는 새벽에게 있어서는 안타깝기 그지없다. 새벽은 그의 입술 위로 제 입술을 축 엎었다 떨어지며 중얼거렸다.
“푹 쉬어야 하는데, 내가 육아도 맡겨 버려서 힘든 거죠?”
“괜찮아.”
“괜찮기는. 어휴. 기다려 봐요! 내가 오늘 맛있는 아침 차려 줄, 앗!”
이대로 있을 수는 없다. 요즘 새벽의 출근이다 뭐다 해서 아침상을 차리는 건 진건이었는데, 오늘만큼은 기필코 제가 해야겠다 싶었다.
굳게 결의를 다지고 벌떡 일어나던 새벽은 갑자기 그녀의 팔을 덥석 잡더니, 이내 쑥 끌어당기는 진건의 행동에 그에게로 끌려갔다.
“지, 진건 씨!”
그의 품 위로 떨어지게 된 새벽이 저를 와락 끌어안는 진건을 보며 외쳤지만, 진건은 더욱 강하게 그녀를 안을 뿐이었다.
‘왜 이러지?’
그의 이 같은 행동이 이상해서, 새벽은 목덜미 뒤에서 느껴지는 숨결에 집중했다.
“회사 일은?”
응?
“회사 일은…… 할 만해?”
새벽은 고개를 들어 진건을 쳐다봤다. 그는 미동 없는 검은 눈으로 그녀를 바라보고 있었다. 새벽은 옅게 웃으며 대답했다.
“네. 할 만해요.”
“그렇군. 괴롭히는 사람은 없고?”
괴롭혀?
“없어요.”
조금 귀찮게 하는 사람은 있지만, 제 선에서 처리 가능하다. 배시시 웃는 새벽을 보며 진건은 미묘한 표정을 지었다. 꽤 오랫동안 새벽을 내려다보던 진건은 그녀의 볼에 입을 맞추며 속삭였다.

"만약 누가 괴롭히면 언제든 말해. 그럼 내가……."

"잠깐, 잠깐. 진건 씨."

"으응?"

"나 우새벽이에요."

새벽은 하얀 이를 드러내며 웃었다. 그런 새벽의 말을 잠시 이해하지 못하던 진건은 이내 몸을 돌려 그의 배 위로 털썩 앉고선 그를 내려다보는 새벽을 올려다봤다. 새벽은 그의 뺨 위로 제 손을 얹으며 말했다.

"나 우새벽이라고요. 천하의 유단 회장을 내 사람으로 만들어 버린 우새벽. 잊었어요?"

"하하."

"어머, 웃기는. 나 아니었으면 완전 나락으로 빠졌을 사람이?"

"그건 그러네."

진건은 흥 코웃음 치는 새벽의 말에 동의했다. 그녀는 수긍하는 진건을 보고 만족스러운지 씩 미소 지었다.

"그래도 만일이라는 게 있으니까. 혼자 처리하는 게 힘들어지면 언제든 말해야 해. 알았지?"

"진건 씨는 꼭 내가 난처한 상황에 처한 사람처럼 말하네. 뭐, 알겠어요. 신입 사원을 배려하는 높으신 회장님의 말씀, 귀담아듣겠습니다."

새벽은 몇 번이고 당부하는 진건이 이상하다고 생각하기는 했지만, 알겠다며 미소 지었다.

어머, 벌써 시간이 이렇게 됐네.

그러다 7시를 가리키고 있는 탁상시계를 발견하고선 진건의 배 위에서 빠져나오려 했다.

"……!"

하지만 새벽의 움직임은 또다시 멎어 버린다. 진건이 그녀의 손목을 놓아주지 않았기 때문이다.

"진건…… 씨?"

"어쩌지."

뭘?

그에게서 벗어나려던 새벽이 의아한 표정을 지으며 그를 내려다봤다. 그러자 진건은 곤란하다는 얼굴로 새벽을 주시하더니 이내 턱으로 아랫배 쪽을 고갯짓했다.

"못…… 참을 것 같은데."

"뭐? 이 아침부터?"

"할까?"

음흉하게 물으며 그녀의 슬립 사이로 손을 뻗는 진건의 눈웃음에 새벽은 꺅 하고 즐거운 탄성을 터트렸다.

❖

'늦었다, 늦었어!'

8시 30분을 5분 남겨 둔 시간이 새벽의 마음을 안절부절못하게 했다. 지난 네 달 동안 단 한 번도 지각이라고는 해 본 적이 없었던 터라, 더욱.

'으으, 왜 이렇게 안 내려와?'

각각 7층, 8층, 12층, 그리고 10층에 멈추어 있는 네 대의 중앙 엘리베이터는 도통 내려올 생각을 않는다. 이러다가는 정말 30분을 넘겨 버릴 기세여서, 새벽은 과감한 행동을 하기로 결심했다.

그녀는 엘리베이터 옆 비상계단을 향해 달려갔다.

"하아, 하아."

기획 2팀이 있는 19층까지 5분 만에 도착할 수 있을까? 새벽은 온 힘을 다해 계단을 오르며 숨을 헐떡였다.

"대체 왜 이러시는 거예요!"

……어?

그리고 그런 새벽이 미친 듯이 내달려 7층의 계단에 올랐을 때였다. 그녀는 귀를 파고드는 날카로운 목소리에 행동을 멈추었다. 슬며시 고개를 들어 보니 낯익은 얼굴의 두 사람이 대화를 나누고 있었다.

'난처하게 됐네.'

새벽은 당혹감을 숨기지 못하고 주변을 두리번거렸다. 몰래 대화를 엿듣고 싶은 마음은 없었기에, 그녀는 지금이라도 비상계단을 벗어날 생각이었다.

"몇 번이고 말씀드렸지만 저는…… 아!"

큰일이다. 왠지 심상찮은 분위기에 새벽이 먼저 발을 빼려던 순간, 계단 위의 누군가와 시선이 마주쳐 버렸다. 새벽은 저와 눈길이 닿은 사람이 기획 2팀의 맞은편에 사무실을 둔 기획 1팀의 직원, 한유은 씨라는 것을 알아차렸다.

새벽은 당황하여 얼굴을 붉히는 그녀를 보고 슬쩍 고개를 끄덕였다.

"누구…… 아아, 새벽 씨."

그리고 그런 한유은의 뒤를 따라 시선을 돌린 이는 다름 아닌 기획 1팀의 과장, 남우진이었다. 새벽은 어색하게 웃으며 그들에게 인사했다.

"언제부터 있었어요?"

"예? 아, 온 지는 얼마 안 됐어요."

"그래요?"

"그, 그럼 저는 이만……."

새벽과 우진이 대화를 나누는 사이 유은이 자리를 떴다. 졸지에 우진과 둘만 남게 된 새벽은 식은땀이 주르륵 흐르는 것을 느꼈다. 우진은 아, 하고 낮게 탄성을 터트리더니 새벽에게로 다가왔다.

"출근하는 길인가 봐요? 그런데 왜 계단으로? 엘리베이터가 안 왔어요?"

이미 시간은 30분을 넘긴 상황. 새벽은 한숨을 푹 내쉬며 말없이 고개를 끄덕였다. 그러자 빙긋 웃던 우진이 비상계단의 문을 열며 말했다.

"내가 방해한 거나 마찬가지니, 오늘은 지각으로 안 칠게요."

"네?"

"대신 고마우면 점심 사요."

"……!"

"어때요? 괜찮은 거래인가요?"

새벽은 잠시 머리를 굴렸다. 왜 자신이 점심을 사야 하는 건지 고민을 하기는 했지만, 지각에 대한 벌점을 피할 수 있는 좋은 기회이기도 했다. 완벽한 신입 사원이 되고 싶었던 새벽은 저울질을 마쳤다. 이내 새벽은 흔쾌히 고개를 끄덕였다.

"그러죠, 뭐!"

❖

"남우진?"

듣기만 해도 기분이 나쁜 이름이다. 진건은 괜히 인상을 쓰며 영우가 건네준 서류를 들여다봤다. 영우는 인사 파일을 보고 있는 진건에게 상세하게 말하기 시작했다.

"4년 전 입사를 했고, 평판은 그리 나쁘진 않은 편입니다. 업무 능력은 특출나지도, 그렇다고 떨어지지도 않지만 사람이 좋은 모양입니다. 그래서 남 과장을 좋게 봤던 임원들이 승진에 동의했고, 비교적 빠르게 과장 자리에 올랐죠."

"그 과정에서 의심스러운 일은 없었나?"

"예?"

진건이 서늘한 눈을 빛내자 영우가 머뭇거렸다.

"조사해 보겠습니다."

"고마워."

"그런데 회장님."

"왜?"

"신경…… 쓰이시는 겁니까?"

어렵게 말을 꺼낸 영우를 보며 진건이 미간을 좁혔다. 영우는 흠흠 헛기침을 하며 말했다.

"별 뜻은 아니고, 며칠 전의 일로 회장님께서 남우진 과장에게 유독 눈길을 주시는 것 같아서요."

틀린 말은 아니었다. 진건은 그날 로비에서 새벽에게 다가가 말을 걸었던 우진의 모습을 보고 그에게 눈길을 줬다.

'신경이라.'

확실히 거슬리기는 한다. 그런 기분 나쁜 눈빛을 지닌 사람이 새벽과 함께 있다는 것이 그의 예민한 레이더를 자꾸만 자극하고 있는 것은 사실이니.

“이렇다 할 문제를 일으킨 적 없는 성실한 사원입니다. 괜한 걱정을 하시는 건 아닌지…….”

“한영우.”

“예?”

“남우진 과장의 승진 과정에 대해 철저히 조사해.”

“……!”

“명령이야.”

진건을 보며 말하던 영우가 냉랭한 그의 말에 ‘예, 알겠습니다!’ 하고 외치는 게 보였다. 진건은 그런 영우가 밖으로 나가는 모습을 말없이 지켜봤다.

「으으, 나 지각했어요! 이거 완전히 지각이야!」

「괜찮아. 하루 정도 지각하면 어때.」

「어머? 그건 진건 씨가 ‘회장님’ 이라서 가능한 소리죠! 나 같은 말단 사원들은 지각은 꿈에도 못 꾼다니까?」

「흐음.」

「우리는 퇴근도 마음대로 못한다고요, 이 바보!」

짧지만 달콤했던 새벽과의 뜨거운 아침을 보낸 후, 재빨리 옷을 입는 새벽에게 손을 뻗었지만 매정하게 뿌리침을 당했다. 진건이 섭섭하다는 듯 입을 쭉 내밀었으나, 새벽은 흥 콧방귀만 뀌며 먼저 출근을 해 버렸다.

그 모습마저 사랑스러워 쿡쿡 웃던 진건은 마침 아이들과 시간을 보내기 위해 집에 들른 이화와 채 여사에게 인사를 한 후, 회사로 출근할 수 있었다. 제 아래에서 야릇한 신음을 흘리던 새벽이 눈앞을 아른거려 진건은 핸드폰을 꺼내 들었다.

[지각했어?]

'보물 1호♡' 라 저장해 둔 연락처로 메시지를 전달하니 곧 답변이 왔다.

[다행히 세이프! 진건 씨도 도착했어요?]

[응. 심심하다.]

[심심하긴. 와, 우리 회장님이 그런 말을 했다는 거 사원들이 알게 되면 까무러치겠는데?]

새벽의 웃는 소리가 귓가에 아른거렸다. 진건은 미소를 그리며 대꾸했다.

[오늘 저녁엔 같이 퇴근할 수 있을까?]

[음. 그건 잘 모르겠는데. 아까 살짝 들었는데, 저녁에 회식이 잡힐 수도 있대요!]

[……회식?]

[응. 늦지 않게 잘 빠져나갈 테니까, 이새랑 이현이 잘 부탁해요! 어, 본 회의 시작한다. 진건 씨, 오늘도 파이팅이에요! 사랑해요!]

그가 아직 답장을 하지도 않았건만, 멋대로 대화를 종료시켜 버린 새벽은 심장을 쿵쾅거리는 말만 내던진 후 사라졌다. 진건은 그녀에게 '나도 사랑해.' 라고 답을 할까 하다가, 한숨을 푹 내쉬었다. 고민하던 그는 이내 인터폰으로 손을 뻗었다.

— 예, 회장님.

"기획 2팀이 오늘 회식이 있을 거라는데, 어디서 회식을 하는지 알 수 있을까?"

❖

'그렇게 같이 가고 싶은 건가.'

휴게실에서 커피를 마시고 있던 새벽은 문득 든 생각에 미간을 좁혔다.

「같은 회사에 다니면…… 사내 연애를 할 수도 있겠군. 몰래 만나 이야기도 하고, 스킨십도…….」

「사내 연애요? 우린 이미 결혼한 사인데? 엄연히 따지면 사내 결혼이긴 하네. 아, 아닌가? 사내 결혼이 되려면 같이 회사를 다니면서 결혼을 해야 하는데…… 음, 복잡해!」

「그, 그럼 사내 연애의 느낌이라도…… 그런 걸 느낄 수 있으면 돼.」

「어라? 진건 씨. 그런 로망이 있었어요?」

「아니. 그런 건 아니지만…… 흠흠. 말이 많군, 요 꼬맹이가.」

부끄러워하는 것이 분명한 진건이 홱 고개를 돌려 툴툴거리는 모습은 보기 힘든 장면이었다. 다른 사람들의 앞에서는 언제나 냉정한 척, 근엄한 자세를 취하고 있어야 했던 그가 제 앞에서는 흐트러지는 모습을 보이는 것이 좋았다.

새벽은 진건이 그런 간극을 보여 줄 때마다 그를 와락 끌어안고 키스 세례를 퍼부었었다.

'한번 시도는 해 볼까?'

진건의 로망 중의 하나가 회사에서 그녀와 함께 퇴근을 하는 것이라면, 못할 것도 없다. 물론 요즘 들어 새벽에게 자주 일감을 맡기는 선배들 덕분에 7시를 넘겨서야 퇴근을 하는 일이 잦아지고 있기는 하나, 그때까지 진건이 기다려 준다면.

하루 정도는 이화나 채 여사에게 부탁하여 조금 늦게 들어간다고 하며, 사랑하는 아이들과의 재회를 조금 늦출 생각도 있었다.

언제가 좋으려나?

그래도 아이들을 보는 시간이 줄어든다면 그들이 섭섭해할 수 있으므로, 적당한 시간 조율이 필요했다.

근래 들어 둘만의 시간을 가진 적도 없으니, 데이트로 치면 되겠다!

생각이 거기까지 미치자 새벽은 배시시 웃었다.

"우새벽 씨."

한참 생각의 나래를 펼쳐 가고 있던 새벽은 저를 부르는 소리에 고개를 들었다. 그러자 기획 1팀과 2팀의 여직원 몇몇이 새벽을 바라보고 있는 것이 보였다. 갑자기 무슨 일이지?

"예?"

"새벽 씨한테 할 말이 있는데."

"무슨…… 말이요?"

새벽은 진지한 표정을 짓는 그들을 보고 깜짝 놀랐다. 난데없이 무슨 말을 하려기에 이렇게 무리 지어 온 걸까?

딱히 그들에게 잘못한 것은 없다. 새벽은 의아함을 느끼며 제 앞에 자리를 잡는 여직원들을 쳐다봤다. 그녀들은 후우, 길게 한숨을 내쉬더니 어떻게 말을 꺼내야 할지 모르겠다며 서로를 흘긋거렸다.

"유은 씨?"

"새벽 씨. 아까 남 과장님이랑 점심 먹던데."

응?

"남 과장님이랑 친해?"

마침 오늘 오전 비상계단에서 한 번 마주친 적이 있는 기획 1팀의 한유은이 조심스레 물었다. 새벽은 고개를 갸웃거렸다.

"네, 뭐…… 입사 이후 줄곧 친절히 대해 주셔서……"

"속지 마!"

"예?"

새벽은 갑자기 버럭 외치는 기획 2팀의 최지현 사원의 말에 화들짝 놀랐다. 지현은 제가 외치고도 당황했는지 주위를 두리번거렸다. 무언가 심상찮은 것을 느끼던 새벽의 눈동자가 가라앉았다.

가만히 상황을 지켜보던 기획 1팀의 이세정 대리가 입을 열었다.

"요즘 남 과장의 타깃이 새벽 씨로 옮겨 간 것 같아서 하는 말이야. 젠장. 그 자식은 도저히 멈출 줄을 몰라! 개자식 같으니!"

"그게…… 무슨 소리세요?"

새벽은 으르렁거리는 이 대리의 말에 눈을 동그랗게 떴다. 이윽고 이어진 이 대리의 말은 그녀를 충격으로 빠트렸다.

❖

「남우진 과장, 신입 사원 킬러야. 대체 몇 명이 그 친절한 모습에 속았는지 몰라. 겉모습은 멀쩡해서는, 건드린 여직원들이 한둘이 아닐 정도로 말이야. 그러니 우새벽 씨도 조심하는 게 좋을 거야. 그 남자, 자신이 한번 삼은 타깃은 반드시 끝까지 물고 늘어지거든. 오늘이 기획 2팀 회식이라고 했었지?」

「예? 아…… 네.」

「조심해. 언제 어디서 치고 올지 모르니까.」

이 대리 등등이 들려준 말은 새벽에게 있어 몹시 당혹스러웠다. 본디 말이란, 한쪽의 입장만 들어서는 안 된다지만 남 과장에게 당했다는 증인들의 말까지 들으니 무시할 수가 없어졌다.

"새벽 씨, 뭐 해요? 얼른 여기 앉아요!"

어떻게 시간이 흘러갔는지 모르겠다. 정신을 차려 보니 이미 업무 시간은 끝나 있었고, 새벽은 다른 직원들과 함께 회식을 하기 위해 회사 근처의 고깃집으로 움직인 상태였다.

그런 와중, 새벽의 머리를 혼란스럽게 만들었던 존재가 손을 휘휘 흔들며 그녀를 부르고 있었다. 우진이었다.

'어쩌지.'

지금까지는 딱히 새벽에게 이렇다 할 짓을 하지 않았던 우진이 마침 자리를 비워 두고 그녀에게 환한 미소를 보내는 모습이 이상하게 거북스럽다.

편견일지도 몰라. 아직 남 과장님 입장은 들어 보지 않았잖아?

하지만 조심하는 것은 나쁘지 않을 거다. 새벽은 고심하다 한숨을 푹 내쉬며 우진의 옆자리에 착석했다.

"이번에 기획 2팀에 들어온 인재들 중에 우새벽 씨라고 했었죠?"

"예?"

"어때요? 우리 회사에 적응은 잘하고 있나요?"

이번 회식을 마련했다는 전략기획본부의 안진우 본부장과는 일면식이 있었다. 그는 몇 달 전, 새벽에게 발언권을 주었던 임시 총회의 진행자였기 때문이다. 그의 배려 덕분에 새벽의 신분이 알려지지 않고 무사히 신입 사원 노릇을 이어 갈 수 있었다고 해도 과언은 아니었다.

진건의 뒤를 이어 본부장 자리에 오른 안 본부장은 부드럽게 웃음 지으며 새벽에게 물었다. 새벽은 힘껏 고개를 끄덕이며 대답하려 했다.

"네. 여러 선배님들이 도와주셔서 열심히……."

어?

마침 맞은편에 앉아 있던 안 본부장에게 미소로 답하려던 새벽의 몸에 소름이 오소소 돋아났다.

"새벽 씨?"

"하하, 우리 새벽 씨가 본부장님 앞이라고 긴장을 했던 모양입니다!"

"예?"

"언제나 밝고 성실한 직원이죠. 왜 이제야 우리 회사에 입사를 했는지 모를 정도로 열심히 일하고 있습니다. 이번엔 신입 사원들이 전부 괜찮아요. 안 그래요, 여러분?"

의아해하는 안 본부장에게 대답한 것은 새벽의 옆자리에 앉아 있던 기획 2팀의 남진우 과장이었다. 새벽은 제 대답을 빼앗아 안 본부장에게 답변하던 그의 손이 제 어깨 위로 올라와 있음을 알아차렸다.

「그러니 우새벽 씨도 조심하는 게 좋을 거야.」

문득 이 대리의 말이 머리를 스쳤다.

이런…… 거였나?

새벽은 그 뒤로도 저를 향한 질문을 낚아채는 진우를 가만히 바라봤다.

「만약 여러분들의 말이 사실이라면, 어째서…… 알리지 않았나요?」

「섭섭한 말을 한다, 새벽 씨. 알린다고 되겠어?」

「저는 한 번 인사위원회에 말한 적이 있었어요. 그런데 저한테 돌아온 답변이 뭔 줄 알아요? 증거가 있냐고 하더라고.」

「어이가 없어. 그 개자식은 내 엉덩이를 툭툭 치고, 만지고, 뒤에서 껴안는데 그런 식의 답변이 나올 줄이야.」

「그쪽은 과장이고 우리는 말단 직원이라 이거죠, 뭐.」

깊은숨을 흘리며 성토하던 여직원들의 말이 귓가를 맴돌았다. 아니나 다를까, 그녀와 조금 떨어진 곳에 자리를 잡은 기획 2팀의 여직원들이 염려를 가득 담아 저를 바라보고 있는 것이 보였다.

'후우.'

새벽은 쓰게 웃었다.

'아직도…… 이런 녀석들이 있네.'

하마터면 겉모습에 속을 뻔했다. 그녀의 어깨를 쓰다듬던 우진의 손이 점점 등 뒤로 내려가는 것이 느껴졌다.

「그렇군. 괴롭히는 사람은 없고?」

설마. 진건이 무언가를 알고 그런 말을 한 건 아니겠지.

새벽은 저를 향해 의아한 말을 흘리던 진건을 떠올리다 고개를 휘휘 저었다. 그런 건 아닐 거야. 안 그래도 신경 쓰이는 것이 많은 진건을 걱정하게 하고 싶지는 않다.

내 선에서 처리할 수 있는 일이겠지. 뭐, 시끄러워지기는 할 테지만…….

새벽은 '한 잔 할래?' 하고 속삭이며 이젠 그녀의 허리를 만지작거리려는 우진을 향해 빙긋 웃었다.

"남 과장님."

"응, 새벽 씨!"

"손 좀 떼 주시죠."

"……어?"

놀라는 우진이 눈을 휘둥그레 뜨자 새벽은 짙은 미소를 그렸다.

"지금 남 과장님이 더듬고 있는 제 허리에서, 손 떼 달라고요."

쾅!

"무, 무슨 소리야! 더, 더듬다니!"

우진은 깜짝 놀라 자리에서 벌떡 일어났다.

"뭐야, 무슨 일이야?"

"남 과장, 왜 그래요?"

"무슨 일이라도 났어?"

왁자지껄하던 고깃집의 분위기가 새벽이 뱉어 낸 말 한마디에 순식간에 술렁였다. 우진은 얼굴을 빨갛게 붉혀서는 소리쳤다.

"우, 우새벽 씨! 지금 나를 벼, 변태 취급 하는 거야?"

새벽은 인상을 쓰며 외치는 우진을 흘긋거리더니 빙긋 웃었다.

"아니라면 다행이네요."

"우새벽 씨!"

"제 허리를 더듬는 손이 남 과장님 손임이 분명해서 말씀드렸습니다."

"우, 우……!"

"그나저나 남 과장님. 모두가 모인 즐거운 자리에서 함부로 아래 직원의 몸을 더듬는 행위는, 직장 내 성희롱이라는 거 알고는 계시죠? 알 만하신 분이 왜 그러시는지 모르겠네요."

새벽은 흥, 하고 콧방귀를 뀐 후 눈앞의 사이다를 들이켰다. 새벽의 싸늘한 발언에 창백하게 질린 것은 비단 남 과장뿐만이 아니다.

"서, 성희롱?"

그 말을 듣고 있던 안진우 본부장이 눈을 크게 뜨는 것이 보였다. 안 본부장은 '그게 사실입니까?' 하고 우진을 쳐다봤다. 그러자 졸지에 이목이 집중된 우진이 손을 좌우로 힘껏 내저으며 소리쳤다.

"성희롱이라니요! 제, 제가 감히 어떻게 그런 짓을 저지를 수 있겠습니까! 이봐요, 우새벽 씨. 정말 너무하는군요!"

내가?

"처음으로 입사해서 아무것도 모르는 우새벽 씨를 선심으로 도와줬던 나인데, 그런 나를 성추행범으로 몰고 가다니! 어, 어떻게 이럴 수 있단 말입니까!"

우진은 파르르 떨며 소리쳤다. 그러자 그 말을 듣고 있던 기획 2팀의 몇몇 직원들이 고개를 끄덕였다.

"남 과장님이 그럴 분은 아니긴 한데……."

"우새벽 씨가 얻는 게 뭐야?"

"갑자기 분위기가 왜 이래."

찬물을 끼얹은 것처럼 회식 자리의 분위기가 냉각되어 갔다. 새벽은 침을 튀겨 가며 격분하고 있는 우진을 냉랭히 응시할 뿐이었다. 안절부절 못하는 것은 그 모습을 지켜보고 있던 안 본부장이었다.

"그리고! 내가 우새벽 씨한테 친절하게 군 건, 우새벽 씨도 나한테 호감을 표했으니 그런 거 아닙니까!"

"네? 제가……요?"

새벽은 기겁했다.

"저는 남 과장님께 아무런 관심이 없습니다. 저한테는 사랑하는 남편이 있어요."

"하? 남편? 몇 번이고 보여 달라 해도 웃기만 하던 그 가상 속의 남편 말입니까!"

새벽은 이미 입사를 할 때, 자신이 이미 결혼을 했고 아이까지 둘이 있다는 것을 밝혔던 상황이었다. 물론 남편의 사진을 보여 줄 수 없었기에, 아무도 믿어 주지 않았지만.

그 말을 기억하고 있었던 걸까. 새벽은 황당함에 몸서리쳤다.

"이, 이봐요, 남 과장. 우새벽 씨한테는 진짜로……."

모든 사건의 내막을 알고 있는 안 본부장이 파국으로 치닫는 회식 자리를 가라앉히려고 노력했지만, 이미 어긋나 버렸다.

"잠깐만요, 본부장님! 저는 진짜 억울합니다! 이번 일을 그냥 넘길 순 없습니다!"

우진은 온몸을 부르르 떨어 가며 외쳤다. 그러고는 새벽을 내려다보며 물었다.

"나한테 관심이 없다면, 오늘 나와 같이 점심을 함께한 이유는 뭡니까? 그거 호감의 표현 아닙니까? 우새벽 씨가 내게 점심을 사 준다고 했잖아요!"

"저기요, 남 과장님. 그건 제가 사 드린다고 한 게 아니라 남 과장님이 저한테……."

드르륵.

'어?'

어이없는 숨을 터트리며 해명하려던 새벽은 갑자기 열리는 문소리에 고개를 돌렸다. 그리고 시야로 들어온 낯익은 얼굴을 발견하고선 더는 입을 열지 못했다.

낮은 구두 소리가 '그' 의 등장으로 인해 굳어 버린 사람들의 귀를 울렸다. 검은 머리카락을 흩날리며 방 안으로 들어선 남자는 새벽을 바라보며 빙긋 웃었다.

"우새벽 사원이 어째서 남 과장에게 점심을 사고자 했는지, 그건 저도 궁금해지는군요."

"회장님!"

이게 대체 어떻게 된 일일까. 새벽은 물론이거니와 당시 자리를 하고 있던 모두가 깜짝 놀라 눈앞의 남자를 응시했다. 고요한 검은 눈으로 사원들을 내려다보고 있는 사람은 무려 유단 건설 그룹의 총수, 장진건 회장이었다.

아직 30대 중반인 그가 대한민국 굴지의 건설 기업을 이끌게 된 것은 지금으로부터 몇 달 전의 일. 유단 오너가의 후계자 전쟁을 거친 후 당당히 살아남은 장 회장은 얼마 전 타계한 장태달 명예 회장의 뒤를 이어 훌륭하게 유단을 이끌고 있었다.

"회장님이 여기 어떻게!"

"회장님이 오신다고 했었나?"

"회장님께서 오셨어!"

웃고 즐겨야 할 회식 자리가 새벽과 우진으로 인해 이상한 쪽으로 치닫는다 생각하던 사람들은 난데없이 등장한 진건을 보고 경악했다. 그들은 들고 있던 술잔까지 놓으며 일제히 자리에서 일어났다. 치이익. 불판 위에 올려놓은 고기에서 타는 냄새가 났다.

"안 본부장님."

"예, 회장님!"

"2팀의 일원들에게 말하지 않은 겁니까?"

"예?"

"내가 올 걸 알고 있을 줄 알았는데."

빙긋 웃는 진건의 말에 안진우 본부장이 어색한 표정을 지었다.

"그, 그게 막 사원들에게 말하려던 차에 갑자기…… 하하."

웃음소리를 흘리기는 했으나, 틀림없이 안 본부장의 등 뒤로는 식은땀이 흘러내린 것이 분명하다. 새벽은 저를 힐끔거리며 마치 '죄송합니다, 사모님.' 하고 말하는 듯한 안 본부장을 발견했다. 그러고는 고개를 돌려 '다들 편하게 앉으세요.' 라 말하며 저와 남우진 과장을 향해 다가오는 진건을 주시했다.

"이번 자리는 제가 안 본부장님께 부탁하여 특별히 마련한 자립니다. 부디 기획 2팀의 여러분들은 편하게 계셔 주기를 바랍니다."

어느덧 새벽의 곁으로 다가온 진건은 제게 주목된 시선에 일일이 답하며 미소 지었다. 한때 전략 팀과 기획 팀들을 아우르는 전략기획본부의 수장이었던 진건이 기획 2팀의 일원을 챙기는 것은 어찌 보면 당연한 일이다. 지혜와 이건의 이탈로 비어 버린 기획 1, 2팀의 팀장 자리를 메꾸는 데도 엄청난 시간을 소요했었으니까.

유단 그룹이 흔들리는 동안 각자의 자리를 지키며 훌륭히 제 업무에 집중해 온 기획 1팀과 2팀의 팀원들은 확실히 칭찬을 받을 만했다.

물론 기획 2팀의 팀원들은 얼마 전 기획 1팀이 전략기획본부 차원에서 마련한 회식 자리를 가졌다고 듣기는 했었다. 그러나 그때도 그룹 회장님이 직접 오셔서 대화를 나누었다고는 들은 기억이 없었기에 지금 이 상황을 쉽게 받아들이지 못하고 있었다.

"여기, 앉아도 됩니까?"

너무도 자연스럽게 새벽과 우진의 곁에 도착한 진건은 그들 사이에 자리를 잡으며 빙긋 웃었다. 우진이 멍한 표정을 짓다 고개를 힘껏 끄덕이며 인사를 하자, 진건은 다른 사람들을 바라보며 말했다.

"다들 뭐 해요? 앉으세요."

그러자 모든 이들이 일제히 착석을 했다. 새벽은 그런 진건을 말없이 바라보고 있다 한숨을 푹 내쉬며 그의 옆자리에 앉았다.

"그나저나 조금 전까지 이곳이 매우 시끄러웠던 것 같은데 말입니다."

"……!"

"몰래 들을 생각은 없었지만, 듣자 하니 성희롱 문제로 대화를 나누시는 것 같던데……."

"회, 회장님!"

말끝을 흐리며 새벽과 우진을 번갈아 쳐다보는 진건을 향해 우진이 고개를 푹 숙였다.

"그런 말씀까지 듣게 해서 정말이지 죄송합니다! 전부 후배 교육을 잘 못시킨 제 탓입니다!"

"호오? 이름이……."

"나, 남우진입니다! 기획 2팀 과장, 남우진이요!"

우진은 목청이 터져라 외쳤다. 새벽은 그저 이 상황이 어떻게 돌아가는지 지켜보기로 했다.

"좋습니다, 남우진 과장님. 그럼 한 가지만 묻겠습니다."

"예, 뭐든 물어보십시오!"

진건이 빙긋 웃는 것이 심상찮다. 새벽은 머리가 지끈거리는 것을 느꼈다. 진건은 새벽의 반응을 눈치챘음에도 제 말을 쏟아 냈다.

"아까 내가 듣기로는 남 과장님이 여기 이 직원, 그러니까…… 우새벽 사원의 허리에 손을 얹었다고 하던데."

"아닙니다! 억울합니다! 저는 결단코 그런 적이 없습니다, 회장님!"

"하하, 그렇습니까? 그럼 이 직원이 잘못 말을 한 건가요?"

"예, 그럼요! 잘못 말을 했을뿐더러, 저를 오해하게 만든 사람도 바로 저 직원입니다!"

남우진 과장은 무려 기업의 총수를 만나 보이는 것이 없었다. 그는 어떻게 해서든 이 자리를 훌륭히 빠져나가고자 하고, 또 눈앞의 남자에게 눈도장을 찍기 위해 혈안이 되어 있었다.

"쯧."

새벽은 미친 듯이 해명하는 남 과장을 쳐다보던 안 본부장이 작게 혀를 차는 소리를 들었다. 슬쩍 안 본부장 쪽을 응시하니 그가 새벽에게 웃는 것이 보인다.

큰일 났네.

"오해?"

모든 상황을 대충 파악한 것이 분명한데, 진건은 일부러 우진에게 말을 걸었다.

제 옆에 착석해 있는 검은 머리의 남자가 무슨 짓을 벌일지 눈앞에 선해 새벽은 끼어들 수 없었다.

"예, 오해! 완전한 오해! 먼저 꼬리를 쳤던 건 우새벽 사원입니다! 제게 헤프게 웃고, 점심까지 사 주며 호감을 표했죠!"

"흐음. 그래서 자연스럽게 스킨십을 건넸다?"

"호감을 표하는데 그보다 적당한 방법이 어디 있습니까!"

"거절의 뜻은 없었나요?"

"뭐, 남편이 있다고 하기는 하던데, 입사 4개월 동안 남편 사진 하나 안 보여 주는 여자한테 남편이 있긴 어디 있습니까! 우리 기획 2팀의 팀원들에게 물어보십시오! 우 사원한테 남편이 있다는 걸 믿는 사람은 아무도 없을 겁니다!"

매를 번다, 매를 벌어.

새벽은 끝내 화약고를 열어 버리는 우진을 보고 고개를 절레절레 저었다.

"그렇다는군요, 우새벽 사원."

"……."

새벽은 이제 제게 고개를 돌리는 진건을 보고 움찔거렸다. 진건은 도통 속을 읽을 수 없는 미소를 지으며 말했다.

"아무래도 우새벽 사원이 남우진 과장의 뜻을 오해했던 모양입니다. 그는 결코 우새벽 사원을 성추행할 의도는 없었다는군요."

"아아."

"게다가 점심을 사 주면서까지 그에게 호감을 드러냈으니, 뭐, 남 과장의 마음도 이해는 갑니다."

"그, 그렇지요? 회장님, 역시 그렇……."

"그러기에 대체 점심은 왜 사 준 겁니까?"

새벽은 인상을 쓰는 진건을 바라봤다. 빙긋 웃던 진건의 얼굴엔 어느새 미소가 걷혀 있었다.

"하고 많은 사람들 중에 왜 하필 저런 남자에게 점심을 사 준 겁니까? 내가 그렇게 사 달라고 할 때는 콧방귀도 안 뀌더니!"

……망했다.

새벽은 모든 이들의 앞에서 투덜거리는 진건을 발견하고선 눈을 질끈 감았다.

"회, 회장님?"

자신에게 승기가 모였다 싶어 오만한 표정을 짓고 있던 우진이 눈을 휘둥그레 떴다.

"방금 회장님께서 무슨 말씀을 하신 거지?"

"우 사원이랑 아는 사인 거야?"

"뭐가 어떻게 된 거야?"

우진뿐 아니라 진건의 말에 귀를 쫑긋거리던 기획 2팀의 일원들이 술렁이기 시작했다. 새벽은 체념하기로 했다. 진건은 대답하지 않는 새벽을 주시하며 말을 이어 갔다.

"그리고 대체 잘난 남편 사진은 왜 책상 위에 안 두는 겁니까?"

그랬다가는 들킬 테니까.

"그러니 남우진 과장이 안 믿는 게 아닙니까. 가상 속 남편? 흥. 결혼사진을 그렇게 놓아두래도 콧방귀만 뀌니, 오해할 만도 하지."

정체를 숨겼으니까 그랬죠!

"우새벽 씨."

"……."

"우새벽 사원!"

새벽은 칫, 입을 삐죽이며 고개를 들었다.

"네."

"사진 보여 줘요."

"무슨 사진을요?"

“우새벽 씨 남편 사진. 아니, 핸드폰 좀 줘 보십시오.”

진건은 다른 이들은 쉽게 이해할 수 없는 행동을 요구하고 있었다. 새벽이 떨떠름한 표정을 지으면서 핸드폰을 꺼내기를 주저하자 미간을 찌푸리기까지 했다. 하는 수 없이 그녀가 핸드폰을 건네어 그에게 주자, 진건은 매우 자연스럽게 카메라 어플을 켰다.

찰칵―

방 안의 모두가 진건을 바라보고 있었다. 그가 어플을 켜서 셀프 카메라 모드로 촬영을 변환한 후, 중앙의 카메라 버튼을 누르는 모습을 똑똑히 지켜봤다.

연설을 할 때도, 회의에 참석할 때도, 다른 임원들과 로비를 걸을 때도, 뉴스 화면에 나올 때도. 언제나 근엄하고 진지했던 유단 건설 그룹의 총수는 너무도 자연스럽게 자신의 셀프 사진을 찍은 후 우진을 바라봤다.

“기획 2팀의 남우진 과장님.”

“…….”

“남 과장님?”

“예, 예?”

그런 진건의 알 수 없는 행동에 넋을 놓고 있던 우진이 자신을 부르는 진건의 음성을 듣고 정신을 차렸다. 진건은 고개를 푹 숙여 버리는 새벽을 한 번 힐긋거린 후 이내 미소 지으며 자신이 들고 있던 핸드폰 화면을 우진에게 보여 줬다.

“우새벽 씨의 남편 사진을 궁금해하셨습니까?”

“……네?”

그는 새하얗게 질린 우진을 향해 짙은 눈웃음을 그리며 핸드폰 화면의 제 사진을 톡톡, 가리켰다.

"제가 바로 우새벽 사원의 남편입니다."

❖

"나 이제 어떡해."

새벽은 울상을 지었다. 진건이 들이닥쳤을 때부터 예상했던 일이지만, '우새벽 씨, 데려갑니다.' 하고 자리에서 벌떡 일어나 저를 데리고 나가는 진건의 모습에 경악하던 사람들의 눈빛이 잊히질 않는다.

심장이 두근거려 미칠 지경이다. 새벽은 고개를 푹 숙이며 중얼거렸다.

"어떡하긴 뭘 어떡해."

그런 그녀의 손목을 덥석 잡고 있던 진건은 흥 콧방귀를 뀌었다.

"그 정도에서 그친 걸 다행으로 알아. 마음 같아서는 다 뒤집어엎고 싶을 정도였으니까. 남우진이라고 했었나? 그놈에겐 권력의 무서움을 맛보여 주고 싶을 정도더군."

분명 말투는 잔잔한데, 말의 의미는 살벌하기 그지없다. 새벽은 '제기랄.' 하고 섬뜩하게 눈을 부라리고 있는 진건을 올려다봤다.

"언제부터…… 거기 있었어요?"

"뭐가."

"그 자식이 제 몸에 손을 댈……."

"어디지?"

"네?"

"어딜 만졌어? 정말 허리뿐인 거야? 제기랄! 그 개자식, 손목이라도 부러트릴 걸 그랬어!"

말을 하기가 무섭게 씩씩거리는 진건의 눈에서는 정말로 레이저라도 뿜어져 나올 기세다.

「남 과장님. 남의 아내의 몸을 함부로 만졌으면서 사과 한 번 안 하는 거, 그거 정말 쓰레기 같은 마인드 아닙니까? 하하. 내 입장에선 진짜 이해가 안 되는데. 안 본. 안 본은 어떻게 생각하지? 내가 여기 있는 남 과장을 봐주어야 한다고 생각하나? 그리고 내가 몇 번을 말했습니까. 적어도 우리 회사는 사원들 간에 성희롱 문제는 일어나지 않아야 한다고 했던 것 같은데. 대체 사원 교육을 어떻게 시키는 겁니까? 흉흉한 세상입니다. 남녀 가리지 않고, 직장 내에서 일어나는 성희롱 문제는 원천 차단해야 한다는 말입니다!」

처음엔 존댓말로 시작했던 말이 끝으로 갈수록 음산해졌다. 만약 그때 새벽이 '진건 씨!' 하고 그를 말리지 않았더라면, 진건은 이글거리는 눈을 우진에게 꽂은 채 벌떡 일어나 그에게 달려들었을 기세였다.

아직도 철렁거리네.

새벽은 쿵쾅쿵쾅 뛰는 심장의 박동 소리를 느끼며 진건을 올려다봤다.

"왜."

"흐흐."

"뭐야, 그 웃음은."

단단히 화가 난 남편을 이끌고 새벽은 고깃집 밖을 나왔다. 마침 대기하고 있던 영우가 고개를 숙이자, 손까지 흔들어 주던 새벽은 진건을 데리고 차에 올라탔다.

그 후로 줄곧 차 안에서 조금 전 있었던 회식 자리에서의 일을 상기하던 두 사람 중 먼저 웃음을 터트린 사람은 새벽이었다. 진건은 인상을 썼다. 새벽은 그런 진건에게 방긋 웃으며 중얼거렸다.

"앞으로 나날이 조금 걱정스럽기는 한데…… 말이죠."

"그런데?"

"그런데 아까 진건 씨, 음…… 조금 멋지더라."

"뭐?"

진건은 황당한 표정을 지었다. 새벽은 쿡쿡 웃으며 그의 품을 파고들었다.

"아니 뭐…… 진건 씨가 내 남편이라서가 아니라…… 그냥, 조금 멋졌단 말이죠. 어? 혹시 내 남편이라서 더 멋져 보였던 건가? 당신이 내 남편이라니까 남 과장 얼굴이 사색이 되는 거 봤어요? 큭큭. 땅을 치고 후회하겠지? 아마 오늘 밤잠을 못 잘…… 읍!"

횡설수설 말하던 새벽의 입술은 갑자기 다가온 진건의 입술에 의해 더 이상 움직이지 못했다. 코끝을 간질이는 그의 숨결로 인해 새벽은 눈을 크게 뜨다, 이내 속눈썹을 부르르 떨었다. 진건은 그녀의 허리를 끌어안고선 제 쪽으로 잡아당겼다.

"감히 내 보물을 탐내다니. 괘씸하기 그지없어."

"뭐, 제가 진건 씨의 소중한 보물이기는 하죠."

"가만두면 안 되겠어."

"가만 안 두면 어쩔 건데?"

"듣자 하니 남 과장은 평소 문제가 꽤 있는 사람이라더군. 그룹 차원에서 조사가 진행될 거야."

"흐응. 그간 남 과장한테 당한 사람이 한둘이 아니라고요."

"그랬……어?"

진건이 놀라자 새벽은 고개를 주억였다.

"이번 일, 덮어 버리면 문제가 될 거예요. 인사위원회의 사람들도 조사해야 할 것 같아요. 그쪽에 당한 피해 여성들도 있더라고요."

"흠. 알겠어. 한 비서."

"예, 잘 듣고 있습니다! 처리하겠습니다, 회장님."

조수석에 타고 있던 영우가 걱정 말라는 듯 손을 들어 올렸다. 새벽은 만족스럽다는 듯 씩 미소 짓더니 한숨을 푹 내쉬었다.

"이제 내일부터 어떻게 출근을 해야 하나 몰라."

"내일? 출근 할…… 생각이었어?"

"어머? 당연하죠! 말단 사원이 알고 보니 회장 사모님이라고 해서, 달라질 거 있나? 나 어렵게 입사 시험 쳐서 들어간 인재거든요? 그것도 수석 입사라고요!"

"흠……."

"뭐, 앞으로 나랑 같이 밥을 먹어 줄 사람이 없을 것 같긴 한데……."

"내가!"

"응?"

"내가 같이 먹어 줄게."

새벽은 버럭 외친 후, 그녀의 귀에만 대고 작게 속삭이는 진건의 말을 듣고선 웃음을 터트렸다. 그러다 문득 진건의 목을 끌어안더니 그의 목덜미에 뜨거운 숨을 불어넣으며 중얼거렸다.

"사이다를 너무 많이 마셔서 그런가…… 나 오늘 빨리 안 들어가고 싶은데."

"한 비서!"

새벽의 속삭임이 끝나기가 무섭게 진건이 외쳤다. 그 말을 듣고 있던 영우는 고개를 절레절레 젓더니, 운전 중인 윤 기사에게 말했다.

"방향을 틀어 크리스탈 호텔로 가시죠."

뒷좌석의 부부에게 있어 오늘은 왠지 뜨거운 밤이 될 듯하다.

외전 1

오늘 밤엔

“정록이가 갑자기 만나자고 하던데. 이왕이면 새벽이 너도 같이 봤으면 하더군.”

어느 화창한 겨울날이었다. 진건의 전담 변호사이지만, 본업은 이혼 전문 변호사로 활약 중인 정록이 갑작스러운 연락을 취해 왔다.

진건이 새벽의 사고로 인해 잠적했을 당시 정록에게 적잖은 도움을 받았던 새벽은 정록의 갑작스러운 요구에 대해 고민하는 진건을 보고 활짝 웃었다. 승원만큼이나 진건에게 힘이 되어 주는 정록은 진건의 친구이기도 했지만 자신의 친구이기도 했으니까.

“언제요?”

“시간 날 때. 가급적 빠르면 좋다더라고.”

“음. 그럼, 말 나온 김에 내일 볼까?”

“괜찮겠어?”

"조금 빠듯하기는 하지만 뭐, 권 변호사님이니 없는 시간도 내야죠!"

"……."

"왜요?"

"아니. 왠지 그 녀석을 특별 대우 하는 것 같아서."

"네?"

"조금 질투 나는군."

새해가 되자마자 유단에 입사했었던 새벽은 눈코 뜰 새 없이 바쁜 생활을 이어 가고 있었다. 회사에 적응을 하느라 정신이 없는 새벽 대신 육아를 도맡아 했던 진건은 근래 자신을 소홀히 한다며 툴툴거리고 있었는데, 그런 와중 정록의 연락을 받은 것이었다. 아마도 진건은 새벽이 거절할 것이라 여긴 것이 분명했다. 그는 스케줄 표를 뒤적이며 '언제쯤 뵈면 좋을까?' 하고 콧노래까지 흘리는 새벽을 향해 대놓고 미간을 좁혔다.

이젠 자신의 절친한 친구에게까지 질투하는 진건의 모습이 귀여워 새벽은 일부러 진건의 속을 살살 긁었지만, 결국 그의 목을 와락 끌어안으며 '진건 씨 친구니까 그러는 거잖아요.' 라고 속삭였다. 그때 새벽이 진한 볼 키스를 해 주지 않았더라면 아마도 진건은 정록을 만나는 장소에서까지 입을 쭉 내밀고 있었을지도.

"오늘 만나자고 한 건, 두 사람한테 할 이야기가 있어서야."

쇠뿔도 단김에 빼랬다. 정록의 연락을 받은 그다음 날 바로 약속을 잡은 새벽과 진건은 정록과의 약속 장소로 나갔다.

작년까지 이어졌던 유단 건설 그룹의 검찰 조사에서 진건의 변호사가 되어 활약했었던 정록은 올해는 몸담고 있는 로펌에 일이 생겨 자주 만나지 못했다. 하여 오랜만에 보는 그의 얼굴이 한결 더 샤프해졌다 생각하던 새벽은 왠지 심각한 얼굴을 하고 있는 정록을 보며 의아한 표정을 지었다.

"권 변호사님. 무슨 말씀이기에 그리 뜸을 들이세요?"

정록은 꼭 전투에 나가기 직전의 장군처럼 결의를 다잡고 있었다. 그 모습이 몹시 심상찮아서 새벽은 덩달아 긴장하고야 말았다.

뭔가, 엄청난 일인 것 같은데.

가라앉은 분위기를 누그러트리기 위해 방긋 웃으며 말을 걸었지만, 정록의 굳어진 얼굴엔 흔들림이 없었다. 새벽은 저와 비슷한 표정을 지으며 옆에 앉아 있는 진건과 시선을 주고받았다.

진건 역시 아무것도 짐작 못하겠다는 얼굴이다. 대체 뭐지?

"권 변호사님?"

"나 결혼한다."

침묵에 휩싸인 정록을 다시 부르기가 무섭게 그가 입에서 맴돌던 말을 내뱉었다. 그 말을 들은 새벽은 제 귀를 의심했다.

"예?"

누가…… 결혼을 해?

'권 변호사님이?'

정록이 말을 하기 전에 이미 물을 삼킨 것은 천만다행이었다. 만약 아니었더라면 입안의 물을 밖으로 뿜어 버렸을지도 모르니까.

새벽이 권정록이라는 남자를 알게 된 것은 지금으로부터 4년 전. 그리고 4년이라고 한다면 비록 사람을 판단하기에는 그리 길지 않지만, 그렇다고 해서 또 짧지만은 않은 시간이다.

그녀가 진건의 옆에서 지켜본 진건의 베스트프렌드, 권정록이라는 남자는 결코 말을 허투루 뱉는 사람은 아니었다. 가끔은 농담을 해도 진담처럼 들리는 그런 진지한 사람이, 난데없이 결혼 선언을 하다니.

이게 정녕 사실일까 싶어 진건을 힐긋거리자 진건은 저보다 더 기함한 표정이었다. 새벽은 진건이 그리도 놀란 모습은 처음 봤다.

"내가…… 뭔가 잘못 들은 것 같군."

넋이 나간 듯한 진건은 정록의 말을 쉬이 믿지 않는 듯했다. 그것도 그럴 것이 정록은 독신 선언을 한 사람이 아니었던가.

장태달 회장의 병세가 점점 심해지면서 새벽과 진건은 하루라도 빨리 정식 결혼식을 올릴 것을 요구받았다. 그리고 그 결혼식에서, 진건의 유일한 들러리였던 정록이 놀랍게도 새벽의 조준 미스로 그녀가 던진 부케를 받은 적이 있었다. 부케를 받은 사람이 1년 안에 결혼을 하지 못하면 오랫동안 결혼을 하지 못한다는 미신이 생각나 새벽이 후일 정록에게 사과하기도 했었는데, 그때마다 정록은 대수롭지 않게 대답했었다.

「괜찮습니다.」

「네?」

「다행히 전 딱히 결혼을 생각하고 있지 않아서 말입니다.」

너무도 무덤덤한 얼굴로 결혼에는 관심 없다고 말했던 정록에게 어색하게 웃었던 것이 불과 3년 전이 아니었던가.

'그래서인지 진건 씨 반응도 이해가 돼.'

분명 오지랖일 테지만 간혹 저와 진건, 그리고 승원 부부와 만나 홀로 있는 정록을 볼 때마다 왠지 쓸쓸해 보인다는 생각을 한 적도 있었기에 새벽은 황당해하는 진건을 보고 수긍했다.

특히나 정록은 진건 못잖은 워커홀릭이었고, 그 흔한 애인 소개도 한

번 하지 않았던 사람이었기에 더욱 방금 전 뱉어 낸 발언을 믿을 수 없는 거다.

「나보다 더 심한 녀석이지, 정록이 그 녀석은. 고등학교 때 누굴 좋아했다는 이야기를 들은 것 같기도 한데……. 그 이후로는 한 번도 없었어. 잠깐. 그러고 보니 그 녀석이 나한테 누구를 소개해 준 적도 없는 것 같은데. 여자 친구가 있기는 했었나?」

정록에 대한 이야기가 나올 때마다 흠칫흠칫 놀라던 진건은 심각하게 '어쩌면 그 녀석한테 여자를 소개해야 할지도.' 라며 중얼거린 적도 있었다.

새벽과 진건이 말을 잇지 못하고 있자 피식 웃던 정록은 두 남녀를 향해 입을 열었다.

"진건이 네 귀는 아무 문제가 없어. 나 결혼한다. 3월 중으로 할 생각이야."

"헉! 3, 3월이면 두 달도 채 안 남은 거잖아요!"

"예."

새벽이 깜짝 놀라 외치자 정록이 새벽을 바라보며 고개를 끄덕였다. 평소 정록이 미소를 잘 짓는 사람이 아니라는 것을 알고 있었던 새벽은 멈칫했다. 정록은 굳은 새벽과 진건을 향해 말을 이었다.

"원래는 지금 당장이라도 하고 싶은데, 그쪽도 사정이 있어서 말이죠."

"아."

"해서 얼마 전 프러포즈를 하자마자 날을 잡았습니다."

"추, 축하드려요!"

"고맙습니다, 새벽 씨."

"……."

"진건이 너는 왜 말이 없어?"

"……."

"장진건."

"권 변. 재미없는 농담은 그걸로 끝내지."

"뭐?"

"만우절도 아니고, 너무 나간 거 아닌가. 정록이 너 그렇게 할 짓이 없어?"

"지, 진건 씨!"

정록의 말에 코웃음을 치며 고개를 좌우로 흔들던 진건은, 제 친구의 말을 도저히 받아들일 생각이 없어 보였다. 진건의 비웃음에 화들짝 놀란 새벽이 진건에게 주의 주려 했지만, 오히려 맞은편에 앉아있던 정록이 손을 저었다.

"괜찮습니다, 새벽 씨. 그리고 저 녀석이 저런 태도로 나올 것 같아서 이 자리를 마련한 겁니다."

"네?"

"그 사람을 소개해 줄 자리를 마련하고 싶었거든요."

"소……개?"

"도착할 때가 됐어. 근처에 있다고 연락이…… 아, 저기 오는군."

새벽은 '여깁니다, 오진심 씨.' 하고, 주위를 둘러보던 정록이 자리에서 벌떡 일어나 손을 흔드는 것을 보고 반사적으로 고개를 돌렸다.

'헉!'

그리고 그런 새벽의 눈에 보인 건 놀랍게도…….

"꼭꼭 씹어 먹어요. 그렇게 빨리 먹으면 체합니다."

"하! 변호사님도 아시잖아요. 저 다다음주에 인터뷰 있어서 체중 관리하는 거. 제대로 못 먹어서인지 도저히 못 견디겠어요. 오늘만 먹을래요!"

"누가 먹지 말랍니까? 먹는데, 꼭꼭 씹어 먹으라고요. 체하면 안 되니까."

"체하면 어떻게 할 건데요?"

"예?"

"제가 체하면, 또 간호해 주실 거예요?"

"……."

"풉. 그리 긴장하지 마세요. 농……."

"합니다."

"어?"

"간호, 할 테니까."

"……!"

"어쨌든 급하게 먹지는 말아요. 난 오진심 씨가 아픈 게 세상에서 제일 싫으니까."

"……."

"왜 그런 눈으로 봐요?"

"으으. 너무 사랑스러워서! 어떡해요, 우리 변호사님. 역시 내가 사랑하는 남자다워!"

……어, 저기.

'우리 아직 여기 있는데.'

곧 결혼식이 예정되어 있는 예비 신랑과 신부는 이런 모습이었던가.

새벽은 괜히 얼굴이 화끈거리는 것을 느끼며 어느새 둘만의 세계에 빠져 있는 정록과 그의 예비 신부를 물끄러미 바라봤다. 두 남녀는 새벽이 어떤 눈을 하고 있든 간에 서로에게만 집중하고 있었는데, 아주 못 봐 줄 정도였다.

'나랑 진건 씨도 그랬었나?'

그러고 보니 진건과 마음을 나누고, 두 사람의 결혼식에 초대하기 위해 청첩장을 돌렸을 때. 왠지 비슷한 일을 겪었던 것 같기도 했다.

어쩌면 그날의 복수려나. 권 변호사님이 일부러 그러는 것 같지는 않은데.

새벽은 쿡쿡 웃으며 예비 신부와 낯간지러운 애정행각을 이어 가고 있는 정록을 향해 고개를 절레절레 저었다.

충격과 놀람의 연속이었던 정록의 예비 신부 소개 시간은 성황리에 끝이 났다.

그 진중한 권 변호사의 예비 신부가 무려 그 사람이었다니. 도대체 믿을 수가 있어야지.

「정록 씨 친구분 내외 되신다면서요? 안녕하세요! 오윤, 아니, 오진심이에요! 정록 씨랑 결혼할 사이고, 무지무지 사랑하는 사이랍니다.」

「오, 오진심 씨. 무지무지……라는 건.」

「뭐예요, 무지무지 사랑하는 거 아니에요, 우리?」

「예? 아, 아뇨. 제가 진심 씨를 사랑하는 건 맞는데…….」

「그럼 무지무지 사랑하는 거 맞죠! 호호, 우리 변호사님도 참. 가끔 너무 수줍다니까!」

예비 신부를 소개해 준다는 정록의 말이 정말로 사실이라면, 아마도 그와 닮은 차분한 분위기의 여성을 데려올 거라 예상했던 새벽은 저와 진건의 앞에 나타난 여자를 보고 화들짝 놀랐다. 새벽과 진건 앞에 선 여인은 브라운관에서 수도 없이 보아 왔던 여자였다.

한때 최고의 배우로 불리다가 말도 안 되는 스캔들에 얽혀 나락으로 떨어지는가 싶더니, 얼마 전 훌륭하게 재기를 한 바로 그 여자.

대한민국을 대표하는 톱배우, 오윤서를 눈앞에 데려올 줄이야.

'오윤서 씨가 복귀 이후 변호사 남자 친구를 사귄다는 기사는 본 적이 있기는 했는데.'

그 사람이 정록일 줄은 꿈에도 생각 못했다.

「참! 새벽 씨. 새벽 씨는 저랑 동갑이죠?」

「네? 아, 네.」

「그럼 우리 오늘부터 친구 하는 건 어때요?」

「……예?」

「실은 저, 친구가 많이 없거든요. 그래서 요즘 새롭게 친구들을 사귀는 중인데, 새벽 씨는 왠지 저랑 잘 맞을 것 같아서요! 그러니까 우리 앞으로 친구 해요!」

「아…….」

「뭐예요, 나랑 친구 하기 싫어요?」

「그, 그럴 리가요! 제가 얼마나 팬인데!」

「호호. 그럼 우리 앞으로 절친 되는 거예요!」

직접 마주한 오윤서, 아니 자신을 오진심이라 소개했던 그녀는 새벽이 브라운관을 통해 보아 왔던 모습과는 꽤 괴리감이 있어 재미있었다. 덕분에 저녁 식사 내내 진심으로부터 정록이 어떻게 그녀에게 프러포즈를 했는지, 또 두 사람이 대체 어떻게 만났는지에 대해 들으며 즐거운 시간을 보냈다.

오늘 식사에서 가장 압권이었던 장면은 새로 사귄 친구인 새벽과 헤어지기 싫다며 조금 더 놀다 가자는 예비 신부를 번쩍 들쳐 메고 사라지는 정록의 모습이었다. 그렇게 점잖던 남자가 어찌나 박력 있는지. 정록의 품에 안겨 꺅꺅거리던 진심의 입꼬리가 슬그머니 올라간 모습을 목격했던 새벽은 두 남녀가 몹시 잘 어울리는 한 쌍이라고 생각했다.

"당장이라도 일어나고 싶은 걸 겨우 참았어."

응?

"그 녀석, 정말 내가 알던 권정록이 맞기는 한 건가? 보고 있는 내내 눈을 의심했다니까. 아무래도 정록이 탈을 쓴 다른 놈임이 틀림없어. 새벽이 네 생각도 그렇지?"

그렇게 두 남녀를 보내고 난 뒤였다.

정신없었던 저녁 식사를 마치고 차에 올라탄 새벽은 운전석에 앉기가 무섭게 제게 말을 거는 진건을 빤히 바라봤다.

"왜?"

진건은 새벽이 대답 대신 묘한 시선을 보내자 고개를 갸웃거렸다. 새벽은 흐응 콧소리를 흘리더니 이내 어깨를 으쓱이며 중얼거렸다.

"갑자기 그런 생각이 들어서."

"무슨 생각?"

"진건 씨는, 내가 체하면…… 정록 씨처럼 간호해 줄 거예요?"

"……뭐?"

시동을 걸려던 진건의 행동이 뚝 멈추었다. 깜짝 놀라 저를 바라보는 진건의 눈동자가 얼마나 요동치는지. 제 말에 순간적으로 당황하는 진건을 보며 새벽은 말을 이었다.

"진심 씨가 아픈 게 세상에서 제일 싫다는 정록 씨 보니까, 문득 상상하게 되더라고요. 나랑 진건 씨, 그렇게 결혼한 지도 벌써 5년째고. 아직은 신혼처럼 즐기고 있다고 하지만 이런 애틋함이 언제까지 가게 될지 모르는 거잖아."

"……."

"가끔 TV드라마 같은 걸 보면, 배우자랑 사랑 아닌 정으로 사는 사람들도 있다던데. 우리가 정록 씨나 진심 씨처럼 저 애틋함을 평생 유지할 수 있을까, 하는…… 그런 의문 말이에요."

새벽은 일부러 깊게 한숨을 푹 내쉬며 말을 이었다.

"아마…… 힘들겠지?"

진건은 말이 없었다. 새벽은 얼른 입술을 달싹였다.

"물론 저는요, 진건 씨랑 지내는 하루하루가 너무 기쁘고 행복해요. 진건 씨랑 나를 쏙 닮은 이새랑 이현이도 사랑스럽고, 진건 씨의 아내로 지내는 이 생활이 너무 좋아. 하지만 그런 관계가…… 영원할 수는 없는 거잖아."

"……!"

"아직은 한 번도 말한 적 없지만 언젠가는 진건 씨의 눈에도 내 단점이 보일 거고, 그렇다면 정이 떨어지는 날도 있을 건데. 그럼 한때는 정록 씨

네처럼 타올랐던 우리가, 이제는 편안해진 것처럼…… 진건 씨도 나와 정으로 사는 날이 올까?"

"……."

"진건 씨는 어떻게 생각해요? 진건 씨는 나, 세상이 끝날 때까지 사랑해 줄 거예요?"

"……."

"진건 씨?"

"새벽아."

흔들리던 진건의 눈동자가 가라앉는다. 새벽은 말없이 운전석의 남자를 바라보며 입을 다물었다. 굳어 있던 진건의 입꼬리가 미세하게 꿈틀거렸다.

"난 아직도…… 네가 내 곁에 있다는 사실이 믿어지지 않아."

그의 고요하고 낮은 음성이 귀를 간질인다.

"멀게만 느껴지던 네가 이렇게 내 곁에 남아 나를 위해 웃어 주고, 내 아이를 낳고, 내 아내가 돼서 함께한다는 게, 믿어지지 않는다."

"진건 씨."

"그래서 나는 너와 지내는 하루하루가 축복이라 생각해."

"……!"

"멈추었던 내 세계를 다시 움직인 건, 바로 너야."

진건의 커다란 손이 새벽의 뺨에 닿는다. 그의 차가운 손가락은 새벽의 온기에 점점 동화된다. 새벽은 부드럽게 제 뺨을 쓸어 주는 진건의 손길을 느끼며 눈을 감았다, 다시 떴다. 진건은 말했다.

"만약 네가 체한다면 간호를 해 주겠냐고? 어디 간호뿐이겠어? 네가 완쾌해 내 앞에서 환하게 웃을 때까지, 나는 무슨 짓이든 해. 언젠가는 내 눈에도 네 단점이 보이겠냐고 물었지? 단점이 있을 리가 있나. 난 너의 모든 것을 사랑해. 아침잠이 많아서 잘 깨지 못하는 너를 위해 요리하는 시간이 좋고, 가끔 서재 바닥에 입고 있던 속옷을 던지고 가는 네가 너무 사랑스러워. 휴일에 청소 대신 마냥 뒹굴자는 네가 좋고, 분리수거를 제대로 안 했다고 화를 내는 너도 사랑스러워. 네가 하는 모든 행동, 모든 말들은 사랑할 수밖에 없는 것들이라, 나는 너무 행복하다. 너는 영원할 수 없다고 했지만, 아마도 내 세상에서만큼은 내가 널 사랑하는 건 영원할 거야."

천천히 뱉어 내는 진건의 말은 심장을 떨리게 만든다.

바라는 것이 있기에 일부러 그의 신경을 건드린 것은 사실이었지만, 이렇게 말로 대답을 들으니 쿵쿵 뛰는 가슴의 박동을 막질 못하겠다. 새벽은 울컥 차오르는 감정을 겨우 가라앉히며 고개를 떨구었다.

"진건 씨."

"응."

"저도 진건 씨를 영원히 사랑할 거예요."

"알아."

"조금 전 했던 말은, 전부 진건 씨를 자극하기 위해서였어. 하나도 의심 안 해. 진건 씨가 나 사랑하는 거, 너무 잘 알고 있는걸."

"그것도 알아."

"사랑해요."

"나도 사랑해. 그런데……."

기어가는 목소리를 내뱉던 새벽은 후우 짧게 숨을 흘리는 진건의 행동에 얼굴을 들었다.

"인생의 절반을 널 사랑한 나를 시험하려 들다니."

으응?

"우새벽. 오늘 밤엔 각오하는 게 좋을 거다."

거칠게 빛나는 진건의 눈동자는 새벽의 가슴을 철렁거리게 만든다.

❖

쾅!

방문을 닫기가 무섭게 진건의 품에 안겨 있던 새벽의 다리가 진건의 허리를 옭아맸다.

"하아."

딱딱한 벽에 등이 닿아 짧은 신음이 흘러나왔으나, 진건의 입술을 덮던 새벽은 그에게서 떨어지진 않았다.

"아파?"

"아뇨."

마찰로 인해 살짝 미간을 찌푸리는 새벽을 보며 그녀의 셔츠를 벗기려던 진건이 물었다. 새벽이 얼른 고개를 젓자, 진건이 웃으며 새벽에게 손을 들라는 눈빛을 보냈다. 새벽이 두 팔을 위로 들어 올리기가 무섭게, 진건이 그녀의 웃옷을 완벽하게 벗겨 냈다. 브래지어만 착용한 채, 그의 두 허벅지에 반쯤 걸터앉아 있던 새벽은 기다란 다리로 그를 감싸려다 멈칫했다.

"잠깐."

"응?"

"애들."

"본가에 있잖아."

아, 맞다. 그랬었지.

정록과의 만남이 길어질지도 몰라, 미리 부모님과 이화에게 아이들을 맡겨 둔 것이 천만다행이었다. 아니었더라면, 틀림없이 중간에 방해를 받았을 테니까. 새벽은 '장소 옮길까?' 하고, 자신을 올려다보는 진건에게 고개를 가로저었다.

"아니. 일단 먼저 여기서."

"여기서?"

"얼른 진건 씨랑 하나가 되고 싶어요."

노골적인 새벽의 발언에 진건의 입꼬리가 올라갔다. 은은하게 번지는 그의 눈웃음을 매만지기 위해 손가락을 길게 뻗던 새벽은, 제 등 뒤를 더듬던 진건이 브래지어 끈을 풀자 짧게 숨을 내쉬었다.

"읏!"

투득, 브래지어가 바닥으로 떨어지기가 무섭게 진건이 커다란 손으로 그녀의 과실을 감쌌다. 차가운 손끝이 오뚝 솟은 돌기를 스치자 온몸의 털이 오소소 돋는다. 새벽은 볼에서 귀로, 목덜미로, 쇄골로, 그리고 점차 아래로 내려오는 진건의 뜨거운 숨결에 거친 숨을 뱉어 냈다.

그가 뿜어내는 열이 몸에 각인을 새기듯 깊게 스며들자 주체하지 못하겠다.

그를 원해.

당신을…… 원해.

자신과 진건이 흘리는 숨결이 하나 되어 방 안을 채웠고, 그로 인해 몸이 점점 달아오른다. 당장이라도 그를 집어삼키고 싶은 욕망이 커져 간다.

벽면과 닿아 있는 진건의 허벅지에 아슬아슬 걸터앉아 있던 새벽은 어느새 선 상태. 그러나 천천히 제 앞에 무릎을 꿇으며 아래로 내려오는 진건의 혀끝으로 인해 다리는 정신없이 후들거리고 있었다.

"새벽아."

그의 머리숲으로 손을 집어넣고, 진건이 새겨 가는 혀끝의 움직임을 좇고 있을 때였다. 새벽의 장골 근처에 다다른 진건이 그녀의 팬티를 벗겨 내며 이름을 부르자, 새벽은 미간을 좁혔다.

진건의 낮고 달콤한 목소리가 귀를 웽웽 울려 숨이 막힌다. 한쪽 다리를 들어 올려 진건의 어깨에 걸친 새벽은 제 아래서 그녀의 허락을 기다리고 있는 진건에게 살짝 고갯짓했다.

"흡!"

진건의 거침없는 숨이 새벽의 은밀한 여성을 두드린 것은 얼마 뒤였다. 진건을 기다리며 이미 달아올라 있던 새벽의 여성은 순식간에 입구를 자극하는 그로 인해 흥분했다. 꿀처럼 달콤한 애액이 흥건해졌고, 진건을 받아들일 준비를 하고 있었다.

"하아…… 하아!"

숨어 있던 돌기를 건드리며 새벽이 충분히 젖을 때까지 그녀의 아래를 빨아당기던 진건은 점점 열기를 더해 가는 새벽을 인지했다.

"지, 흐, 진건…… 씨."

물론 진건이 자신이 준비가 될 때까지 기다려 주는 것이라는 걸 알고 있지만, 그녀 역시 그를 원한다. 지금 당장 그를 가지고 싶어 미칠 지경이니까. 헉헉, 숨을 헐떡이며 진건의 혀끝에 모든 신경을 집중하던 새벽은 겨우 그의 이름을 불렀다. 새벽의 깊은 곳까지 그녀를 몰아붙이던 진건이 슬며시 고개를 들자, 새벽은 입술을 꽉 악물며 속삭였다.

"당신을 줘요."

“……!”

“나, 당신이 갖고 싶어.”

새벽의 강렬하고도 짙은 욕망이 느껴지는 요구에 진건이 빙긋 웃었다. 슬며시 그녀에게서 떨어져 나온 진건이 바지를 내리자, 새벽은 얼른 손을 뻗었다. 이미 그녀로 인해 자극을 받고 있던 진건의 성난 남성이 요동치고 있었다. 새벽은 얼른 그의 것을 자신의 젖어 있는 여성 쪽으로 가져다 댔다.

“흣!”

“후우.”

붉은 기둥이 안쪽으로 밀려오자마자 두 사람에게서 동시에 신음이 터져 나왔다. 적응을 시켜 두기는 했지만, 여전히 힘겹게 들어가는 그의 남성으로 인해 새벽이 인상을 쓰자 진건의 행동이 조금 조심스러워졌다.

그러지 않아도 돼요. 새벽은, 멈칫하며 주저하는 진건을 향해 작게 속삭인 이후 생긋 웃었다. 이마에는 땀이 송골송골 맺혀 있었으나, 그를 받아들이고 싶은 마음이 더욱 컸다. 진건은 그런 그녀의 뜻을 받아들였는지 천천히 고개를 들어 새벽을 안아 들었다.

“하윽!”

뿌리 깊게 안쪽까지 박혀 있었던 상태라 저절로 야릇한 신음이 터져 나왔다.

그럼에도 불구하고 지금 이 시간이 그저 행복한 것은, 진건과 자신이 하나로 연결되어 있다는 사실 때문이리라.

저를 들고 위아래로 움직이는 그의 허리에 다시금 다리를 감싼 새벽은 진건의 목덜미를 끌어안았다. 그녀의 행동에 진건의 눈동자가 거칠게 흔들렸다. 새벽이 옅게 웃자, 그는 벽으로 몸을 밀어붙이며 새벽의 안으로 더욱더 깊숙하게 들어갔다. 새벽은 흔들리던 제 몸을 진건에게 오롯이 맡기며 거친 호흡을 뱉어 냈다.

당신이 좋아.

'당신이 너무너무 좋아.'

당신을 사랑하는 순간이 너무도 소중해서, 나는 행복해요.

그래서 오늘 밤엔…….

'당신이 원하는 대로, 뭐든지 할래.'

외전 2

다시 찾은 새벽

⚜

"나 왔어요, 진심 씨!"

새벽은 환하게 웃으며 3월의 신부가 될 여자를 향해 미소 지었다. 그러자 신부 대기실에 앉아 심호흡하고 있던 순백의 신부가 고개를 들어 새벽을 바라봤다.

"새벽 씨 왔구나. 오는 길 막히지 않았어요?"

주변을 물린 그녀가 제 옆자리를 가리키자 생긋 웃으며 그녀의 곁으로 다가간 새벽은 옅은 미소를 그렸다.

"일찍 나서서 괜찮았어요. 그런데 앞에도 그렇고 주차장에도 그렇고, 카메라 든 사람들 엄청 많던데?"

"비공개라고 말했었는데 어떻게든 찍겠다고 온 거겠죠, 뭐. 내가 찍혀 줄 줄 알고?"

흥 콧방귀를 뀌며 '예식 끝나고도 변장해서 나갈 거예요!' 하고 속삭이는 신부의 말에 새벽은 깔깔 웃었다.

"진심 씨가 어디 보통 유명해야 말이죠. 대한민국을 대표하는 여배우니까, 결혼식 한 번에 이렇게 대한민국이 들썩이는 거라고요. 아아, 권 변호사님은 힘들겠다. 너무 유명한 아내를 둬서."

"어머? 나 못잖게 유명한 남편을 뒀으면서 모르는 척은? 그것보다 새벽 씨."

"네?"

"새벽 씨 얘기나 좀 해 봐요. 새벽 씨 결혼식 때는 어땠어요?"

내 결혼?

새벽은 눈을 동그랗게 떴다. 그러자 곧 결혼식을 치르게 될 예비 신부가 길게 한숨을 내쉬었다.

"나 정말 한숨도 못 잤어요. 혹시 결혼식에서 실수하기라도 할까 봐. 새벽 씨는 경험자니까 나보다는 더 잘 알 거 아니야. 어땠어요? 어떻게 해야 이 두근거리는 가슴을 진정시킬 수 있죠? 심장이 터질 것 같아서 미치겠어. 나 잘할 수 있을까요? 이대로 결혼식 제대로 치를 수 있을까? 새벽 씨, 나 어떡하죠? 눈물 날 것 같아!"

예쁜 화장이 번지기 직전이다. 그렁그렁 눈물방울까지 눈가에 맺혀서는 숨을 헐떡이는 모습이 예사롭지 않다.

수많은 플래시 세례를 받으며 번쩍이는 카메라 앞에서 그 누구보다 당당하게 연기를 하는 배우면서 결혼식을 앞두고 이렇게 긴장한 모습이라니. 브라운관에서 보던 모습과는 사뭇 다른 광경인지라 어쩐지 웃음이 날 것 같다.

인사를 나누었던 날을 계기로 새벽과 진건은 정록 커플과 함께 등산 여행이나 낚시 여행 등 커플 여행을 떠나며 더할 나위 없는 친구가 되어 버려서인지, 새벽은 진심의 떨리는 마음을 십분 이해했다.

맞아. 많이 떨릴 거야. 나 역시 그랬으니까.

부드럽게 미소 짓던 그녀는 바짝 긴장하여 얼굴까지 새하얗게 물든 진심의 손 위로 자신의 손을 포갰다. 어쩔 줄을 몰라 하던 진심의 고개가 번쩍 들렸다.

"……!"

"할 수 있어요."

흔들림 없는 새벽의 말에 진심의 눈동자가 요동쳤다. 새벽은 진심의 손을 꼭 끌어안으며 속삭였다.

"진심 씨는 할 수 있어. 언제나 그랬던 것처럼 당당하게 식장으로 들어갈 거예요. 그리고 그곳에서 많은 사람들의 축복을 받으며 변호사님의 아내가 되겠죠. 몹시 떨리겠지만, 그래도 잘 해낼 거예요. 진심 씨는 다른 사람도 아닌 오윤서잖아요? 오윤서가 못하는 일은 없죠!"

"새벽 씨!"

"어머, 시간 거의 다 됐다. 내가 지켜보고 있을 테니까 걱정 말고 씩씩하게 입장해요. 이 식만 끝나면 진심 씨랑 변호사님은 정식 부부가 되는 거니까, 그것만 생각하고."

두 주먹을 불끈 쥐며 눈에 힘을 주자 그 말을 듣고 있던 진심이 힘차게 고개를 끄덕였다. 얼마나 굳센 의지가 보이던지 웃음이 흘러나올 정도다.

곧 시작될 예식을 알리는 소리와 웨딩홀의 스태프들이 예비 신부의 상태를 점검하러 들어오자 새벽은 자리에서 일어났다. '파이팅!' 하고 한 번 더 진심에게 용기를 불어넣어 준 후 홀 쪽으로 나오니 진건이 그녀를 기다리고 있었다.

"어디 갔다 왔어? 한참 찾았는데."

새벽은 그녀의 허리를 부드럽게 감싸는 진건에게 배시시 웃어 보였다.

"새 신부를 응원하러 다녀온다고요."

"응원?"

"응. 진심 씨, 엄청 긴장하고 있던데요?"

"……그렇군."

심드렁한 진건의 반응에 문득 궁금해졌다.

"진건 씨."

"응."

새벽은 진건의 손을 잡으며 그를 빤히 응시했다. 정록과 진심의 결혼식을 지켜보고 있자니, 작지만 알찼던 자신의 결혼식이 눈앞에 아른거렸다.

장 회장의 몸 상태가 좋지 않아 서둘러 치른 결혼식이기는 했으나 무척이나 행복했던 것으로 기억한다. 새벽의 고모인 이화가 새벽보다 더 긴장한 표정으로 심호흡을 했던 모습도 기억이 나고.

제 손을 붙잡았던 진건의 손이 너무도 따스해서 심장이 기분 좋게 울렸었다. 당시 새벽의 배 속에 있던 쌍둥이 역시 그 상황이 싫지만은 않았는지 크게 말썽을 부리지 않아, 결혼식은 무사히 끝이 났었다.

"진건 씨는 어땠어요?"

"뭐가?"

"진건 씨도 진심 씨처럼 긴장했었어요?"

그런데 진건은…… 어땠더라?

검은 턱시도를 입은 그가 너무도 멋졌던 것은 확실했다. 하지만 그의 손을 붙잡고 한 걸음, 한 걸음 발을 내딛는 데만 정신을 쏟아서인지 진건이 어떤 표정을 지었는지 기억이 나질 않는다. 새벽은 싱긋 웃으며 진건의 다문 입술이 열리기를 기다렸다.

흠, 하고 인상을 찌푸리며 대답하지 않던 진건이 새벽을 제 품으로 더욱 끌어안은 후 중얼거렸다.

"가슴이 터질 뻔했지. 네 손을 잡기까지 손이 너무 떨려서, 미치는 줄 알았어."

"진건 씨가?"

"몰랐나? 청심환도 먹었는걸."

그 말에 새벽이 두 눈을 휘둥그레 떴다. 청심환까지?

"그렇게 긴장됐어요?"

"당연하지."

진건은 주저 없이 대답했다. 멀뚱멀뚱 저를 쳐다보는 새벽의 머리카락을 기다란 손가락으로 쓸어 주던 진건은 그녀의 귀에만 대고 속삭였다.

"결혼식이 열리는 전부터도 우새벽이 내 여자라는 것은 부정할 수 없는 사실이긴 했지만…… 사람들 앞에서 결혼식까지 치르면, 확실해지는 거니까."

"확실?"

"영원한 내 여자라는 사실 말이야."

"……!"

"한 가지 아쉬운 것이 있다면, 이새랑 이현이 때문에 네가 원하는 드레스를 입지 못했다는 점이 걸리지만. 그날의 너는 눈부시게 아름다웠으니 그걸로 됐어."

냉랭한 얼굴을 하고 낯 뜨거운 말을 아무렇지도 않게 쏟아 내는 진건으로 인해 귀가 새빨갛게 물든다. 그것으로도 모자랐는지, 진건은 수줍어하는 새벽의 귓가로 '아까 잠시 봤는데, 오늘의 신부보다 네가 더 예쁜 것 같아.' 하고 속삭여 주었다.

연예인과 일반인을 비교하다니.

콩깍지가 씌어도 단단히 씐 것이 분명한 진건의 발언이었지만, 싫지는 않다. 새벽은 씰룩이는 입꼬리를 막지 못했다.

"이봐, 두 사람."

진건의 품에 안겨 있다 보니 그의 심장 박동 소리가 점차 커지는 것이 느껴졌다. 그리고 그만큼이나 제 심장 역시 거세게 뛰어, 아무도 없는 어딘가로 가서 그와 마구 뒹굴고 싶다는 생각을 할 때쯤.

새벽은 눈을 가늘게 뜨고 자신과 진건을 노려보고 있는 낯익은 얼굴을 발견했다. 진건과 새벽을 황당하게 응시하고 있는 남자는 다름 아닌 승원이었다.

'앗, 주 선생님!' 하고 반가이 그에게 인사하는 새벽을 보고 승원은 혀를 끌끌 차더니 손을 휘휘 저으며 진건과 새벽의 등을 식장 안으로 밀었다.

"그렇게 부둥켜안고 입구를 막고 서 있으면, 오늘의 신부한테 민폐라는 거 몰라? 당장 자리로 가지 못해? 훠이, 훠이!"

❖

「이대로 들어가면 뭔가 아쉽지 않아?」

발단은 진건의 말이었다. 진심과 정록의 결혼식이 무사히 끝나는 것을 지켜보며 웃음 짓던 새벽은 결혼식이 모두 끝난 후 제게 속삭이는 진건을 보고 웃음을 터트렸다.

엉큼하긴.

그가 무엇을 말하는지 눈치챘다. 진건의 음흉함에 눈을 가늘게 뜬 새벽은 그녀가 무어라 대꾸하기도 전, 자신을 끌고 어디론가 향하는 진건을 그대로 내버려 뒀다.

'우리는 첫날밤도 유야무야 넘겨 버렸었지.'

배 속의 아이들로 인해 그리 뜨거운 밤을 보내지 못했다.

그래서였을까. 새벽이 진건의 제안을 받아들인 까닭은.

'오늘 밤은…….'

그로부터 몇 년이 더 지난 오늘 밤.

계기는 친구들의 결혼식이었지만 불타오르는 사람은 새벽과 진건이 될 것이다.

'어?'

새벽은 이미 씻으러 들어간 진건을 기다리고 있다 멀리서 들려오는 초인종 소리에 미소 지었다. 오늘 밤을 더욱 타오르게 할 룸서비스가 도착한 것이다.

새벽은 가벼운 발걸음으로 현관을 향해 걸어갔다.

"룸서비스입니다."

"안쪽에 놔둬 주세요."

알겠다며 고개를 끄덕이던 호텔 직원이 룸 안으로 들어가는 것을 지켜보며 몸을 돌리려 할 때였다.

'……!'

새벽은 자신들이 빌린 룸의 맞은편에서 마침 밖으로 나오던 한 여자를 발견하고 그대로 굳어 버렸다.

"오해야! 유성 씨, 정말 오해라니까? 나 진짜 그 사람이랑 아무 사이도 아니야. 주위에서 하도 뭐라고 해서 한 번 만났을 뿐이고, 더는 만날 생각도 없어! 그러니까 믿어 줘. 응? 나 그 사람이랑 아무 관계 없다고! 정말 억울해. 억울하단 말이야!"

고요한 복도를 앙칼진 목소리로 울리고 있는 여자.

자신을 싸늘하게 바라보는 남자를 향해 눈물을 흩뿌리며 힘껏 외치고 있는 여자.

한때 새벽의 둘도 없는 친구이기도 했지만, 알고 보니 그녀의 뒤통수를 치기 위해 칼을 갈았던 여자.

"악!"

자신의 변명에도 불구하고 매정하게 닫힌 문을 처량하게 바라보고 있는 은비의 모습이, 시야로 들어왔다.

❖

「저기 새벽 씨. 은비 씨 소식…… 들었어?」

대학원 동기였던 태진과는 가끔 부부끼리 함께 식사도 할 만큼 가까워졌다. 그리고 그 말을 들었던 것은 새벽의 유단 입사 축하를 위해 마련된 자리에서였다.

각 회사들의 채용 조건에 대해 거의 도가 튼 태진의 도움이 아니었더라면, 새벽은 진건 몰래 입사하지 못했을 거다. 결정적인 도움을 주었던 태진에게 대접도 할 겸 만든 저녁 식사에서 새벽은 달갑지 않은 이야기를 듣게 됐다.

은비.

강은비……라.

「됐어? 이 정도면 만족해? 만족하냐고!」

오래전, 경영관에서 시작되었던 작은 다툼은 끝내 소송까지 연결되었다. 합의해 줄 생각은 없었지만 미안하다는 말 한 마디 정도는 들을 줄 알았는데, 오히려 은비는 적반하장인 태도를 유지했다.

그녀는 돈으로써 모든 것을 해결하려 들었다. 자신의 행동을 정당화시키며, 새벽의 변호사인 정록의 사무실에서 마주치자마자 고래고래 고함까지 질러 댔다.

몇 번을 생각해도 뻔뻔하기 짝이 없는 여자였다. 그녀와 수년을 넘게 알고 지냈음에도 그런 여자일 줄은 꿈에도 예상하지 못했었다. 과거의 자신이 얼마나 어리석었는지 단적으로 나타내 주는 은비의 모습에 실망감을 감출 수 없었다.

제게 빌어도 모자랄 판에, 꼿꼿한 태도를 고수하는 은비를 새벽은 싸늘하게 응시했었다.

「은비 씨 말이야. 그 남자 친구라던 사람이랑 헤어졌다더라고.」

은비의 사정에 대해 딱히 궁금하지는 않았지만, 태진의 말을 듣고 새벽은 코웃음 쳤다.

결국 그렇게 됐구나.

재혁이 각종 비리 혐의로 검찰에 고발되어 구속 수사를 받고 있다는 이야기는 정록을 통해 들었던 바였다. 태진이 알 정도면 웬만한 사람들은 다 알겠구나 싶어 그저 옅게 웃어 버렸다. 태진은 쯧쯧 혀를 차더니 말을 이었다.

「마음을 곱게 써야지, 나쁘게 행동하면 안 돼. 은비 씨는 천벌을 받은 걸 거야. 안 그래?」

아마도 태진은 새벽에게 은비의 추락에 대해 말해 주고 싶었던 건지도 모르겠다. 새벽은 굳이 대꾸하지는 않았다. 통쾌한 것은 둘째 치고, 괜히 씁쓸해졌다. 어차피 그렇게 될 걸 왜 굳이 그런 식으로 상처를 주어야 했을까, 라는 생각이 먼저 들었기 때문이다.

'괜한 생각.'

은비에 대한 이야기는 비단 태진에게만 들었던 것은 아니었다.

「왜, 화인의 외손녀 있잖아요. 그러니까…… 은비 씨라던가? 요즘 화인 본가에서 엄청 무시당하는 것 같던데.」

「심성이 아주 고약하다더라고요. 화인 회장님께서도 등을 돌렸다지?」

「알고 보니 사생아라면서요? 요즘 어떤 사모님이랑 시비가 붙어서 고소까지 당했다던데?」

「세상에. 안 그래도 화인 요새 주가가 오락가락하는데, 그런 안 좋은 소문까지 돌면 더 큰일이겠다. 그렇죠?」

생각보다 새벽이 사는 세상은 좁았다. 흔들리던 유단을 진건이 바로잡은 후, 진건과 함께 사교 파티에 나갔었던 새벽은 낯설지 않은 인물에 대해 언급하는 재계 사모님들의 말을 똑똑히 들을 수 있었다.

은비와 시비가 붙은 '사모님' 이라는 사람이 자신이라는 것은 정확히 밝히지 않았지만, 들리는 소문에 의하면 은비의 처지가 상당히 좋지 않다는 것은 분명했다.

재혁의 구속에 따른 이별에, 새벽의 고소, 그리고 집안 내에서의 불안한 입지까지. 그것이 몇 년 전 새벽이 은비에 대해 들었던 이야기의 마지막이었다.

쾅!

"이 개자식! 박유성, 이 개자식아! 내가, 이 내가 너 아니면 남자가 없는 줄 알아? 흥! 웃기고 있어! 너 따위는 아무것도 아니야! 내가 뭐가 부족해서 너 같은 인간을 만나? 됐어! 이젠 내가 너 같은 놈, 사양한……!"

복도의 침묵을 깨트리는 발길질 소리가 크게 울렸다. 신경질적인 음성으로 소리치며 홱 돌아서던 여자는 맞은편에서 그녀를 주시하고 있는 새벽과 눈이 마주쳤다.

"너…… 너 여긴 어떻게……!"

새벽은 저를 바라보며 얼굴을 빨갛게 붉히는 은비의 시선에도 미동하지 않았다. 많은 말이 머릿속을 오갔다. 하지만 입 밖으로는 아무런 말도 흘러나오지 않는다.

지금 이 순간, 새벽이 취할 수 있는 가장 우아하고 통쾌한 복수가 무엇이 있을까.

충격에 휩싸인 듯 아무 말도 하지 않고, 저를 바라보고만 있는 은비에게 어떤 반응을 보여야 하나 생각해 봤다.

"새벽아. 우새벽?"

그때였을까.

새벽은 룸 안에서 들려오는 다정한 목소리에 고개를 돌렸다. 샤워를 마치고 나온 진건이 그녀를 부르고 있었다. 폭풍처럼 몰아치던 생각의 나래들이 뚝 끊어졌다.

"……."

그리고 새벽이 룸 안으로 시선을 옮긴 사이, 불과 몇 초 전까지만 하더라도 그녀의 눈앞에 주저앉아 있던 여자는 온데간데없이 사라졌다. 다시금 은비가 있는 곳으로 눈길을 움직인 새벽은 텅 비어 버린 은비의 빈자리를 물끄러미 바라보았다.

"여기서 뭐 해?"

그때 진건이 굳은 얼굴로 서 있는 새벽에게 다가와 목에 입을 맞추며 속삭였다. 새벽은 옅은 미소를 그리며 고개를 절레절레 젓고선 이내 문고리를 잡았다.

"아무것도 아니에요."

더 이상 은비는 새벽에게 있어 신경 쓸 만한 존재가 아니었다.

❖

"진건 씨, 나 궁금한 게 있어요."

뜨거운 열기가 가득했던 밤이었다. 조금 전 있었던 미묘한 일 따위는 모조리 지워 버릴 만큼 따뜻해서 새벽은 깊은 숨을 토해 냈다. 진건의 탄탄한 가슴 위에 머리를 대고 있던 새벽은 두근두근 뛰고 있는 진건의 심장 박동 소리를 느끼며 물었다.

진건의 부드러운 숨결이 점점 아래로 내려오는 것이 느껴진다.

"뭔데?"

그가 상냥하게 웃으며 보드라운 새벽의 머리카락을 쓸자, 새벽이 눈을 크게 떴다.

"언제부터 알았어요?"

"뭘?"

"강은비랑 그 사람 관계."

"……!"

"꽤 오래전이었죠?"

「우새벽 씨는 당신 남자 친구를 믿습니까?」

과거의 일을 기억하지 못하고, 진건을 처음 만났다고 생각했던 그날.

다짜고짜 결혼을 제안하고, 잘 만나고 있던 재혁에 대한 의문을 제기한 진건의 모습이 불현듯 떠오른다. 그 이후 그것과 관련한 이야기는 물은 적이 없었다.

하지만 곰곰이 따지고 보면 이미 한참 전, 진건은 그들의 관계에 대해 알고 있었던 것이 분명했다.

"……."

진건은 새벽의 질문에 대답하기 난처하다는 듯 미간을 꿈틀거렸다.

거봐. 이미 알고 있었네.

새벽은 풋 웃음을 터트리며 몸을 돌렸다.

"따지고 보면 우리 진건 씨가 나를 구원해 준 거네."

"뭐?"

"그 악마 같은 것들한테서 벗어날 수 있도록, 나한테 손을 내밀어 준 거잖아요."

새벽은 배시시 웃었다. 악마보다 더욱 잔인했던 두 남녀에게서 자신을 구원해 준 것은 다름 아닌 진건이었다. 비록 첫 만남은 불유쾌했었지만, 그를 만나 다시 사랑을 시작했다.

누군가에게 먼저 손을 내밀고 싶다고 생각했고, 누군가를 내 힘으로 지키고 싶다고 생각했다. 그 누군가가 진건이라서, 너무도 사랑하는 그라서 천만다행이다.

새벽은 피식 웃는 진건의 배 위로 엉덩이를 붙이며 그의 오른쪽 볼 위에 입을 맞추었다.

"진건 씨."

"응."

"나, 진건 씨의 아내가 되어서 너무 좋아요."

그 말에 진건의 검은 눈동자가 요동쳤다.

"우리가 혼인 신고를 한 지가 몇 년인데 이제 그 말을 해?"

진건이 눈을 가늘게 뜨며 장난스레 대꾸했다. 쿡쿡 웃던 새벽은 이번엔 그의 왼쪽 볼 위로 도톰한 입술을 가져다 대며 짧은 키스를 선사한 후 다시 말했다.

"내가 사랑하는 사람이 장진건이라서 정말 행복해요."

"그건…… 기분 좋아지는 말이군."

그가 낮게 웃자 덩달아 웃음이 났다.

"그런데 말이에요. 만약. 만약에 내가 우리 아저씨 마음 안 받아 줬더라면, 어떻게 됐을까?"

"뭐?"

흐음, 콧소리를 흘리며 작게 중얼거리는 새벽의 말에 진건의 눈이 휘둥그레졌다.

"꺅!"

조금 전까지만 하더라도 진건의 위에 올라타 있던 새벽이의 등이, 갑자기 몸을 돌려 버리는 진건으로 인해 매트리스 위에 닿았다. 이글거리는 검은 눈으로 자신을 내려다보고 있는 진건을 보자니 심장이 콩닥거렸다. 새벽은 씩 웃으며 진건의 붉은 입술이 열리길 기다렸다.

"어떻게 되기는."

강렬하고 부드러운 그의 음성이 귓가로 꽂힌다.

"우새벽이 나를 받아 줄 때까지 들이댔겠지."

"그땐 들이대기보다는 거의 반협박에 가까웠거든요?"

"그런가."

"그렇다니까?"

새벽이 웃으며 눈을 부라리자 진건이 어깨를 으쓱이며 더 이상 대답하지 않았다. 새벽은 들썩이는 심장 박동을 느끼며 눈을 가만히 내리깔았다.

「우새벽 씨와…… 결혼할 생각입니다.」

첫인상은 최악이었다. 새벽은 진건을 완벽하게 미친 사람이라고 생각했다. 아무리 본인은 맞선 자리라고 알고 나왔다지만, 난생처음 만나는 여자에게 다짜고짜 청혼하는 남자란 그리 많지 않을 테니까.

「부디 저와…… 결혼해 주세요.」

하지만 24시간도 되지 않아 전세는 역전됐다. 그 어떤 이유에서건, 결혼해 달라고 애원하는 사람은 진건이 아닌 자신이 됐다. 자신이 살길은 오로지 그것뿐이라 생각하며 간절하게 그에게 결혼을 청했다.

계약 결혼으로 시작된 그들의 관계는 몇 년이 흐른 지금, 진정한 부부 관계로 발전되어 있었다.

'앞으로 또 어떤 일이 펼쳐질까?'

두 사람이 서로 교감하며, 마음을 나누기까지 적잖은 일들이 있었다. 새벽의 아버지가 운영하는 회사가 무너질 뻔하기도 했으며, 진건의 회사가 휘청거렸다. 이름뿐이었던 진건의 가족들이 벌을 받게 됐고, 따스하게 그들을 반겨 주던 진건의 할아버지가 돌아가셨다. 그리고 진건과 새벽에게도 새로운 가족이 생겼다.

요 몇 년간 일어난 일들은 새벽이 감당하기에 힘든 것도 있었지만, 그와 함께했기에 꿋꿋하게 견딜 수 있었다.

그와 함께라면. 사랑하는 진건과 함께라면 새벽은 그 어떤 고난과 역경도 함께 이겨 낼 수 있을 것 같다.

"새벽아."

다시 함께 매트리스 위에 등을 맞댄 진건을 끌어안고 제 것인지, 진건의 것인지 모를 심장의 박동 소리를 느꼈다. 일정하게 뛰는 심장 소리는 나른한 잠을 선물하며 스르륵 눈이 감겼다.

피곤에 지쳐 잠이 들려던 새벽의 이름을 진건이 부르자 그녀는 눈꺼풀을 들어 올렸다.

"손을 내밀어 줘서 고마워."

상냥하고도 애정이 넘치는 목소리로 그가 말했다.

별말씀을.

입을 열어 대꾸하지는 않았지만, 새벽은 옅은 미소를 지어 보였다. 그에게 손을 내밀었던 것은 무너지는 그를 지켜보고 싶지 않았기 때문이다. 내 손으로 그를 일으켜, 그가 모두에게 당당하게 서는 모습을 바라보고 싶었다.

진건이 제게 손을 내밀었던 것처럼.

그가 저를 구원해 준 것처럼, 새벽 역시 그랬을 뿐이다.

그리고 그런 행동을 취한 것은 오직 단 하나의 이유 때문.

그를,

당신을,

사랑하니까.

진건은 대답 않는 새벽을 끌어안으며 다시 한 번 속삭였다.

"내게 가족을 만들어 줘서…… 고마워."

진건은 어릴 적부터 혼자였다. 아무도 믿지 않아 철저하게 제 주변에 벽을 둘렀다. 무너지지 않을 것 같던 그 벽은 요즘 두 아이로 인해 와르르 붕괴됐다. 어느새 말을 시작한 이새와 이현은 진건을 아빠라 부르며 그의 뒤를 졸졸 쫓아다닌다.

그들을 내려다보는 진건의 눈빛이 얼마나 따뜻한지, 지켜보는 새벽의 입가에 미소가 서릴 정도였다.

집 밖에서는 카리스마 넘치는, 그룹의 총수 일에 매진한다는 유단의 회장님은 집 안에서는 평범한 아들 바보 모습을 유감없이 보이는 중이다.

"그리고……."

부드럽게 닿았다 떨어지는 진건의 입술이 이번에는 이마를 건드렸다.

새벽은 물끄러미 눈을 들어 진건을 바라봤다. 그녀의 갈색 눈동자에는 더없이 사랑스러운 눈길로 자신을 내려다보고 있는 진건이 들어왔다.

콩콩.

그를 볼 때면 항상 그랬던 것처럼 심장이, 가슴이, 온몸이 달아오른다. 그리고 새벽의 숨결이 조금씩 거칠어지기 시작할 때쯤, 진건은 미소와 함께 입을 연다.

"나의 우아한 아내가 되어 줘서…… 정말 고마워. 사랑해. 우새벽. 사랑한다."

다시 찾은 진건의 새벽은 더 이상 외롭지 않았다.

이 세상에 저밖에 없다는 고독감에 지쳐 우는 그의 새벽은 앞으로는 없을 것이다. 한없이 따뜻하고, 한없이 다정해서 삶의 힘이 되어 주는 새벽만이 남아 있을 뿐. 사랑으로 가득 찬 그의 새벽은 앞으로도 영원히, 지속될 것이다.

진건의 숨결을 가득 느낄 수 있는 품 안에서 새벽은 그가 내뱉는 사랑의 속삭임을 쉬지 않고 들었다. 그만하라고 말해도 작정을 한 것인지, 사랑한다는 말을 이어 가는 진건은 너무도 진지했다.

그 말들이 몹시 낯 뜨거워 목덜미며 얼굴이며, 귀며 붉어지지 않은 곳이 없었지만…….

'나 역시.'

당신이 내가 믿고 의지하는 사람이라서,

내가 사랑하는 사람이라서,

내 남편이라서—

"사랑해요, 진건 씨."

당신이 내 곁에 있는 지금 이 순간이, 너무도 고마워요.

『우아한 새벽』 완결